鏡の森

海津駿介

Kaizu Shunsuke

作品社

鏡の森

第一部

一

霧原昭平は主治医の部屋から病室に戻ると、ベッドの上で上体を斜めに起こした母の節子の険しい目を避けるようにして、窓外の琵琶湖の景色を眺めた。湖面に向かってなだらかに傾斜する視野の先に対岸の湖西の山なみやビル街が春色に霞んでいた。

九十四歳の節子は三か月余り前の年末、家で倒れ医大病院に半月入院して、現在のリハビリ病院に移ってきたのだが、回復が思わしくなく、認知症の症状も出て、言葉も発しなくなり、食物も受け付けなくなっていた。そこで胃に直接穴をあけて栄養を入れる胃ろう手術を明日行うと主治医に説得されて戻ってきたところだった。

「テレビをつけようか」

気詰まりな空気を変えようとスイッチを入れると、散発的な銃撃音のなかを、すでにイラク軍が敗走して空っぽらしい大統領宮殿に向かって、チグリス河畔に沿って突入して行く米兵数人の姿が映った。一か月ほど前に始まった戦争でイラクの首都がまさに陥落しようとしている瞬間だった。それにしては空しいまでに静かな真昼の最後の光景で、報道規制を考慮しても、「大量破壊兵器」を言いがかりにしたこの戦争の大義のなさを物語っているかのようだった。

節子はというと、画面にちらと目を走らせただけだった。生涯さんざん見せつけられてきた戦争シーンだった。その思いは長く新聞社に勤めて七十歳をこえた昭平自身のものでもあり、急いでスイッチを切ったが、戦争を知らない日本人が圧倒的に多くなった今では、冷笑ばかりもしていられなかった。イラクの後方支援に派遣されることになった陸上自衛隊の指揮官が「日出ずるところの国のわが自衛隊は……」などと記者会見でとうとうと自信のほどを語り出すのを聞いたのもつい一か月ほど前だった。

そういえば、湖の対岸のあたりは「日出ずるところ」の国書を携えた遣隋使小野妹子の出身地ではなかったかと思い出し、昭平の連想は洛陽からバグダッドに飛んで、陥落した砂漠の国の宮殿の暑く乾いた虚ろな空間を浮かべ、さらに六十年前のこの国の敗戦の夏の日を呼び寄せた。

幾度、あの夏雲を想い浮かべたことだろう。あの日、昭平は疎開先である滋賀の節子の実家の傾いた二階の一間にいて、初めて天皇の声、玉音なるものを母とラジオで聞いた。その二年前、父仁一郎は東京で結核のため他界、敗戦直前の春、昭平は地元の紫野《むらさきの》市《いち》町の中学から琵琶湖の干拓作業に動員されていた。玉音放送の日は特別の休日となって家にいた。昭平の二人の妹は学童集団疎開先の福島から節子が前月、連れ戻したばかりだった。節子の実家は酒屋を営んでいたが、家を継いでいた弟は出征し、あとに残された嫁と生まれたばかりの女児と老母が、酒も味噌醤油も殆ど入荷せず、香りばかり滲み残った空樽の並んだ老屋を辛うじて守っていた。

昭平一家に開けられた二階の八畳間の床は、虫籠窓のある表通りの方へ明らかに傾いていて、側壁との間には階下の店の土間がわずかながら覗けるほどの隙間があった。昭平が天皇の放送を書き取ろうとして、思わず取り落とした鉛筆は、畳の上を転がって行き、その隙間から落ちてコン、カラン、コンと店の床几に撥ね返り、甲高い虚ろな音を空樽に響かせた。

日本の降伏を勧告したポツダム宣言を知らず、一億玉砕のみを信じていた十五歳の軍国少年にとって、激しい雑音のなかからようやく聞き取った「宣言の受諾」なる言葉は理解できないものだった。編物をしながら放送を聞いていた節子も、大方の母親と同じく軍国の母だったから合点がいかぬ様子だった。「戦況は芳しくないが頑張ってくれ」と天皇が自ら激励されているのだろうと思ったものの、一抹の不安が残った。

放送が終わったあと、昭平は息をひそめて外の気配を窺った。不気味な静寂が町を支配していた。やがて日射しの強い深閑とした路上から「日本が負けたんやて」という女の声が聞こえてきた。

女は狂っているに違いないと昭平は思った。昭平にとって「一億玉砕」とは、日本は絶対に降伏しないということであり、みんな死ぬということであったから、滅亡はあっても敗戦はありえないのだった。にも拘らずやがて敗戦はまぎれもない事実と分かり、それでもなお終戦と言いくるめる教師や大人たちが昭平は許せなかった。

節子の胃ろう手術は前に入院していた医大病院でも行われていた。その結果、一時的に体調は回復したのだが、手術は高齢の心身にはこたえたようで、転院してからはリハビリも拒んで表情は日増しに険悪になり、笑顔を見せることもなくなっていた。だから昭平は再度の胃ろう手術は気が進まなかったのだが、せめて手術が終わったら車で十分ほどの自宅へ連れて帰り、最期を看取ろうと心に決めていた。召天するキリスト信徒の母の笑顔を最後に見たかった。

だが翌朝、節子の血圧が異常に低下し、容態が急変した。昭平は妹夫婦や牧師に連絡したりして忙殺された。病院のロビーで公衆電話をかけていると、サダム・フセイン大統領の銅像が引き倒される映像がテレビで流されていた。その光景はわざとらしく、昭平には、アメリカへの幻想そのものが倒れて行くかのように思われた。日本はその幻想の上に幻想を重ねてきただけではないのか。五十八年前の敗戦にさえ較べようもないほど、テレビ画像にすぎないとはいえ、勝利を祝う言葉が虚しく踊っていた。

その夜、節子は急逝した。公衆電話のある一階のロビーの柱の陰には、以前から目も覚めるほど鮮やかな数匹の海水魚がサンゴと海草の間を漂っているガラスの水槽が置かれていて、ささやかな癒しの空間を作っていた。電話口に相手が出てくるのをじっと待つ間、昭平はその魚たちがどうやら同じ動作をただ機械的に繰り返しているだけなのに気がついた。つくり物か。水槽の水までが疑わしくなった。どこまでが本物でどこからが模造、仮想なのか、こんな取り込み中に気がつくなんて、電話の相手や自分の喋っていることも他人事のようだった。

二

昭平は雑沓する大阪駅構内から広大な地下街のターミナルを、習慣となった早足で勤め先の朝夕新聞社へ急いでいた。天井から影の一かけらも許さぬばかりの電飾に照りつけられ、脳が真っ白に蒸発するような不安に耐えてメインストリートを抜けた。

商店街から地上へ出ると、街路樹の並ぶ大通りで、目の前に梅雨の夕闇に包まれた朝夕新聞社の玄関が現れた。顔見知りの守衛に型通りに身分証明証を示しながら、これも型通りにあらためる守衛が急に態度を変えて「ちょっと待ってください」と言い出さないことに、ほっとしている自分がいることを昭平は意外に思った。自分が何者なのか、証明しなければならぬような、ただ単に朝夕新聞の記者では許されないような気がしたのだ。それは、考えてみればはじめてのことでもないような気がした。エレベーターの前に立った。足もとを見たとたん、けさ見た夢を思い出した。よく見る夢で、自分の靴が見つからずに探している夢だった。たくさんの靴を前にしてどれが自分の靴なのか分からずに迷っていたり、気がつくとはだしで走っていたりした。

五階の編集局に上がり、暫く局内の様子を眺めて特別変わったニュースもなさそうなのを見届けると、部長の上田に在阪五社整理部長会に今から出席する旨を告げて、会合場所のB新聞社に近い料理屋へ向かった。

大阪に本社の一つをおく全国紙五社は慣例的に隔月、編集整理部長会を開いていた。この日、公休だった昭平はその会合に代理として出席するよう上田から言われていた。半年ほど前、上田に連れられて初めて出席して以来のことだ。会合の目的は主に各社間で結んでいる朝夕刊の最終版の降版協定を守るためで、一社の抜け駆けに歯止めをかけるのが狙いである。幹事社は持ち回り制で、料理屋の奥座敷で持たれたこの日の会合は、前日に「天皇が風邪をひかれたらしい」という情報が入っていたせいか、珍しく天皇死去を意味するXデーのことが会議後の酒席で話題に上った。

各社ともXデー用の何日分かの紙面を数年前から準備していることは報道機関としては公然の秘密で、昭平も社を出がけに東京本社から送られた紙面の点検を部員に指示してきたばかりだった。内部事情を明かすような細かい話はさすがに出なかったが、各社とも似たり寄ったりの紙面を用意していることが言葉の端々から窺われ、ひとまず安堵しながら酒をのまない昭平はビールもほどほどに専ら聞き役に徹した。

「お宅は電子化が進んでいて、Xデー用のハンコ（組版活字）の保存管理はそう厄介ではないでっしゃろ」

学徒出陣の元少尉だったというD紙の部長がビールを勧めながら、昭平より二、三歳年長と思われるB紙の部長に水を向けていた。新聞界にもようやく鉛活字からコンピューターと電子記号による編集という、IT化の波が押し寄せていた。

「いや、あれは東京本社だけで、うちはまだなんですよ」

「そうか、そうでしたな。活版のハンコはかさばって置き場所ばかりとられて困ったもんですわ」

「しかしハンコがなくなってしまうというのは何となく手応えがなくなるようで頼りなくていけません」

「そうですな。けど、わしはコンピューターもお手上げやけど、Xデーに比べればまだ気が楽ですわ。その日には当たりたくないもんですな」

昭平はB紙の部長の「手応えがなくなる」という言葉に耳をそばだてた。なぜか気になる言葉だった。電子編集に移行する日、活字にサヨナラする日、それは新聞社と記者、工員にとってはもう一つのXデー、いわばYデーだった。

日本が降伏してから四十年近く、この一九八三年の国際情勢も緊迫していた。年頭には訪米した中曽根首相の「不沈空母」発言が政局をさらい、欧州ではポーランドなどを中心に反核運動が激しく盛り上がり、米ソの戦略兵器削減交渉が開始されていた。だがそんな大状況についての話題は一度も出ず、座には暗雲のような天皇Xデーに関わる空気が垂れこめ、「その日には当たりたくない」というD紙の部長から洩れた嘆息のような一言に同感する雰囲気が重くのしかかっていた。

そこにはまず全紙面に責任を負っている整理部長の気重さがあった。分秒を争う時間のなかでの細かい神経の働きとすばやい的確な決断を要する超人的とも言える編集作業にミスはむしろ付き物だったが、読者にとってはミスがなくて当たり前なのだ。たとえ整理の仕事にミスはなくても、取材原稿の出来にも左右され、特落ちでもあったりすれば形なしだった。まして元大日本帝国天皇の死去となれば失敗は絶対に許されないという事大主義は健在だった。だが予想できぬニュースを追う報道の醍醐味は、予定稿中心の記事には期待できない。にも拘らず大量の記事が早くから準備されていた。Xデーが近づけば、緊張のあまり、始末書程度ではすまぬミスの犠牲者が続出するかも知れなかった。それでも他社に紙面の上でも輸送の上でも後れはとれない。できるものなら遠慮したい当番部長役だった。だが記者である以上、その歴史的瞬間の報道現場に立ち会いたい気持は誰にもあった。

職務上のそんな心配をこえて、さらに深刻な気がかりが一同の胸に去来していた。オブザーバーとして同席している通信社の一部長を加えて六人のうち五人が昭和一桁生まれで、即位後の裕仁天皇と激動の時代を生きてきていたのだから、その思いに個人差はあっても複雑でないはずはなかった。現に昭平は久しく姿を見せなかった兵士がむくむくと黒子のように起き上がってくるような興奮を久しぶりに味わっていた。それは敗戦後いつ頃か、戦争と平和をめぐるニュースや場面をきっかけとして感じるようになった執念深い胸奥の反応だったが、十年程前からは途絶えており、兵士はもう諦めて退場したのかと思っていた矢先のことだった。なぜ兵士は安らかに眠れないのか、その理由は根深いらしく、昭平自身にも未だに分からなかったが、西洋文明を追いかけて、しっぺい返しを食らったこの国の捩れに捩れた歩みとからんで、昭平のみならず一人一人の心に大なり小なりわだかまっているはずのことだった。とくに戦後のGHQの占領政策のもとで、一方的に遂行された勝者による東京裁判とセットになった天皇の免責という裁きなき裁き、「人間宣言」による国民統合の象徴としての地位、そして米英の帝国主義への挑戦という大義のかげで、韓国併合、中国、東南アジア侵攻を正当化し、無謀な軍部の専横を許した先輩記者の戦争責任など、新聞社としても検証しなければならぬ多くの問題が、戦後なお曖昧に残されてきていただけに、天皇とは直接関わらない分までも、わだかまりとして甦ってくるかのようだった。

それにしても、戦後は「国民統合の象徴」でしかない天皇がどうしてこれほど重いのか。昭平は泡で汗ばんだ空のコップを見つめていた。その天皇を支えてきたものこそ空気のように捕らえどころのないこの国の世間というものではないのか。

「一杯どうです」

ぼんやりしている昭平に向かいの席からB紙の部長がビールを向けてきた。

「どうも……」

コップを差し出しながら、昭平はこの五社部長会自体が世間そのものではないかと思った。空気のように空っぽなものほど重いものはないのだ。何か似たような話を聞いた覚えがあるぞ。そうや。二女の幸子が小学生の頃だった。

「お父さん。動かすことはできるけれど、持ち上げることはできないものってなあに」とナゾナゾを仕掛けてきたことがあった。

「わからんな」

「影よ、影」

「なるほど、やられたな」

「ところで私のところも三社対抗野球に入れてもらえませんか」

酔って顔を真っ赤にしたD紙の部長が重苦しい空気を吹き払うかのように勢い込んで座を見回した。昭平の朝夕新聞とBC三社は整理部の親善野球大会を春秋にやっていた。それに近年、社勢を伸ばしてきたD社も入れてほしいというのだ。

「どうでしょう？　Cさん、朝夕さん」

幹事のB紙の部長が引き取って言った。

「試合数がふえると、部員の勤務外の負担がふえるので何ですが、まあいいでしょう」

C紙の部長が応じ、昭平もその点が気がかりだったが、それなりにグラウンドの開放感を楽しんでいるかにみえた部員たちの様子を思い出して承諾した。

「春は優勝さらわれましたが、秋はそうはいきませんよ」

C紙の部長が昭平にそう宣言して、笑いのうちに座はお開きになった。

外に出ると、梅雨空のべたべたした夜の熱気に包まれた。どこか今夜の会合の空気に似ていた。B紙の部長が肩を並べてきて地下鉄の駅まで歩きながら言った。

「C新聞の東京の高木社会部長は霧原さんの中学時代からの親友だそうですね」

「よくご存じですね」

「この間、東京本社へ行った時、うちの社会部長が高木部長と親しく一緒に飲んだのですよ。高木さんとこによく特ダネや連載物でやられているとこぼしていましたよ」

「そうでしたか。最近は忙しいのか、手紙も来ませんがね。そんなにやってますか」


私鉄に乗り換えて一人になった昭平は、疲れたサラリーマンやほろ酔い加減の乗客で身動きもならず、自分で体を支える必要もないので楽といえば楽だが、座席で眠りこけている乗客のだらしない姿を前にしていると、吊革にぶら下がっているのも辛くなり、一刻も早く電車が寝ぐらへの道程を縮めてくれることを願った。

窓ガラスの彼方に広がった夜闇は何やらぶきみで、その底に映った自分と顔を突き合わせたくないばかりに、駅の売店でせっかく買った週刊誌を鞄から取り出すのも面倒だった。行く手の闇を突き破らんばかりの快速電車の勢いものろ臭く、結局、昭平は辛抱しかねて夜闇に防壁を立てるように週刊誌を取り出して読み始めたが、「活字がなくなると手応えがなくて……」とB紙の部長が口にしていた言葉が浮かんできて妙に気になった。B紙の部長はどういうつもりで言ったのか確かめた訳ではないが、頼りなさという感覚を言っていたと思う。鉛の活字がなくなるのを俺はこわがっている。どうしてなんだ。文選工ほどではないにしても、整理記者として鉛活字に親しんできたことは確かだが、電子記号化でそれがなくなってしまうのが、それほどこわいのか。それを支えに生きてきたように気にしている。まるで文字や言葉そのものがなくなってしまうように。なぜなのか分からない。だがこの頼りなさは、部長会の重苦しさとどこかで通じているような気がした。

以前から昭平は、個とか主体とかがよく問われる時に自己の存在感の軽さにひそかに悩んでいた。たえず自分を意識していないと自分が存在してないみたいに感じていたのだ。

なぜ俺はここにいるのだろう。「皇国のために死ね」と言われ続けた少年時に、敗戦が突きつけてきた存在と意味の喪失だった。なぜここにいる。以来それははっさり言葉にされるまでもなく、無意識のうちにたえず耳もとに囁かれ続けてきた問いだった。答えの見出せぬままに来た自己の影の薄さ。昭平の目は週刊誌の文字の上をさまよった。

三

何列もの白色光が、凹凸のある天井で乱反射してオレンジ色を帯び各部のテレビ画面の青と入りまじって、編集局の空間をまだらに輝かせている。取材各部に囲まれて横長に並んだ整理部の真ん中に近い席で紙面から目を離した昭平は、古い水族館の濁った水槽のなかにいるような気分を振り払うように立ち上がって深呼吸した。部員の一人がこちらを窺うように頭を上げ、目が合うと急いでそらせた。瞬間、昭平はクモの巣に引っかかったような気がした。編集局内に目に見えぬ白い視線の矢と、声にならぬ声が無数に飛び交い、張りめぐらされたクモの糸がねばねばとまつわり漂っているかのようだった。

七月末の夜七時、窓外はようやく日が落ちたところだが、局内の明るさは昼夜の別もない。三角ベースと呼ばれる窓ぎわの局長席の脇では当番の局次長、清田が一人手持ちぶさたな様子で新聞を広げていた。整理部経験のない清田は殆ど口を挟んでこないので、部長代理の昭平は今夜の実務上のトップだった。テレビは明け方から降り続いている広島、岡山地方の豪雨をしきりに報じていた。局次長主宰による定例の朝刊紙面の各部打ち合わせでも豪雨が拡大次第で一面のトップ・ニュースになりそうだった。だが、その関連の出稿が遅れていた。現地へ行く午後十時頃に降版される版には間に合わさねばならない。万一に備えて販売、発送、印刷へ現地号外発行の用意を依頼した昭平は、地方部デスクに原稿を催促し、自席に戻るとテレビに釘付けになって苛つき始めていた。

新聞は朝刊が勝負どころだが、夜の編集局は地方部デスクを除けば出入りする記者の数も減り、どことなく侘しく静かだ。まるで音楽のない夜の遊園地、回転木馬の影絵のように黙々と記者が立ったり座ったりしている。作業工程の機械化が進み、送稿も漢字テレタイプになって久しく、編集局風景もすっかり様変わりしていた。捨てられた新聞紙に覆われた床を踏みしめて怒鳴りちらす侍デスクも姿を消し、やたらに格好をつけて新米の原稿に筆を入れる古参デスクの出る幕もなくなっていた。さらに紙面がまるごと電送され、原稿が社内をベルトコンベヤーで運ばれるようになってからは、局内を走り回る新人記者や、「坊や」と呼ばれたアルバイト学生の姿もなくなっていたが、それがそれほど昔のこととも思えぬのに、鉛活字や鉛版が追放され、コンピューターに記事も写真も入力される電子編集時代が間もなく本格化しようとしていた。

整理記者は活版工場の大組台の脇に立ち会って、小組された活字を一ページ大の紙面にまとめるため大組工に指示しなければならない仕事があった。それは左右が逆転した活字の鏡像の世界だった。入社したての頃、昭平は限られた時間のなかで原稿を読み、見出しをつけ、左右反転した活版紙面を作らねばならぬ恐怖で、それができない夢や活字の百鬼夜行の夢に悩まされたものだった。一刻一秒を争う修羅場ではベテランの大組工の手先といえども二、三ミリ角の活字がこぼれ出したら厄介で、まどろこしく見える時もあり、まして大事件ともなれば、大見出しや木製の大活字を整理部員が文選へ取りに走らねばならぬ場面も少なくなかった。個々のニュースの価値を判断し、トップ記事を決め、的確な見出しを引き出す、それが整理部の第一の仕事だが、鉛活字の手応えには印刷された文字の抽象性を補う物の重みがあった。刷り上がったばかりのインクの臭いのする紙面を見る恍惚と不安の陰には、選び抜かれた見出しを裏打ちしている鉛活字の存在がつねにあった。鉛の助けを借りなくてもコンピューター画面のワンタッチですむものなら、その方が遥かに便利で時間の節約にもなる。だが便利になるとは具体的な現実が次々に消えてゆくことではないか。少なくとも手応えが存在の現実感であるなら、障害とは生きた現実の別名ではなかったか。

とはいうものの昭平にしても、鉛活字がなくなる不安を言われて、ようやく言葉と現実存在の関係に目を向け始めたわけで、これまでは言葉で国内外のニュースをヒエラルキーの形に閉じ込めることで、今日の世界を昆虫標本のように射止めた気になってきていたのだ。しかし言葉を使って生きるということは、そんな生やさしいことではなさそうだった。

昭平が電子編集作業の先頭に立たされることは年齢的になさそうだったが、頭のなかだけでも受け入れ準備は整えておかねばならなかった。東京本社での研修から帰った若い記者や技術者の話はメカに弱い昭平をうならせた。分厚いカーペットに敷き詰められたコンピューター室は常に一定の温湿に保たれ、ＩＤカードがなければ入室できず、靴を脱ぎ白衣に着替えて、ようやく奥深く鎮座ましました〝マスター〟にお目通りがかなうのだという。

「思わず最敬礼したんじゃないか」

昭平は冷やかさずにはいられなかった。コンピューターこそ鉛活字に代わる新たな言葉のマトリックス、絶大な力を秘めた女帝だった。ＩＴ革命がもたらす可能性は世界を全く変えてしまうほど測り知れないものがあるに違いなかった。だが編集作業に限って言えば、作業に要する時間の短縮は余裕を生むよりも人員削減と密度のより高い作業という形に圧縮されて撥ね返ってくるのではないかと危惧された。

豪雨禍の原稿はなかなか整理部に届かなかった。ＮＨＫテレビは番組を変更して放映を始めていた。広島、岡山の山間部に早朝から集中的に降り出した雨は昼近く一旦小雨状態となったが、夕刻再び強まった。夜に入って土砂崩れや冠水で孤立した被災地との連絡がとれなくなり、出動した自衛隊や消防団も道路決壊などで現場に近づけないというのだ。一挙に編集局内に緊張が拡がった。こうなるとテレビの速報性には太刀打ちできないのだからお手上げだ。おまけにテレビは垂れ流しに放映できるが、新聞は一発勝負だ。昭平はテレビから目が離せなかった。

「こりゃ、かなりの被害になりそうや」

昭平は整理部の硬軟両派のデスクに叫び、地方部へ足を運んだ。数人の地方部デスクは支局との電話連絡に忙しく、けしかける昭平を顧るひまもない。プロ野球を見ていた局次長もイヤホーン・ラジオに切りかえて、テレビ画面を注視していた。

「とりあえず一面と社会面、空けてあるから。いくら原稿出しても構わんよ。写真グラフもできたらやるから」

広島、岡山向けの降版時間まで一時間を切っていたが、記事は一行も出てこない。その間もテレビはこれ見よがしに、降りしきる夜の現地の光景を流し続けて、局内と昭平の頭を雨水漬けにした。紙面を空けすぎて時間内に埋まらなければことだ。思案のしどころだった。

「一面は続き物だけ残して空けておこう。社会面は最低限、見開きにして、記事が足りなければ写真で埋めよう」

硬軟両デスクと昭平は段取りをきめた。製版に時間のかかる凸版は原稿が来なくても用意しておかねばならない。一面は「広島・岡山に豪雨禍」社会面は「土砂崩れ、民家一呑み」と決まった。写真は昼間にヘリコプターから撮ったものが三枚来ているだけで、グラフはできそうにない。号外は見送り、本紙一本で勝負だ。社会部に気象台原稿を早版から出すよう念押しし、印刷と発送、活版部にも「ぎりぎりまで降版を粘る」と伝えた。肝心の原稿が出ず、強ばった表情の整理記者たちのところへ、注文してあったコーヒーを喫茶店の女の子が運んできた。あまり飲みたくなくても加わらない訳にもゆかぬあみだくじのコーヒーだったが、毎回ともなると、緊張をゆるめてくれるのか、興奮を高めてしまうのか、分からぬままに今では欠かせぬ習慣となっていた。血圧の低い昭平にしても、気持を高めるためにコーヒーを飲んでは、気持を静めるために煙草をくわえる悪循環に陥っていた。キャッチャー役の整理部は遅い原稿でもうまく処理するのが腕の見せ所であったにもせよ、神経を擦り減らし胃をやられる記者も多かった。酒を殆どのまない昭平はギャンブルでストレスをほぐし、胃は切らないですんでいたが一時は血尿に悩まされていた。それに最近、右眼がいつの間にか視野狭窄になって眼鏡を通しても殆ど見えていないのに気がついた。原因不明でストレスのせいとしか思えなかった。

降版二十分前になって、ようやく一面に豪雨の手書き原稿が出始めた。五分遅れて社会面にも。整理部デスクには殆ど読む時間が残されていない。それでも見出しになるところを斜め読みしてでも拾い出さなくてはならない。デスクから原稿を受けとった面担チーフの矢沢恒一は読むのを断念して文選向けのコンベヤーに放り込んだ。

整理記者が最も存在感と疎外感を同時に覚えるのはこの時だ。現場の臨場感を高めようと取材記者が粘りもがけばもがくほど、整理に残された時間は限りなくゼロに近づく。取材記者が見出しで強調してほしいと思ったポイントも、取材記者が気付かずに書き込んでいる価値あるニュースも、時間切れで、見落とされたまま、言葉は整理記者とともにただ運動会のように走り回るだけだった。いわば公認されないロス・タイム。

「立てよ。原稿出すから」

デスクが椅子にへばりついている矢沢にうめき声をあげ、矢沢は心を残して工場へ大組の立ち会いに降りて行った。

「どないなってまんにゃ」

発送部の主任が丸顔に目を尖らせて上って来る。

「雨やからよけ早ようしてもらわな」

「分かってる。くだくだ言いなさんな」

「頼みまっせ」と恨めしげな顔を残して主任が降りて行った。

昭平は部員の動きに目を配り、長年、自分の鼻面を引き回してきた壁時計の長針を睨みつけていた。たかが時計の針ではないか。引き回されてたまるか。ただの便宜上の約束事ではないか。おごるな。

時よ、止まれ。いつからだろうか。昭平は時間を憎悪していた。昭平にとって本来の時間は意識としての時間で、外的時間もその働きによって紙面に裏づけされ、生きられた充実した一刻となるはずだった。だが現実は販売局をはじめとする外部の圧倒的な時間に振り回されるばかりのことが多かった。昭平がまだ入社したての頃、通勤の自転車を預けていた販売店の主人は「たとえ真っ白な紙面でも売ってみせまっさ」と豪語した。昭平には中身などどうでもよいと言われているようだった。彼らの時間に負けまい。電車やバスを待つ間がもどかしく歩いたりして、時に勝利したつもりでいたが、昭平の多忙さの多くはまさにそのような上滑りの負け惜しみに過ぎず、屈辱は貧乏揺すりに極まった。たまに妻の溪子と外出してもまるで歩調が合わなかった。

結局、現地向けの紙面は規定の時間に十三分遅れて降版された。遠隔地向けの早版は他社との共同輸送や列車積みが多いので、それに積みはずすと、販売店への到着、配達時間が大幅に遅れてしまうのだ。

「ごめん、ごめん。頼んまっさ」

工場の紙型をとる一隅で今度は昭平が渋面の発送と印刷の主任に頭を下げた。が、一面の大刷りを見て昭平は溜息をつかざるをえなかった。紙面そのものが土砂崩れを浴びたように真っ白だった。トップ見出しと航空写真一枚のほかは、記事をやっと流し込んで埋めたという感じの砂漠をみるような紙面だ。記事の洪水に押し流されて、二段の一本見出しが二、三本今にも倒れそうな電柱や樹木のように立っていた。辛うじて紙面のうちに留まった一段の小見出しは濁流に溺れる人影をも思わせ、ようやく大津波をかいくぐった果ての記者自身の姿でもあった。

最終版まで息つくひまもなく、死者不明は五十人を超える見通しとなったが、紙面の方は何とか面目を保つ程度にまとまった。最終版降版の直前、昭平が階下の工場へ降りて行くと、前を長身の矢沢恒一が大刷りを片手に駆け降りて行き、踊り場で突然、頭から転倒したかと思うと次の瞬間、すっくと立ち上がって何事もなかったように駆け降りて行ったのだ。仕事がすべて終わってから、そのことを思い出した。昭平は、最寄りの店へ仲間と一杯やりに行く矢沢の背に声をかけた。

「君、さっき階段で転倒したやろ。頭を打って。大丈夫か」

「えっ、全然覚えていません。嘘でしょ」

「本当だよ。ぼくの前で倒れたんやもの」

「覚えてません」

「そうかあ。あした念のため医務室へ行っといた方がいいぞ」

矢沢はようやく不安の表情をうかべ真顔になって言った。

「ぼくの名前を訊いてみてください」

「君の名前は」

「矢沢恒一」

「合ってるな。生年月日は」

「昭和二十四年五月十一日」

矢沢はすらすらと言い、現住所まで付け加えた。

「大丈夫なようや。けどあした行っとけよ」

矢沢はほっとした表情に戻り、昭平は仕事に夢中なあまり何も覚えていないのだと納得するしかなかった。自分が幻覚を見たのかと疑わねばならなかった。

四

「ちょっと話があるんですが。あいてますか」

昭平が夕刊勤務を終えて帰りかけていると、編集局の出口で矢沢が声をかけてきた。

「何や、ちょうどいい。一緒に帰ろう」

矢沢は無造作に分けた長髪の青白い顔をやや強ばらせている。

「何や、深刻そうやな。転んだ時に頭でもおかしくなったんか」

「いや、頭の方は大丈夫です」

桜橋へ出、西梅田のホテルの喫茶室に入るまで、矢沢は黙り込んだままだった。広い店内は幸い人影もまばらで冷房も程よく落ち着けた。

「ほんとにあの時は驚いたよ」

「大学病院でも異状は認められないというのですから」

「一過性の記憶喪失ということかな。ところで、Ｘデーの大刷り、点検してくれてるだろうな」

「実はそのことなんです。点検はやってますが」

大阪本社は東京本社で製作されたＸデー向けの紙面をそのまま受けて活字に組み大刷りと共に保管していた。その準備作業と管理は極秘裡に最小限の人数で数年前から行われていた。最近は整理では昭平が実務責任者となって、主任の矢沢一人に手伝わせていた。矢沢はＦ支局から三年ほど前に本社へ上がってきた中堅記者で、昭平はその仕事ぶりを買っていた。

前年の衆院選挙では過去の即日開票の一時間ごとの党派別当選者数をグラフにして比較し、各党の伸び具合を過去のデータからいち早く予測する、いわば手作りのコンピューターで与党の予想外の不振を速報し、与党に密着しすぎて圧勝の先入観に惑わされがちな東京政治部の鼻を明かしていた。また選挙区ごとの候補者別の得票数も、一般記事と同様に流し組みにするのが慣例だったのを、得票数だけを何段かにたたんでまとめ、レイアウト面でもＩＴ時代に備えた局長賞ものの横組み選挙紙面を起案して他紙に先駆けていた。

コーヒーが運ばれてくると、ブラックのままカップに口をつけた矢沢は悩める少年を思わせる秀でた眉をあげて思いつめたように切り出した。どこかで見たような顔だった。

「実はそのXデーについてなんですが、担当からはずしてもらえませんか」

「えっ、それはまたどうして」

「どう言ったらいいのか、うまく言えそうにないのですが、一言でいえばうんざりなんです。紙面を校閲しながら二十数ページ分を読ましてもらいましたが、ぼくにはこれ以上ついて行けそうにありません。何かやりきれないんです。目新しい記事も情報もなく、言わばお座なりで、何かに気がねしているかのようで、記者のビジョンや情熱も伝わってこないんですよ」

昭平は絶句したままだった。

「ぼくは戦後生まれで天皇個人に特別な感情は何も持っていないつもりですが、この国の運命に大きくかかわった天皇死去の紙面ということで内心期待してきました。しかし期待はずれもいいところでした。今まで聞かされたことや知っていることばかりで、同じ材料に多少の調味料を加えてお茶を濁した、そんな感じです。これが後世に残すべき歴史的紙面かどうか。歴史認識が見えてこない。単に過去を振り返るのでなく、将来のビジョンを見据えた視点が欠けている。書き手ばかりを責めるのは酷かも知れませんが、うんざりしてしまったんです。読者も恐らくそんな感じを持つのではありませんか。これから何年続くか知れぬこの担当に耐えられそうにありません。失礼ですけど霧原さんは読んだのですか。どう思われました？」

次第に熱を帯びる矢沢の言葉に押されて、昭平はむっとしながらも驚きですぐには言葉を返せなかった。日頃いろいろ文句をつけてくる部員はいたが、与えられた仕事そのものを忌避してきた者はなかった。それもXデー担当という大仕事を。それればかりでなく、昭平が絶句したのは自身が矢沢と同じような思いで、送られてきた予定稿を読んで失望し、最近は誤植や組み違いなど表面的なミスを点検するだけでお茶を濁していたからだ。

紙面の構成は社説、天皇の戦前、戦中、戦後の足跡、語録を中心としたコメント、素顔、エピソード、グラビアなどで、この種の予定稿に考えられるものを網羅していたが、ありきたりで、「激動の昭和に幕」とか「平和をご愛好」とか「誠実なお人柄」とか当たりさわりのない見出しが並んでいた。そのほかには次代をになう皇太子夫妻の似たような趣向の関連記事が数ページあった。整理部長会の感触から他社も大して変わらぬものを用意しているはずだった。

昭平は自社の紙面を思い出しながら、煙草を取り出して火をつけ落ち着き払って言った。

「もちろん読んださ。確かに目新しいことは何も書いてない。だがそれなりに頑張って書かれているよ」

「頑張ってですか」と苦笑する矢沢に昭平も誘われながら続けた。

「予定稿というのはそんなもんや。それくらい君も知っているやろ。将来については本格的な象徴天皇としての皇太子夫妻関連の記事に示されている」

「ごまかさないでくださいよ」

「ごまかしてないよ。訃報は訃報や。記事の性格から言っても、君の言うような大上段の記事は期待する方が無理というもんや。それにこれはあくまで万が一の緊急事態に備えるもんや。それで書き手もつい本気になれないのではないかな。これまでも差し替えられてきたが、これからも新しい記事や差し替えが送られてくるやろ。Xデー関連で最低三日間、紙面をもたすとすれば、今あるぐらいのストックじゃもたないからな。Xデーが現実となれば、生のニュースもわんさと出てくる。新聞は歴史とは違う」

「やはりごまかしですね。後になればもっとましなものになるというのですか。変わるというのですか。本当にそう思いますか」

「そう思うよ」

昭平は口をゆがめた。

「楽観的ですね。いや、霧原さんのその態度こそXデー紙面にそっくりでは。これまで差し替えられた記事にしたって、とくに変わりがありましたか。字句の修正程度でしょう。記者が変わっても記事には大差はないやないですか。霧原さん、変わりましたね。もう少し話の分かる人と思っていたのですが」

矢沢の言う通り、昭平はまさに中間管理職的な言葉ばかり並べている自分に嫌悪を覚えながら、矢沢の本音を探ろうとしていた。

「君の言いたいことは大体分かったが、もう一つ合点がいかん。たとえば天皇の戦争責任が曖昧だということか。天皇に責任がないとは言えないにしても、国民の多くが敬愛している以上、それなりの扱いはしなければならない。そういう及び腰がごまかしだと」

「話がすぐそういう方へ行ってしまうので肝心なところがぼやけがちですが、ぼくが理解するところでは、あの戦争は何だかんだ言っても、みんなでやった戦争ではなかったのですか。偉そうなことを言うようですが、強制されやむなくという面もあったにしろ、国民のほとんどが反対せずに後押ししたでしょう、とくに新聞は。そうか、ぼくの言いたいことが一つはっきりしました。新聞社としてあの戦争と当時の天皇の言動にどういう姿勢をとったのか。その反省の上に立って記事が書かれるべきだということです。予定稿にはそれが出ていないということです」

「なるほど。日本人自身の手による総括がなされていないということやな。とくに新聞は今それを率先してやるべきだと。いずれその時が来るやろ」

「よそ事みたいな言い方ですね」

俺が本音を探られているみたいや。昭平は態勢を立て直そうとした。

「君の言う通り、俺もみんなでやった戦争だと思う。互いの顔を読み合って、それでできた空気に流されてしまう。積極的に賛成するわけではないが、反対するわけでもない。どんな状況になっても対応ができるような受動的な構え。だから誰も自分がやったとは思っていない。多かれ少なかれ結果として相当の被害をみな受けていて、とても周辺諸国の被害者には目が届かない。天皇の戦争責任の曖昧さは、俺たち自身の曖昧さということなんだ」

「難しい法的なことは分かりませんが、もちろん天皇の名で多くの人が死んでいるのですから、少なくとも倫理的、道義的な責任は免れないでしょう。現に天皇は敗戦直後は『自分に全責任』とか『退位』を考えておられたようですが、その後は『文学的な言葉のアヤ』とか訳の分からんことを言われるようになった。それなりにとても政治的に読み取れますが。占領下であることと国際情勢もからんで、国民の方に顔を向け切れなかった。不幸なことではありませんか」

「えらく天皇に理解があるね」

昭平が半ば感心しながらも皮肉ると、矢沢は一瞬、心外なという表情を浮かべ、何かの感情を無理に殺しているようだった。その表情がどこかで見たと思った顔を甦らせた。興福寺の有名な三面の阿修羅立像の正面だった。元々、猫の手も借りたかった多忙な昭平にとっては、阿修羅や千手観音の何本もの腕は印象深いものでもあったのだ。

「ところでや。偉そうなことを言ってるが、君がXデー担当からはずれたからと言って、昭和の総括が始まる訳でもなく、当面何も変わりはしない。甘えるなというところや。はっきり会社をやめると言ったらどうや」

昭平は少し追い詰め過ぎたと悔いたが、矢沢は気にしていなかった。

「そうです。おっしゃる通り、担当をはずしてくれなんて、しみったれた話です。やめて変わるものなら……」

「そんなことを言っていると、君がまず総括されるぞ」と昭平が笑いに紛らせると、「そうですね。しかしこれでも自分なりに総括した結果ですから、そうなっても……」と矢沢は引き退らなかった。

「俺の若い時みたいだな。本音はまた取材に外へ出たいというところじゃないのか」

「そうかも知れません」

矢沢は否定もしなかった。

「そうや。君が書いてみるか」

「ぼくがですか。書いてどうするんです。紙面に載らなくちゃ話になりません」

「そりゃそうや」

「東京には推薦してもらえるんですか。万が一、東京の皇室班に入れたとしても、ただの下働きじゃしょうがありません」

「そうだな。乗りこえなくてはならない関門が多すぎるな。無責任なことを言った。けど頭においとくよ」

「Xデー担当からははずしてもらえるんですか」

「はずさない。が、君の考えは大体分かった。席を替えよう。もう少し話がしたい」

席を立とうとした昭平は矢沢の鼻の先に赤いものを見た。

「君、鼻血が出ているぞ」

「そうですか。ちょっと興奮したかな」

興奮したにしては、ちり紙で鼻血を拭う矢沢の顔は青白かった。

「もう少し付き合ってくれるか」

「ぼくは構いませんが。霧原さんはこれやらないんでしょ」と盃を傾ける格好をした。

「ちょっと知ってるところがあるんや」

矢沢と話しているうちに昭平の溜め込んでいたものが出口を求めて溢れようとしていた。やられっ放しなのも癪だった。

大阪駅の高架下に出ると、救急車が渋滞と雑沓を押しのけて警笛を鳴らしていた。その前をたまたま走っていた霊柩車が急に左へ曲って消えた。

五

大阪駅の裏に昭平の従兄がやっている居酒屋があった。めったに寄らないが気楽な店だった。二人が入って行くと、テーブルの客に応対していた従兄の妻が気づいて迎えた。

「あら、お久しぶりです」

カウンター越しに板前の従兄も目で挨拶を送ってきた。二人は店の奥の一間きりの四畳半に上った。

「板前さんが父方の伯母の子なんだ。ぼくの親父は早くに死んだんで、付き合いはそれ程でもないけれど。ぼくとよく似ているやろ。若い時はもっと似ていたような気がする。あんまり気持のいいもんじゃないよ」

入ってきた従兄の妻に「いけるロやから、どんどんお酒運んで」と矢沢を紹介しながら、訊いてみた。

「君は全共闘世代やったな。どこの大学やったっけ」

「W大の理学部です」

「そうか。君もヘルメットにゲバ棒を握ったわけだ」

「ええまあ少しは」

「始めの頃、ぼくは君たちが何を訴えたいのか、よく分からなかった。ゲバ棒なんかで何ができるんだろうと思ってね」

「ぼくら自身よく分かってなかったように思いますね。分かってないものを大人に分かってほしいと叫んでいたような気がします。そういえば今もあまり変わらんか」

苦笑しながら矢沢はビールを傾けた。

「ぼくは全学連じゃなくて、ノンセクトで理論なんてないんですよ。安保自動延長の頃にはもう脱落していましたね」

「しかし君たちが大学で教授たちを吊し上げ始めたときは、これは俺たちの時代とは違うぞと思ったよ。しかし大学解体を叫ぶだけで、大学をどうしようとしているのか、よく分からなかった。けれども同じ左翼といっても昭和一桁世代の観念的な反抗とは違って、日本の母性社会や世間を君たちは壊したかったんではないか。つまり非近代的な社会であぐらをかいている大学の権威といったもの、その点で俺たちより的を突いていたんだ。俺たちは敗戦ですっかり自信を失った大人たちに分かってくれなんて始めから期待する気もなかった。ただ戦死した先輩たち、学徒兵や少年兵の平和への願いを受け継ぐのは俺たちしかないんだと。だが朝鮮戦争が始まって、どうやら先に始めたのが北側だとなると、社会主義にも疑問が強くなって俺は離脱してしまった。まあ、いずれにしても日本は変わっていないね。君が今ぶつかっているものも、世間というものだと俺は思うよ。みんなでやった戦争、さっきの話の続きだよ。それが世間だ」

「世間ですか。その由来は互酬贈答の慣習に始まるという説を読んだことがありますが、日本文化論でよく言われる『間』とか間人主義とも関係がある？」

「よく知ってるね。俺はあんまり理屈っぽいことは苦手なんだけど、『間』というキーワードは確かに群れたがる我々日本人の特徴を摑んでいる気はする。が、問題は日常現実に個や主体をどう生かすかということや。例えば政党の派閥なんか。新聞が一時、やめさせようとして派閥を書かないようにしたことがあったが、結局、元に戻ってしまった。何も派閥は政党だけのことではないからね。社内でも虚礼を廃止しようと年賀状の自粛をしたことがあったが掛け声だけに終わった。やめようという言い出しっぺが何を変えようとしているのか分かってないのだから、話にならない。新聞の亡者欄だってそうだ。一部階層の世間の付き合いのためのものだろ。冠婚葬祭や贈答のお返し。保守、革新を問わず政治家も学者も報道人も自由な個人と民主社会という建て前のビルにあぐらをかきながら、世間を気にし周りに合わせてばかりいるわけやから、気づいていてもそのことに触れられない。結局本当に変える気があるのかどうかも分からない」

「確かに理屈ではどうにもならないところがありますね」

「『間』の理論はいいが、世間をもう少し改革したいという面では有効でない。世間には主体がないから他者もなく、欧米流の他者に支えられた主体なんかとも噛み合わない。目に見えない慣習、空気のようなもんやから掴み所がないんだな。『世間を騒がせ、ご迷惑をおかけして申し訳ありません』。よく聞いたり見たりするあれや。誰が誰に謝っているのかよく分からないほど真実味がないが、とにかく謝っておけ。世間は神様やからという訳や」

「少し気に病みすぎじゃないですか。今の若い連中は世間などという言葉を使わないし気にしてないようですが、それほど深く浸透してしまっているということかな」

「そうやろ。仲間はずれやいじめなんかがひどくなってるのは、そのせいやろ。誰かを標的に虐げる暗黙の仲間同士の心地よさ。その居心地よく、気がつけば耐え難く、助け合いという縛り合い、内に閉ざされたねばねば、じめじめした空気。この居酒屋のなかにも、駅の構内にも会社にも、Xデー紙面のなかにも、いたるところに漂い満ちて、俺たちの目を見えなくしているもの。それを少しずつでも変えて行くしかないが、さて……。君と話して俺も久しぶりに活を入れられた気分なんだ」

　昭平は調子に乗りすぎたかと照れ隠しに言った。

「霧原さんは東京の大学でしたね」

「そうや。あちこち行ってるのや。東京で生まれ育って滋賀に疎開し、京都の大学に行って、東京の大学に転入学し、就職してまた関西に。旧制と新制の切り換え時でそういうことができたということもあるが、東京の学部長に転入学試験をやってほしいと嘆願書を送るほど覇気があったんだな、あの頃は。京都と違っていくらでもアルバイトがあって面白くて勉強どころではないという感じだった。むろん金もなかったけど。占領時代が終わった頃で、無秩序で無責任な自由があった。そういう自由さに慣れてしまったせいか、正式に就職したり結婚したりしたあとの拘束感はきつかったな」

「でも恋愛結婚でしょ」

「まあそうやけど、それは別の話だよ。君とこもそやろ。美人の奥さんと聞いたが、子供さんは」

「いません」

矢沢のきっぱりした口調が気になった。

「そうか、早く作っておいた方がいいぞ。仕事が忙しくてだめかな」

昭平の軽口にも乗ってこなかった。

「霧原さんのお子さんは？」

「娘が二人、まだ家にいる。奥さんを大事にしろよ。夜昼さかさまの仕事だからな」

ビールで赤くなった昭平の顔を見て、矢沢は自分の水割りを注文すると口を開いた。

「子供は作らないことにしているんです」

「何でまた」

「苦労させたくないのです。この世の中、そんなに楽しいところでもないでしょ」

その口調には昭平の反論を封じるような陰にこもった迫力があった。それになぜか、子供を作れなどと言える資格がないような気がした。

「霧原さんは珍しく整理部志願だったそうですね」

「そうだよ。取材には向いてないと思ったんだ。面倒というか、人見知りするというか、軽率だったが、文学部卒ではアルバイトと違ってとにかくどこでも就職できればよいというご時世だったし、長く一か所に勤める気もなかったんだ。大体、何になろう、何で食って行こうという考えもなかったんだから、自分でも呆れるよ」

「でも新聞社に何か夢があったんでしょ」

「朝夕新聞社にコネがあったからと言っては愛想がなさすぎるかな。けど、学生時代、商業紙をブル新と呼んで軽視していたから、その意味では夢はなかった。しかし世の中の動きには強い関心があった。小学生時代から、とくに中学生になってからは戦況のニュースを新聞で見て見出しを日記に必ず書き添えていたからね。就職する以上は戦時中のような権力に弱い偏向新聞は作るまい、東西いずれのニュースもできる限り公平に隠さず載せるという志はあった。そういえば冤罪事件にも敏感だったな。警察官の思い込みや見込み捜査による冤罪事件は絶対に許せないという気分だった。自分の都合のいいようにしか人間は考えない、見たいものしか見ていないという不信感があった。だが現実に入ってくるのは西側のニュースが殆どで、冤罪事件も後を絶たなかった。会社は販売部数の拡張にばかり傾いていたし、大体仕事に集中できないほど社外は騒然としていた。安保闘争の国会デモやベトナム戦争本格化の頃や。その一方では今から思えばすでに高度経済成長の波に呑まれていたんや。実感はなかったけどね。俺は社会変革よりもベアという風潮に反撥して、組合にも会社からも睨まれて孤立し、会社と家を悶々として往復する日々だった。そのうちに給料も銀行振り込みになり、自分が人質になるような住宅ローンがはやる時代になった」

「ぼくも似たようなもんですよ、ゲバ棒持ってた頃は。サラリーマンになりたくなかった。大人にも。話が戻りますが、大学という特権の上にあぐらをかいていたくなかった。リーダーの言葉を借りれば、権力を否定し、そのために自己否定に徹しようとした、ということかな。しかしぼくは大人や先輩たちを見てサラリーマンになりたくなかった。それだけですよ」

「すると同じ思いを君らはゲバ棒に託したということか。そういえば俺も何回か会社の帰りに出会った君らのあとをついて回ったもんや。夜の大通りをゲバ棒を持ってデモり、地下街にたむしろするヘルメット姿の君らやべ平連の後を。とくに北ベトナムに対するアメリカの侵攻、非人道的なやり方には絶望したね。何だかんだ言っても、アメリカは自由と民主主義の先生だと思っていたからね。六七年頃だったたな。羽田闘争でK大生が死んだのは。中国の文革が突然始まったのはその前年だったたか。何が起こりだしたのか始めは分からなかった。六八年にはパリで五月革命、プラハの春、ソ連のチェコ侵攻と続いた。あの頃ははんとに一級のニュースがぞろぞろ、世界中が騒然としていたなあ」

私的な周辺も騒がしかったと昭平は思った。中学時代から敬慕し結婚の仲人までしてもらった美術教師の川森哲が胃ガンで倒れたのは、大学紛争が目的を見失い内ゲバに向かい始めていた六〇年代末期だった。川森はその頃、京都美大で助教授になっていたが、学生対策担当教官として校舎焼失という不祥事まで背負って、多忙を極め、ガンが発見された時はもう手遅れだったのだ。だが世の中にも自分の前途にも絶望して転職を探っていた昭平は、川森のガンがそれ程進行しているとは知らなかったせいもあったが、発病を聞いた時、あろうことか、時めくような劇的なものを感じてしまったのだ。川森が四十七歳の若さで急逝したのは大阪万博が開幕して間もない春浅い宵だった。たまたま昭平は九州の西部本社へ出向転勤を命じられて転職を断念し、川森の葬儀に出るのもそこそこに小倉へ家族ともども転居した。社宅で引っ越し荷物を片付けている最中に日航機「よど号」の赤軍派によるハイジャック事件が起こり、呼び出されて、いきなり整理部デスクに座らされたのだった。無我夢中で眼前の原稿をさばくうちに、昭平は仕事人間、会社人間になっていた。そしてある休日、川森の死んだことを狭い社宅の片隅で思い起こし、死という事実をはじめて眼前にしたように茫然としたのだった。これまでに多くの死を見てきたはずなのに、俺は一体何を見てきたのだろう。何も見ていないではないか。人生の奥深い真実から遠いところで生きてきたという取り返しのつかぬ思いに襲われていた矢先に起こった三島由紀夫の自決も衝撃だった。その大きな生首を週刊誌で見て圧倒され、なすところもなく、日々の仕事に紛れて行った。

「どうしたんです」

遠くを見つめるように黙ってしまった昭平を見て、矢沢が言った。

「いや、大学紛争であることを思い出してね。何を話していたんだっけ。そうそう、アメリカもソ連も信用できず絶望したという話だったな」

「お互い様ですね。だけど結局はぼくたちの運動も後の世代には何もつながらなかった。一人よがりでマイナスの影響しか与えなかった」

「確かに君らの世代の後となると、俺にも分からんよ。何を考えているのか、話を聞こうとしないだろ。だが、元はと言えば断絶は俺たちの時代から始まっているのかも知れん。俺の先輩たち、学徒出陣の戦中派についても、その心を分かっているつもりだったが、怪しいものだとこの頃は思うようになった」

「話し合ったからって人間、他人のことが一体どれだけ分かるものか、大いに疑問ですよ。よく上田部長が苛立って怒鳴るじゃないですか。『お前らの頭のなかをカチ割ってみたい』って」

「そうやな。部長の頭のなかこそ断ち割ってみたいと思うことも再三やが」

「そう、そう」と笑いながら矢沢が応じた。

「確かに真面目な対話が世代間でされなくなってきていますね。霧原さんもふだん何を考えているのか、まるで夢見ているみたいに、周囲に関心がなさそうに見えますが。夢見るついでにもう一杯」

ビールをつぎながら矢沢が言った。

「飲めば飲めるんでしょう」

「飲めない。もう相当赤いやろ。だが君が子供を作らないと決めたように、白状すれば酔わないと昔決めたことは確かやな」

「どうしてです」

「つまらん話や。聖戦とか言って瞞《だま》されて以来や。また瞞されないようにいつも醒めていないと気がすまんのや。世の中の動き、それも隠れた舞台裏の方、そして自分自身も監視していないと」

「なぜ自分を見張るんです」

「だから言ったろ。いつも醒めてないと瞞されるからや。大体、俺は目に見える表側は信用してないのや」

昭平はそう答えながら、中学時代のある事件を頭に浮かべていた。

「なるほど。霧原さんが回りをあまり見てない訳が分かりましたよ。目に見える表面を信用してないからや。信用してないというより結局、徹底的に受身だからだ。だから自分の存在の方が気になるんだ」

昭平は顔をしかめた。矢沢の直観的な指摘も残念ながら的を突いているように思えた。

「確かに君のことをあまり訊こうとしてないな」

「まあ、いいですよ。それはいいけど、社内人事とか人の動きにもっと関心を持たないと出世しませんよ」

「自分の言うことをきいてくれる部下を集めて一仕事やるという意欲が足りないと言いたいのだろう、本当は。それは認めるよ」

そんな昭平を注視して矢沢は慰め顔に言った。

「まあしょうがないかな。惜しい気はするけど、そういうところが霧原さんのいい所だから」

「失望させたようだが、俺のことより自分のことを心配しろよ。俺も入社五、六年の頃は会社が窮屈で反抗的になり、いつ地方へ飛ばされてもいいやというやけくそな気分やった。が、いざとなると自由がとても怖ろしく不安にもなったな。結局、出しても貰えなかったが、正直のところ屈してしまったんだ。ショックだったな。あの頃はいろいろな先輩や上司にも世話になった。さっきも言ったが、Xデー担当をはずしてくれって言うんで、君も取材に出たいのかと思ってね」

そこまで言って昭平はあることを思い出した。いつだったか、ある朝、色気のない息の詰まるような整理部のデスクに青い花を生けた一輪挿しが黙って置かれていたことがあった。矢沢の仕業だということがやがて知れたが、昭平は確認しただけであえてそれ以上問うことはなかった。改めて問うほどのことでもないという思いのうちに何か険悪なものが予感されたからだった。

「しかし君はせっかく見込まれて整理に上がって来たんやから留まって頑張ってほしい。とくにこれからのコンピューター一辺倒の合理化時代では、整理部というような人間的な中枢部門は、逆に取材や技術部門の両方から吸収されて消滅しかねない。そうならないよう、もしなっても読者と取材をつなぐ報道の本質を忘れないよう整理記者の魂を守ってほしいんだ。それに君の紙面批判で気づかされたことは会社の機構がもっと開かれたものにならなくてはということや。遺言みたいになってきたが」

自分はもうあと二年で五十五歳の定年。制度延長の動きもあってすぐにはクビにならんだろうが、自分の時代はもう終わりに近い。矢沢らに期待するしかないと昭平は思った。プロ野球放映中の店のテレビから、地元球団を応援する大合唱が流れていた。

「ぼくもファンなんだけど、あの一糸乱れぬ大合唱はどうも嫌でね。何であろうと大集団の度はずれた一体化は苦手なんだ。『君が代』の斉唱にしても」

「君が代の歌詞は全くおかしいですね。およそ象徴天皇制にはふさわしくない。主権者である国民が一言も出てこないのだから驚いてしまう。西洋人とは逆に〝意味されるもの〟には全く関心がないのですね。形式ばかりに拘って。でも次の天皇の時代になったら、かなり変わってくるのでは」

「そうやな。あれほど大切にされ、犠牲を求められた国家の中身、国歌の意味が、どうして今になって軽視されるのか、気が知れんよ。でもほっとけば変わるというのはどうかな」

「そうは言いませんよ。若い者なんか、まるで関心がないでしょ」

「ぼくは戦中を体験した戦後世代のせいか、戦争を知らない世代がふえて行くばかりの明日がこわいよ。A級戦犯ばかりのせいにしていると、軍国主義でなければいいんだという風潮がますます強まって行く。国民が気概を失っているのは、愛国心と防衛力が足らないからだという短絡した風潮がいよいよ強まって憲法九条改定を進めるんじゃないか。喫茶店でも話したように、前の戦争は結局、国民みんなでやった戦争だった。国民の多くが無知だったからといって、軍国主義者だけのせいにする訳にはいかない。また勝者による東京裁判が日本だけを悪者扱いにする不当な裁きを含んでいることも否定できない。平和憲法にしても天皇の免責と引き換えに押しつけられた罰とのみ見る向きもある。だからといって現憲法を否定しあの戦争を肯定してしまえば、国の内外で流された数え切れぬ人々の血はむだになってしまう。そればかりか国家の被害者、また周辺諸国への加害者として、平和憲法は我々の悲願であり、反省の結果であるものとして守り切らねばならないのじゃないか」

珍しく興奮気味に能弁になった昭平に、矢沢は驚いた表情で引き込まれていた。

「それにしてもこの憲法がより本物に近づくためには、アメリカから自立しなければならない。その現実的な見通しは今のところないが、それをせずに他国から侮りを受けまいとして改憲するなら、結果は改悪以外の何ものでもない。とにかく戦争をすること、勝つということは、その国を増長させ、前途を誤らせるのが落ちだ。それは世界を苦しませることでしかない。破れた国に山河なしや」

これは元軍国少年の遺言だと昭平が苦しげに言いかけたとき、

「核を持ちゃいいんですよ、核を」と、矢沢がいきなり人が変わったように自棄《やけ》気味に口を挟んで昭平を驚かせた。

「核を持たない軍備なんて、現代では茶番ですよ。五大国だけが許されて馬鹿げた話だ。みんな持てばいい。原発だって何だって。そしてみんな「死の灰」に埋もれたらいい。そうしたら被爆市民の気持が分かるでしょう」

目を赤くして吼えるように叫ぶ矢沢が被爆に強くかかわっていることが察せられた。昭平も学生時代、被爆の惨状を知ったとき、暫く物を書くことができなくなったことがあった。何を書いても無意味な気がしたからだ。アメリカの牧師が原爆投下を神の罰と讃えたというニュースを聞いてショックだったことも思い出した。

「大分、酔ったたな」

「酔ってなんか、いませんよ。自分たちは核の傘に守られて、どうして持たぬ国に持つなと言えるのですか。核を持つか、何を言われても捨て身の裸で不戦に徹するか、それしかないのです」

「そうだな。そろそろお開きにするか」

腕時計をみながら昭平は腰を上げた。

「今日はおかげでいろいろ勉強させてもらった。礼を言うよ」

「いや、ぼくもですよ」

二人は大阪駅の雑沓のなかで別れた。

六

数日後の夕方、夜勤の昭平は会社に近い行きつけのクーラーのきいた喫茶店の窓際で新聞を広げていた。人通りの多い街角だが楽器店の階上で目立たぬせいか、いつも閑散としている。夜勤前は自宅で朝刊三紙を読み込んで、ここでは駅の売店で買った夕刊各紙に目を通しておくのが習慣となっていた。

夜型の昭平にとって朝が早いのは苦手だったが、かと言って西に沈んでいく太陽を追って駅まで自転車を駆り、帰宅する人々を掻き分けて改札を出入りするのもあまり気分のいいものではなかった。それでも社に近い喫茶店のこの一時間半は新聞を読むためばかりでなく、どこより落ち着ける貴重な一刻だった。

といって特別に何をするというのでもない。新聞を読み終わると、ただぼんやりと街頭の風景を眺めコーヒーをすすり煙草をくゆらし、時には鞄からノートを取り出して思いついたことを記すのだった。ここは昭平にとって会社からも家からも離れた、戦いのリングに上がる直前のボクサー控室のような空間でなければならなかったから、社までの微妙な距離が重要だった。

近すぎて同僚や顔見知りの社員に邪魔されてもならず、遠すぎてもならなかった。この出社途中の一刻は、若い整理記者にとっては、胃が痛み出したり、トイレへ駆け込んだり、それなりの拒絶反応に悩まされる逢魔が時だった。昭平はいつからか、その苦痛をこんな風に過ごすようになっていた。

朝夕刊を通して大したニュースも発展しそうな事件もなく、今夜は一面、社会面ともにトップニュースに苦労しそうだった。新聞から目を離し明るい横断歩道を渡ってくる人を眺めていると、視野の左端で何かが燃えているように揺らめいた。コーヒーカップの液体が頭上の照明に映えて煌めいているのだった。視野の下方のテーブルに置いたノートの白い紙の上でも黒っぽい淡い帯が揺れている。強い日射しのせいで横断歩道を示す白のだんだら模様の反射か、窓のシャッターの影だろうか。

毎日、時計の針とじかに顔を突き合わせているわりには、今日が何日か、何曜だったか、朝刊の明日の日付がいつも念頭にあって、すぐには正確に思い出せないことも度々で、月ごとに作成される昼夜の勤務ダイヤ中心の生活が世間のカレンダーと異なる時のリズムを作っていた。矢沢と話していた時も学生時代や入社四、五年のことは比較的よく覚えていたが、それ以降の年月にあったはずの数知れぬ大事件は後先も危うく日付のないまま頭に詰まっていた。それら日付のない日々はどちらかというと、昭平が仕事一筋の会社人間になった時期でもあり、そんな失われた夢中の時を昭平はテーブルの上のだんだら模様の揺らめきに追っていた。

その夜は昭平が予感した通り何ごともなく過ぎて、整理部員はひたすら事件を待ち原稿を待ち、時間と睨み合った。時はそんな彼らを恐れはばかるようにじりじりと遠巻きにして通って行き、朝刊二十四ページの責任を背にした昭平は、二十四輛の列車の機関手のように何が起きるか先の見えないトンネルの闇を見つめた。その闇はあまり見つめられすぎたために破れてしまった紙面の穴でもあった。

トイレに立った昭平が地方部の横を通ると、部長席で首をひねりながら書き物をしていた新川部長と顔が合った。新川は社会部長と次期局長を競っている。

「やあ霧ちゃん、ちょうどええところや。始末書ってどう書くんやったかな。教えてよ」

なれなれしい口調で始末書の書き方を聞く先輩の新川に、昭平はむっとしながらも答えた。

「さあ、どうでしたか。何の始末書か知りませんが、気の毒に。そらや、昔いつも同じ始末書を書くのが馬鹿らしくなって、『会社に損失を与えて申し訳ありません』と書くところを、『読者に損害を与えて』と書いて出したことがありますよ。受理されませんでしたがね」

「そりゃ、面白いな。俺も帰って考えるわ」

新川は立ち上がって帰り支度を始めた。

「今、入った記事なのですが、これはトップになりませんかね」

二時間後、昭平が遅い夕食をとって食堂から編集局へ戻ると、地方部のデスクが待ちかねたように近づいて、原稿を自信なげに見せた。近県の某繊維会社の十六歳の従業員少女が嘱託医に催眠療法で裸にされ、いたずらされたと、その家族が記者クラブに訴えてきたというのだ。

嘱託医は某県立医大のQ教授六十歳で、いたずらそのものは強く否定していた。だが状況はQ教授に決定的に不利だった。催眠をかけてリラックスさせるために「水泳場に来ています。服を脱ぎましょう」とか「ダンス大会に来ています。王子様がいます」などと夢想の世界に誘う療法で、密室のなかの出来事である。未成年の患者も妄想を誘われやすい一方、医師が「いたずらはしていない」証拠を出すのはかなり難しいだろうと想像された。それだけに一方的な訴えを直ちに大きく取り上げるわけにはゆかないと昭平はすぐに思った。書いた記者も大したニュースとは思っていないようなあっさりした書きぶりだった。記者クラブに訴え出たというのだから各社とも関知しているわけだ。特ダネでもない限り、各紙とも社会面のトップに困っているのは同じだろう。格好の三面記事である上、いささか時代遅れの感もあるが催眠療法という点に着眼して問題を提起する形で大きく扱う社もあるいはあるかも知れなかった。だが昭平にはこの段階では扱うことに抵抗を感じさせるものが強くあった。匿名にしたとしても、新聞に載るだけで噂が噂を呼び教授が受ける社会的痛手は測り知れないと思われた。

「残念ながらトップにはとてもならんよ。原稿通り、会社名も大学名ももちろん、個人名も一切出さない方がいい。事実ならけしからん話だが、一方的な訴えだからね。三段がいいところじゃないか」

「三段ですか。そりゃ、ひどい」

地方部デスクはぼやいた。

「トップになるよう詳しく書き直させますから」

「満員電車でこんな経験はないか」と昭平はやんわり言った。

「自分の手足が周りの女性客のどの部分に行っているかも分からんような状態で『痴漢や』と叫ばれたらどうする。夜、帰宅の途中に同じ方向に行く若い女性が前を歩いていて、恐る恐る振り返られたことあるやろ。何べんも振り返られたら頭にこないか。大体、こういうネタは裁判所に提訴された段階で書くもんやろ。じかのタレ込みは問題や。掲載するだけでも……」

デスクは未練を残しながら引き揚げた。昭平は整理の軟派デスクに説明し、原稿が出たら三段で扱うよう言い含めた。

四十分ほどして自宅に帰っていた新川から電話がかかってきた。

「霧ちゃん、新川やけど、教授のいたずら、トップにしてや。トップないのやろ」

「そりゃ、無理ですね。原稿見ましたか」

「電話で全文読ませた。いけるよ。催眠療法は怪しい。まだ十分、世間に認知されてないし、倫理規定もない。この際一発、警告しておくべきや」

「怪しいだけじゃ、トップは無理ですよ。新聞の力、影響力を軽くみてやしませんか。人権派の新川さんとも思えない」

「そんなことあらへん。か弱い女子供をだましよったんや」

「新聞が読者にとっては世間そのものなんだということはご存じでしょ。その意味じゃ、本当に力を持っているのは世間。世間は神様なんだから。閻魔様かな。Q教授の身になってみて下さいよ。トップにしたら読者はそれだけ信憑性のあるものだと思うに決まってます。明日は電話や投書が教授や大学に殺到するでしょ。この段階でそんなに大きくする手はないと思う。本来ならもっと調査してから載せても遅くない」

「えらく教授の肩を持つやないか。身に覚えがあるみたいな力の入れようやな。被害者の少女の身になってみろよ」

　身に覚えがと言われて、昭平はそれに似たことが遠い昔に何かあったような気がしたが、新川もトップは無理だと感じながらごり押ししている自分に苛立っている様子だった。

「被害者が少女やから教授が怪しいと思われがちで不利なんですよ。それに〝密室の出来事〟でしょ。証明が難しい。〝無冠の帝王〟の新聞が世間の帝王になってしまう。あなたも連載物で前に似たようなことを書いていたじゃないですか。もし今やり得だと考えるなら、それこそ催眠療法に名を借りることになる」

「言うやないか。まあ、ええわ。また頼まんならんこともあるし、トップにするには解説も必要やろうし……」

電話は切れた。背後の席の局次長が昭平の争う声を聞いて近寄ってきた。かいつまんで説明すると、局次長は肯きはしたものの何か言いたげに暫く席の周りをうろついていた。

ニュースの価値判断の正誤は社内ではしばしば他紙との比較による多数決の結果論が制する。昭平もそれでどれだけホゾをかんできたことか。他紙の扱いや中身を気にしているのは各社とも同じで、そのために各社は早版と最終版を当夜に交換していた。その結果、最終版では扱いが互いに逆になっていることも稀ではなかった。特ダネがある場合は無論、早版には入れないか、交換停止を申し入れることになる。

だが今夜は昭平にも確信があった。だから交換紙が来るまで待つこともなかったが、結局、帰りの車を待たせた。三十分もすると、発送部員が上がってきて、庶務課のテーブルに交換紙をどさりと置いて行った。

昭平は交換紙を開いて驚いた。ライバル二紙はいずれも社会面トップに据えていた。とくにB紙は詳しく、関係者の名前は伏せていたが大学名、繊維会社の所在町名まで出し、催眠療法についての解説を添えて、倫理規定が必要だと訴えていた。死傷者五人の変わりばえのしない交通事故をトップにしてお茶を濁した朝夕新聞がひどく貧弱に見えた。しかし昭平は最後まで他紙の扱いに疑問を抱いたまま社を後にした。

深夜、社の車で阪神間の自宅マンションに帰った昭平は、家人の寝静まった居間の食卓の前に腰を下ろした。軽い夜食の脇には妻の溪子が認めたメモが添えられていて、聖書の言葉が「お帰りなさい」といういつもの挨拶のあとに続いていた。

溪子は一年ほど前に洗礼を受けてクリスチャンになっていた。十年ほど前に阪神間に住むようになってから、昭平は妻が滋賀に住む母の節子に誘われて大阪や神戸で開かれたキリスト教の大集会に出かけていることは知っていた。また近所に教会がないか探しているという話も妻から聞いていた。そのうちに毎日曜、ある教会へ出かけるようになり、いつの間にか受洗し、二人の娘まで受洗していた。しかし昭平は溪子がいつ受洗したのか、なぜクリスチャンになったのか、殆ど何も聞いてないような気がして、問い質してみると、そのつど以前に聞いたような覚えがあった。それ程、昭平は会社の仕事と、自分に気をとられた日々を過ごしていたことになる。

溪子のキリスト教への関心は結婚前から潜在していたから、節子の影響はあったにしろ、強いものとは言えなかった。昭平夫婦がまだ新婚間もない頃、溪子は、ある日訪ねてきた異端とされる宗派の女性信者に勧められて、その話を毎週聞くようになり、その頃、宣教活動に奉仕中だった節子との間で激論になったこともあった。元々、信徒でもない二人の結婚式が教会牧師の司式で行われたのは節子の奉仕と熱意によるものだったから節子が怒るのも理由はあった。


信仰の動機について昭平が改めて尋ねたとき、溪子は確信をもって答えた。

「植物を育てていると、小さな鉢の一本でさえ、その生命の力強さと不思議さに打たれるのよ。一粒の種から芽が出、茎が伸び、葉や花が繁る。放っておいても芽が出て育っている。あのベランダのヘブンリー・ブルーの見事なこと……」

溪子は初秋の澄んだ青空に競うように開いたベランダの花を指さして言った。

「あの青の高貴さはただ自然美だと言うだけではすまないわ。この世界を支配されているお方があると思わずにはいられないのよ。私は小さいときからそう感じていたわ。五人の兄弟姉妹のなかで私一人だけがなぜか、クリスチャンに。そう言えば女学校時代、クリスチャンの先生がいて、この世界は誰かが創られたと思わないかと訊かれたことが頭に残ってるの」

「由美はなぜ受洗したんだ。お母さんに言われたからという訳ではあるまい」

　別の日に昭平はＯＬの長女、由美を摑まえて問い質した。美術短大を出てテキスタイルの会社に勤めている娘は父親を見透かしているように答えた。

「この世界は『もの』だけで成り立っているのではないのよ。『こと』という世界があるの。私にとって花が美しいのは、美しいという感じのうちに私と花とが一つのこととしてあるからよ。きっと。神様があるということも」

　娘の短い言葉だが、生意気なと思う前に昭平にはショックだった。自分の存在感が稀薄なのはその「あるということ」の感覚に関わっていると直感されたからだった。さらにある日、昭平は溪子にこう宣言された。

「この頃、あなたから伝わってくるものがない」

　昭平は愕然とし、どう対処したらよいか分からなかった。十分とは言えぬにしろ、とにかく人並みに愛していると思っていたから、それが伝わっていない、受け取られていないということはショックだった。溪子の受洗にはそのこともからんでいるに違いなかった。話し合いが必要だと思ったが、何をどう話せばよいのかも分からなかった。元々、昭平は人が人を愛することは難しい、いやできないと思い詰めていたから、エゴとエゴとの闘いだと腹をくくっての結婚だった。いつの間にか仕事や自己にかまけて、おざなりになり、三十年近くも共に暮らし、互いを知れば知るほど逆に分からない部分もふえてきて、それを追えば追うほど逃げ水のようにその核心が掴めないという思いが募っていた。それでも追い求めている以上は愛だと思わずにはいられなかったが、そんな話は今さら面倒で、かといって手紙を書くわけにもいかなかった。

そうこうするうちに夜食の食卓に日替りの聖句が添えられるようになった。渓子が一日も早い受洗を望んでいることは明らかだった。昭平もある日、神戸で行われた十年に一度の大集会に誘われて出かけたことがあった。だが信徒たちの一方的なお祭り騒ぎについて行けぬものを感じ、参加したことを後悔するしかなかった。昭平が信仰を持つには多くの障害が解決されていないように思われた。とくに日本人である自分にこだわってきた昭平は育った土壌の異なるキリスト教を真に体得できるのか、信じられるのか、疑問だった。渓子があまりにも素直にキリストを信じたことに嫉妬さえ覚えた。

今夜、昭平の食卓に置かれた聖句にはその疑問に答えるようにこうあった。

「バプテスマを受けてキリストにつく者とされたあなたがたはみな、キリストをその身に着たのです。ユダヤ人もギリシャ人もなく、奴隷も自由人もなく、男子も女子もありません」

キリスト教は万人の宗教だというのだった。だが昭平は聖書のなかでは「罪なき者がこの女を打ちなさい」というあのイエスの一言が気に入っていた。姦淫の女を石打ちの刑にせよと迫る群衆に対してイエスが答えた言葉だ。神を信じてないのにキリスト教式の結婚式に同意したのも、司式をしてくれる英人牧師から「自分が罪に目覚めた切っ掛けはビルマ戦線の塹壕のなかでだった」と聞いたからだった。

それから四日後の夕方、会社近くの例の喫茶店で自社の夕刊を開いた昭平は、社会面のトップ記事に愕然とした。催眠療法のQ教授が自宅で喉を突いて自殺していたのだ。遺書があったが中身については報じられていなかった。しかしこの数日間、「私は潔白だ。死にたい」と、善意の療法が誤解によって裏切られたことへの悲憤を同僚の教授に漏らしていたという。なんとも痛ましい結末だった。精神分析に多少の関心のあった昭平は催眠療法に旧式なものを感じていたが、自殺までは予想していなかった。最も詳細に大扱いしたB紙も含めいずれもトップ扱いだった。昭平は自分の判断に自信はあったものの、事の正否は永久の迷宮入りとなってしまい、釈然としない空しさを覚えた。「複雑な気持だ」と語っている少女の父親の談話も心に残った。

その夜、昭平は特集の原稿をかかえてやってきた新川部長と電話でやり合って以来の顔を合わせた。

「やあ、この間はどうも。えらい結末やったな。霧ちゃんの扱いが正しかったのかも知れん」

「正しかったんですよ」

「そうやな。今回は頭を下げとくよ。教授は名門の旧家の出らしいのや。その点も取材不足やったな。名門だからどうということはないかも知れんが、それだけしんどい面もあったのやろ」

「遺書があったらしいけど、内容は分からんの」

「引き続き取材はさせとるけど、生前、えらくマスコミへの怒りと恨みを周囲にぶちまけていたようや。周囲が汚名をそそぐよう説得しても、とてもマスコミには勝てんと応じなかったようや。遺族はB紙を提訴する動きをみせている」

「そりゃ、よかった」

　したり顔の昭平に新川は深く肯いて局長席へ向かった。昭平が予想していた以上に教授が受けた有形無形の圧力は大きかったのだ。真実は闇に消えたが、自殺の仕方に切腹に近い無念さと抗議を見た。教授の弱腰はいくらでも指摘できるが、マスコミを表に立てた背後の世間とは戦っても無意味だと思ったのだろう。一たび受けた汚名はこの世間では完全にはそそぎようがないのだと。殊に催眠療法などという密室の出来事を世間に十分に納得してもらうことなど不可能に近いと。その時もう教授には、他者の猜疑から身を守る術は残されていなかったのだ。

七

夕刊最終版が降版されたあとの編集局は、記者たちが遅い昼食をとりに出かけて閑散としていた。部長代理の昭平は、天から降ってでもきたようにいつの間にか机の端に置かれていた大刷りの見出しにずれた眼鏡を直して目をとめた。

《宇宙で神の存在を感じた》

それは担当部員が置いて行った明日の夕刊文化面の大刷りで、月面に着陸した米宇宙飛行士たちとのインタビューをまとめた『宇宙からの帰還』（立花隆著）のかなり詳しい特集記事の見出しだった。昭平はその見出しになぜか強く惹きつけられるものを覚えて、社の帰りに買い求めて、溪子の顔を見るなり、本を見せて感想を求めた。

「月面で神様の存在を感じたっていうの？」

溪子は昭平の予想通り、宇宙感覚的な神の存在そのものより信仰が大切という訳か、あまり興味を示さなかったが、昭平は神に関心のあるところを妻に示したつもりで満足だった。そして夕食もそこそこに自室にこもって読み進むうち、次第に興奮を抑えきれなくなった。

本の中で、ある宇宙飛行士は要約すると次のように語っていた。

「動くものが一切ない、風も音もない不毛の荒涼たる月面。にもかかわらず人を打ちのめすような荘厳さ、美しさに、ここには神がいると感じたのだ。正しく手をのばせば神の顔にふれることができるだろうと思えるほど真近に、神への問いかけに即座に答えが返ってくる。声としてではないが、語りかけているというのがわかった。その姿を見ることはできない。が、私のすぐ脇にいるということが実感された。距離感のない導き、啓示だった」

また暗黒の中天高く浮かんだ、宇宙から見た青と白のまだら模様のビー玉のような地球は何とももろく、はかなく、壊れやすく見えたが、生命の美しさに輝いて、その存在は神の恩寵だと実感できたという。

昭平はベッドに入ってからも本を手離すことができず、三百ページ余を飛ばし気味だが一気に読了した。頭は白熱し切って眠ることもできず、灯りを消し、空の星一つ見えない闇の中で脳を月面と宇宙で一杯にして、神の存在を感じようと想像しながら、どこまで行っても気配さえ感じられずに、いつの間にか月面をはるかに通り越して、宇宙の果ての暗黒に突っ込んでしまっていた。

一九六九年のアポロ十一号の月着陸とその月面映像のテレビ放映は、昭平にも忘れ難い感動を残していた。昭平が写真グラフにつけた「足下の月」という見出しは好評だった。圧倒的な月の実在感、見上げるだけの美的対象でしかなかった月の面を土足で歩く人類の科学技術に感じた進歩と汚染の複雑な思いをその見出しに込めたのだった。だが今回の飛行士会見記から昭平が突きつけられたものは強い挑戦状だった。これまでなかなかリアルに描出されることのなかった宇宙を見た者の内面を、本の中の飛行士は「想像し感受せよ」と迫っていた。「宇宙の黒さが秘めた深みを見たことのない人間には絶対に想像できず、見たときにのみ空間の無限の広がりと時間の無限の連なり、永遠を実感できる」と語っていた。「お前には想像できまい、実感もできまい」と言われれば言われるほど昭平は好奇心と強烈な欲求に駆り立てられ、なお も漆黒の闇に目を凝らし、涯ての涯てを想い描くうちに、何やら薄黒くたゆたい靡くものの影の気配を感じて、その永遠なるものの影、顔を見ることはできなくても背中だけでも見ることができないかという不遜な期待を抱いたのだ。

やがて真っ黒な虚空から途方もなく膨大なものが覆いかぶさってくる影と気配に金縛りになり、鮮烈な畏怖に縮み上がった。神秘な気配はさらに古い巨石の表面に滲み出した顔のような物の形を取り始め、突然、孤独と恐怖の深淵に落とし込んだ。デスマスクのような巨石の表情は憤怒と苦悶の形相を浮かべていた。昭平は微塵となって消尽しつくしてしまいそうな怖れと、凍えるような戦慄に耐えてなお、闇の懐を覗き見ようとしたその時、頭脳の軸が捩れ首筋がちぎれるような痛覚が走った。このままでは二度と地上に戻れなくなると直感し、気力を振り絞って一挙にベッドに叩きつけられるような感じで起き上がり、開け放しておいた窓のカーテンを引き払った。

近くの航空標識灯の反映で南の空だけがやや赤い夜明け前の中空が、ついで外灯に照らされたマンションの中庭が目に入った。いずれも見慣れた光景だった。だが何かが違う。向かいの会社の寮の建物。駐車場も見覚えがある。が、どこか違っている。電気スタンドをつけ室内を見回した。書棚も机も洋服ダンスも何かよそよそしい。書棚の本がどれも冷ややかにそっぽを向いている感じだ。事物がそれぞれ勝手な方向を向いて、部屋全体がまるで水苔だらけの沼底のような違和感に漬かっている。ベッドに入る前の時空と違う。昨夜までの日常現実と違う場所へ戻ったみたいだ。違和感は次第に悪感に変わり、立っていることも座っていることもならなくなってきた。居たたまれない一種の重圧感。だが圧し潰される感じではなく、引き込まれるような、五体が鋭利な無数の薄刃でスライス状に切り裂かれるような悪感だった。五体ばかりでなく、周囲の空間が幾つにも縦切りされて、まるでガラスの林の中にいるようだった。

昭平はパジャマを脱ぎ捨て、噴き出る脂汗をタオルで拭い、軽い吐き気に加えて崩れ落ちそうになる躰を腕を振り回して奮い立たせ、肌をこすった。脳が宇宙の墨壺にでもはまったように、黒色に激しい拒否反応を示し、黒ズボンを目にすると、部屋の外へ放り出し、先ほどまで読み耽った黒い装丁の本は本棚の裏へ押し込まねばならなかった。

隣の和室に寝ていた溪子に助けを求めて起こしに行った。

「宇宙の本を読んでいたら気がおかしくなった」

溪子はただならぬ表情と気配に、訳は分からぬながら切迫したものを察知して布団の上に起き直った。

「とにかくお祈りしましょう」

昭平もその場に座った。

「天の父なる神様、御名をあがめてお祈り致します。夫が夜中から心に異常を覚えて苦しんでいます。どうか平安をお与えください。今は事情が分かりませんが、重大な精神の局面に立っているように感じられます。どうか主の確かなお導きがありますように。イエス・キリストの御名によってお祈り致します。アーメン」

昭平はそれを聞くうちに少し落ち着きを取り戻した。


カーテンの隙間からようやく光が差し込んで来ていた。昭平はシャツとズボンを着け、マンションを一人出ると、近くの河原に沿った公園へ向かった。土堤を渡って河原に降りて行くと、松林の間から対岸に昇る朝日が赤黒く覗いていた。一時おさまっていた吐き気が再び始まっていたが、胃袋とは縁のない性質の吐き気だった。それでも薄明の遊歩道の脇に淡いピンク色の五弁の小花が群がり咲いているのを目にすると、気分は思いがけなく静まって行き、花の名が知れないのが惜しまれた。とにかく気を紛らすことが必要だった。腕を振り、首を回し、目を八方にやりながら歩いて行った。ジョギングの若者が狭い歩道で腕をふる昭平を迷惑そうによけながら追い越して行った。黒い闇が眼前に浮かび上がるたびに気分が怪しくなり、立ち止まることもならず、どこまでも歩いて行きたかった。

疲れて家に帰ると、昭平は眠れなかったせいか、横になるかならぬうちにうとうととした。その間に溪子と抱き合ったり、夢うつつに黒い怪物がすすり泣いていたような記憶があった。ベランダに水を打つ音が階下でした。階下の住人がバケツの水をすくって撒いているのだ。寝ている昭平の頭のすぐ先にその音が響く。白く乾いたコンクリートの床面を濡らしながら黒いしみが脳裏に広がって行く。汚水とは限らないのにどろどろに濁って見える。突然ザアッとバケツの水をあける音がして、真っ黒の泥水が頭のなかへ流れ込んで来た。昭平は吐き気とともに飛び起きた。

戸棚もテーブルも窓も事物全体が不安定で、打ち水の音をきっかけに物音が気になりだした。毒を制する毒のつもりでテレビをつけてみたが、逆効果だった。部屋のなかを歩き回るうちに事物どころか自分の存在自体が気になり出した。その感覚は始めからうっすらとあったが、それがじりじりと鮮明になって来ていた。これはどうしようもない。自分の存在に耐えられないのでは。昭平は途方に暮れた。首筋が熱くなり、吐き気を伴う恐怖がさらに水位を増してきていた。在るということが昭平を刻み始め、世界は幻影の色を濃くしつつあった。

昭平は再び気を紛らすために溪子を誘って河原へ出かけた。午後五時をすぎていたが、まだ明るかった。昭平は歩きながら夜半から自分に起こった心の変容の経過を溪子にぽつりぽつりと語った。

「神様って本当にすごいことをなさるのね」

溪子は感にたえぬように言った。妻に助けを求め、たとえ一時でもその祈りに救われた昭平は神妙に聞くしかなかった。なぜこんなことになったのか、言葉もなく黙ったままだった。溪子はそんな苦しげな夫がいま目の前で変わりつつあるのを予感して驚きの目で見守っていた。

河原の松林には松笠があちこちに落ちていた。溪子は松かさを手にとって、気詰まりな空気を払うように言った。

「これでキャッチボールしよ」

昭平も応じて適当な距離をとって立った。が、あまりにも軽いボールはいくらも飛ばずに、あらぬ方へ飛んで落ちた。それでキャッチするどころではなかったが、昭平はなかなかやめようとしなかった。言葉にならぬものを込めた昭平は溪子にうまく投げることも受けとることもできずに苛立っていた。

「キャッチボールは無理ね。あの太い松の幹に当てっこしましょ」

渓子の再提案で、こんどは思い思い木の幹めがけて投げたが、相変わらず〝木製の手榴弾〟はあらぬ方へ飛んで命中させることも爆発することもなかった。

「うまく行かへんもんね」

二人はベンチを見つけて休んだ。昭平が川岸を見やると、黒檀で作った彫刻のような固く黒光りするものが草むらにあった。それは夢の塊のように見えた。周囲の風景がすべてそこに収斂され、また逆にそこから闇が噴き出してくるようだった。昭平が思わず引き込まれ、あわてて目を離すと、その物は重々しく飛び立った。

あたりにはいつか夕闇が降りて余光と混じり合い、物の影がブルーに溶けていた。昭平が好きなこの頃合いも今は好ましく思えなかった。が、家へすぐ帰る気にもならなかった。二人は回り道をして新幹線の線路に沿った暗い車道を歩いて行った。車はめったに通らなかったが、道の片側は打ちっ放しの粗いコンクリートの橋脚が続き、その先の私鉄の駅近くの高架下は駐輪場になっていて、通勤の自転車を預けている昭平は、粗製乱造めいた高架がいつか崩落しそうな不安を抱いていた。

高架の反対側は街路樹が繁って、街灯のまばらな射光を妨げていた。街路樹の向こう側は、歩道をへだてて戸をしめた家や空地や田んぼが広がり、さらにその先には教会や住宅の影が浮かんでいた。新幹線が軽い響きを立てて一瞬に過ぎ去った。風が殆どなくて蒸し暑く、月も星の光もなかった。が、ただ一つ、前方一直線の車道の遥かな消点に信号灯とも星とも定かでない青紫の光が瞬いていた。

突然、昭平の目の前の風景がひらひらと波を打ち出した。現実が遁走し始めたようだった。昭平はあわてた。並んで歩いていた溪子も含めて全体が一斉にはためいて遠くへ引き退き始めた。浮遊しそうになる自分の身体を溪子の右肩を左手で摑むことで引き止めるようにして歩いた。踏んでいる大地がふやけ、両足はマシュマロのように柔らかな地面に一足ごとに沈んで行きそうだった。自分より背の低い溪子にぶらさがるようにして、昭平は満身の力で摑まって歩いた。肩を鷲摑みにされているはずの溪子は「痛い」とも言わず、摑まれていることも感じてないかのように歩いていた。昭平の意識は私鉄の駅の灯火が二百メートルほど先に見えたところで遠ざかって行った。

気がつくと、昭平は駅前の灯火のなかに立っていた。目をつむって歩いていたように、僅かな距離だが、途中の風景の記憶も意識もなかった。

「肩が痛かったやろ」

昭平の質問に溪子は何も感じていなかったかのように否定した。意識は途切れていたが肩を離さずにいたはずだった。それさえも溪子は意識していなかったかのようで、誰が俺を支えていたのだろうと不思議に思うほどだった。

帰宅した昭平は朝からの異変がいよいよ大詰めを迎える予感があって、この長い夜のつらい孤独をどう耐えようかと思いあぐねていた。賑やかな夜の巷へ紛れ出て酔い潰れてしまえば……という考えがちらつきはしたが、自分の流儀ではないと諦め、狂おしい違和に立ち向かうしかないと腹をくくった。それというのも、この狂気の因子が、今直面している現実そのことだという直感が心の底で働いていたからだった。つまり現実を感受することを避けてきた結果がこうした事態を招いたという思いがあったのだ。

開け放した戸のカーテンが風に煽られて夜闇が迫り、窓際の長椅子に腰かけた昭平の視野に世界の裂け目が見え隠れしたかと思うと、どこか太古から続く荒涼たる長い断崖の風景、生まれたばかりの宇宙の荒野に独り立ち竦んでいる自分が見えた。妻と娘らしい女が食卓を前にして何事かひそひそと囁きながら昭平を窺っていた。やがて身近の空間が蒸発し始めた感じで座ってもいられず、立ち上がると、身体が溶け出したかのように、まず耳たぶがぶるぶる震え出し、ついで唇の端が風に飛び散る花びらのように痛みもなくちぎれて行く感覚に見舞われた。

魂が剝き出しにされて行くようで、全身の皮膚をぶら下げて歩く被爆者の姿をふと思い出させた。自分はどうなってしまうのか。

「勝たせてください」と昭平は思わず呟いていた。神を信じていない昭平は神に呼びかけることはできなかった。

「ただ少しこの闘いは長いだけです」

半ば自分に言いきかせるかのように祈った。

夜中、目が覚めた。いつの間にか眠っていたのだ。事物がしんと落ち着いているかにみえたが、長くは続かなかった。鏡のなかに奇怪なものが映った。それは昭平自身だった。気づくまで少し時間があった。いよいよ狂ったか。もう昼の社会に復帰できないのかと思うと、脳裏に今まで出会った精神病者たちや、会社の連中が額を寄せ合って自分のことを噂し合ったり、酒の肴にして談笑している光景が浮かんでは消えた。

翌朝遅く目覚めた昭平の気分は前日に比べればかなり安定していた。夕方には出社しなければならないので河原へ散歩に出た。路傍の薄桃色のあの小花の群れが前日にもまして目の覚めるような鮮やかさで咲き乱れて快かった。少しずつ理解されてきたことは、支えなしに一人でこの世界に立っていることはできないということだった。何とか立っていると思っていたのは躰だけで、魂は大地に立っていなかったのだ。

　午後、壊れやすい自分を風呂敷に包み込むようにして、そろりそろりと会社へ出かけた。たった一日離れていたターミナルの雑沓の人肌が懐かしかった。ただし懐かしいだけで、以前の現実感は伴っていなかった。まるで大気圏再突入時に焼け焦げてボロボロになった雑巾の切れ端だった。それでいいのだ。実際、俺はボロ切れだ。そうでなければ、この地上からこぼれ落ちるしかない。そんな風に開き直っている自分に、この分なら何とかやって行けるのではないか、危機を乗り越えたのではないかと昭平は自信を取り戻した。何となくこの世に怖いものがなくなった感じだった。その調子は一晩中、持続して仕事を無事にこなすことができた。

　帰宅後、ベッドに横たわると怖い夢を幾つも見た。その一つは帰る家がない夢だった。家は少年時代に戦災で焼失した東京の家で、そこへ帰ろうとしている、これまでにもよく見たと思っている夢だった。だが、これまでは近くまでもなかなか行きつけなかったのが、今回は家の前まで行けたのに家の四方が×印状に板囲いされていて、表の表札も看板もなく、どこからも入ることができなかった。それは家がなくなって空地になっていた方がましなほどの衝撃で言葉もなかった。

　昭平は自分が号泣する声で目をさまし、現実以上に激しく確かで純粋と思われた悲しみの塊すらが現実ではなかったことにさらに落胆した。

八

九月に入った。残暑は厳しかったが、クーラーのきいた喫茶店の窓際で、例によって夕刊を広げた昭平は、これは大事《おおごと》だなと活字を追っていた。米ソの軍事勢力圏のはざまのサハリンで、韓国のジャンボ旅客機が二百六十人余を乗せて消息を絶っているというのだ。日本人も二十七人乗っている。領空侵犯で強制着陸させられたのだろうというのがメインの推測だが、撃墜説もかなり大きく扱われていた。

昭平の精神状態はまだ不安定ながら、仕事が可能なくらいのレベルは保っていた。だが暫く読み続けているうちに、活字の列が次第に波打ち出し盛り上がってきた。恐怖感が膨れ上がってきた末に、文字の細かな黒い線がボーフラのように漂い踊り出し、折れ曲った古釘に化けて飛び散った。昭平は卓上の新聞をはねのけて立ち上がった。これまで頼りにしてきた活字だったが、もはやそれすらも支えになりそうになかった。

その夜の編集局は錯綜する断片的な情報に振り回され通しだった。米ソ韓日四ヵ国の情報が大きく食い違い、日本の外務省と防衛庁の情報さえ食い違っていた。しかも時間がたつにつれて、撃墜説が強まり、深夜、米国務省の「ソ連戦闘機のミサイルによって撃墜された」という発表がとどめをさした。一晩中、昭平は飛び交う情報のボーフラが頭のなか一杯に泳ぎ回るのに悩まされた。あまり見詰めすぎたために破れた紙面の穴からわさ出した無数のボーフラが、局内はおろか世界を満たしてうごめいているという幻想に脅えながら仕事を続けた。観念と意味だけの活字の壁に囲まれ寄りかかる一方で、それが崩れぬように繕い支えてきた自分に激しい嫌悪を催し、最終版まで急な斜面からずり落ちそうな体感を両足を踏んばって辛うじて乗り切った。

最終版が刷り上がってくるのを待つ間、昭平はぼんやりとテレビを見ていた。ニュースは終わり、洋画の一シーンが映っていた。恋人同士らしい男女が海岸通りの湾曲した舗道を身を寄せ合って歩いて行くのをカメラが上から捉えていた。瞬間、昭平は人生全体を天上から覗き込んだような戦慄に見舞われた。行く手は二人には見えていない断崖だった。

ジャンボ機が突然、ミサイルを撃ち込まれて爆発し、白光を発して暗黒の宙空から暗い荒海へ消えて行く。何事が起こったのか。寝入っていて感じるひまもない三百人の突然の死。会社に隣接するビジネスホテルの固いベッドで昭平は眠れずに起き上がった。自動販売機の缶ビールをあおって寝たのだが、疲れた頭蓋はミサイルの尖光と四散する旅客機のイメージがこびりついて寝付けなかった。不安で真っ暗にすることもならず、バスルームの明かりをつけてドアを細めに開けておくことにした。撃墜を指示した地上のソ連指揮官も、発射ボタンを押した飛行士も、撃たれたジャンボのパイロットも、旅客機の行方を追尾していた地上の多くの要務員たちも、誰もが情報のかけらとレーダーの映像の光点しか見ていないのだ。三百人の死がせいぜい爆発の一瞬の尖光のうちに浮かぶだけで、現実的なことはすべて流星のように過ぎ去っていた。何度も飛んでいる慣れたコースをなぜジャンボははずれたのか。なぜ間を与えずに撃墜したのか。疑問だらけの大事件がまるで頭蓋のなかだけで起こったことのように過ぎ去って行く。

この世界は、人は、俺は、いったい何なのか、どこへ行くのか。問いは深い霧に吸い込まれ、活字記号が次から次へと翅を広げて体をくねらせながら、非、非、非、非……という形の黒蜉《かげ》蝣《ろう》となって飛び回った。世界は何かの間違いで出来たか、ほんの少しボタンをかけ違ったのか。ともあれ、この世ではどんなこともありうるということでもあれば、まともなことは何一つないということでもある。昭平の頭蓋は破裂しそうだった。あわてて白昼の平凡な日常風景を思い起こそうとしたが、加速のついた脳にはたやすくブレーキがかからなかった。それで頰を緩めて破顔しようとしたが、無理な笑いは引きつれて、いよいよおかしくなりそうで急いでベッドから起き上がった。

払暁、一声甲高い鴉の声と黒羽が夢の中を掠めて目ざめることが増えてきた。開発で山里を追われた鴉がマンション周辺に移って来ているらしく、五階の昭平の隣家は同じ高さの松の繁みに巣を作った鴉一家という様相を濃くしていた。望遠鏡ででも覗かぬと巣の様子は定かではないが、先方はベランダの柵に止まってよくカーテンの透き間からこちらを覗いていて、本物の隣家よりよほど顔見知りになった。

そんなある日、会社で夕刊社会面の隅に一家四人ガス心中の記事を見た。読むうちに聞いたことのある所番地と思って見直すと、わが家と地番が一番しか違わなかった。脳裏にマンションに隣接する一軒家が浮かんだ。マンションの表門の脇の奥まった空地に、ほかの民家からも離れて二、三年前に新しく建ったきれいな木造の平家だった。家屋はマンションの壁に密接していて、ベランダから乗り出さないと見えない死角にあった。記事にはその日の早朝に死んだのは両親と男の子二人とあったが原因など詳細は不明で、昭平はかなりの広さの美しい瓦屋根のほかはその一家を見かけたこともなかった。そう言えば、その日の明け方に夢うつつで何か騒々しく暗い物音や人声を遠くで聞いた覚えがあった。だが会社から帰宅する頃にはもうその事件のことを忘れ去っていて、再び思い出したのは数日後だった。それは大韓航空機の三百人が見知らぬ宙空で飛散した事件に似て、それよりも身近なだけに、罪責感を覚えずにはいられなかった。

昭平の錯乱は日がたつにつれて、夜遅くまで起きている習慣のついた孤独な夜闇に収斂されて行った。底知れぬ闇の中でしばしば目覚めることがあった。そんなときは決まって密室の静寂がシーンという音となって蟬の声のように耳に響き始めた。それに囚われ出すと、音響は高鳴って室内を満たし、頭のなかまで溢れ返って耳を切り落とさなければいられないような恐怖に襲われた。だが耳どころか、鼓膜を破ってもこの響きは消えるまい。それに気がつけば、闇という字のなかには、ちゃんと音という字までおさまっているのだった。闇の静寂に音は付きものなのだ。以前の昭平はこの静寂の音を沈黙の饒舌として、芭蕉の句を鑑賞するように聞いてさえいたのだった。それを思って、この恐怖は思い過ごし、幻聴だと考えようとするがうまくいかなかった。活字や文字は飛び散り飛び去ってしまったが、昭平にとって言葉はどうしてもなくてはならないものだった。有神論者の書物をひもといて虚空に鳴り響く幻聴に耐えられる言葉を探し求めた。

こうした幻覚のひどい夜を除けば、昭平は次第に新たな心的境涯にも慣れて、もうこれ以上怖いことはないという気分にあえて居直り始めていた。宇宙の涯てから帰ることができた人間にはどんな世界もまだましと思えた。たとえこの世が夢幻にすぎなかったとしても、すべてが夢幻ならば、それが現実なのだから。

昭平は自分の症状を病気ではないと考えていたから、溪子にミッション系の良い精神科の病院があると言われても行く気がしなかった。無論、教会にも足は向かなかった。しかし沈黙《しじま》の響きには耐え難いものがあって一時的に楽になるならという誘惑に勝てなかった。それに病気ではなく、精神や意識の在り様、思想、生きざまの問題だと頑張ってみても、異常さを認める以上、所詮、病気と区別はつかなかった。あの『宇宙からの帰還』によれば、宇宙飛行のあと、神に目覚め回心した飛行士もいれば、逆に異常を来して信仰を失った飛行士もいたというのだ。

昭平は生まれて始めて精神科を訪れた。著書もある評判の精神科医は昭平が語る症状を黙って聞き終えると、「気になることを一言で言ってみてください」と言った。

「存在ということでしょうか」

昭平は予想しない問われ方に一瞬とまどったあと、口をついて出た言葉を追認するしかなかった。一言で言いつくせるほど昭平はまだ自分の事態を把握していなかった。しかし医師にとっては、その返答によって患者の自己理解の程度を知ることができるわけだ。中年の医師は眼鏡の奥で目を思慮深げにしばたたかせて憐れむように言った。

「動物園へ一度行ってみませんか」

「動物園ですか」

あまりいい気はしなかった。自然や生命がお嫌いですねと言われているようでもあった。

確かに昭平は自分も山河が好きだったはずなのに、「国破レテ山河アリ」というような自然、「おのずから」なる自然には反撥したくなるような捩れを心に抱いていた。

抗不安薬が処方され、一時的にせよ有効なことが分かり、それを頼りに昭平は自分の症状の原因を突きとめ理解しようとして、何度も脂汗を滲ませながら恐怖の淵をさまよっては引き返した。そうした闘いの結果、おぼろげに分かってきたことは、過去にこの世界の現実と関わりたくないことが続いて無意識に人や物事に触れまい、感じまいと、感受することを避けるようになってきたのではないかという反省だった。観念的には世界に対してオープンに生きてきたつもりの昭平には「現実回避」は意外で屈辱感は測り知れなかったが、そんな無意識の自己防衛策をとるきっかけとなった過去の事件に昭平は思い当たっていた。

九

その年の末、昭平はXデー紙面会議のため東京本社に出張することになって三日の休暇をとった。かねてから気になっていた疎開前に通っていた東京の瀬川中学を戦後初めて訪ねようと決心していた。今回の精神的パニックの遠い背景には、その頃起こしたある不祥事もかかわりがあると思えてならなかったからだ。更に言うなら、この二点をつなげて必然の糸を通したかったのだ。

第一日目は少年時代の前半を過ごした東京東部の下町、O町をまず訪ねた。幼年期を日暮里で過ごした昭平は小学校に上がる頃は少し北寄りのO町に移っていた。O町は現在唯一残った都電の沿線で、停留所から北へ五百メートルも行けば隅田川、ついで荒川の土手、南へは細い商店街と大通りが分かれて並行に走り、父の仁一郎はその商店街で婦人子供服店を営んでいた。戦後、京都の大学から転学してまで執心した生まれ故郷の東京だったが、戦災で焼失し、復興した東京にはすでに回復しがたい何かが失われていたから、昭平は就職すると未練なく関西へ戻った。それでも東京に感じる懐しさはいつ来ても失われてなく、見知らぬ街と化したO町へも何度か足を運んでいた。

昭平らを小学三年から卒業するまで担任して皇国教育で鍛え上げたのは、武田純という師範出たての青年教師だった。武田が着任した昭和十四年の前年、軍部は国家総動員法を通過させて戦争のための物的、人的資源を確保、さらに精神面でも八紘一宇の聖戦に駆り立てる運動を展開、昭和十五年の紀元二千六百年奉祝祭へとつなげて行った。そんな時流に乗って武田は着任早々、クラスを五つに分けて班長を指名、陸軍の内務班をまねて児童に連帯責任感を植え付けようと努力した。内務班は軍隊組織の最下層に位置し、大家族制としての天皇制ヒエラルキーの典型だった。天皇は大家長であり、班長や班員は兄弟だった。班の誰かが宿題を忘れて廊下に正座させられると、休み時間に班長がまず武田に詫びに行き、それで許されないと班員がぞろぞろと詫びに行かねばならなかった。そのため職員室の前の廊下には昭平ら児童がいつも面白半分に並んで校内名所になった。歴代天皇の名を暗誦する際も「神武、綏靖《すいぜい》」と呼び捨ては許されず、一代ごとに「天皇」を付けている間に肝心の名を忘れそうになるのが悩みの種だった。五年の夏休みには特別に半月間の合宿訓練を房総海岸の小学校を借りて行い、親元を離れたことのない昭平らを帰心に涙ぐませた。ただ親が恋しいのではなく、規則ずくめの団体生活で家が楽園に思えてきたのだ。

武田の猛特訓の結果、昭平たちは教室や廊下を磨く清掃競争で模範クラスとなった。冬でも校舎内ははだししか許されず、そのための床磨きでもあった。教師仲間でも頭角を現した武田は、全校の風紀担当として毎日の朝礼や宮城遥拝でも号令をかけるようになった。昭平が左右を覚えたのは「お箸を持つ手が右」ではなく、朝礼の宮城遥拝で必ず「左向け左」と号令がかかったからだった。その方角にはただ民家の屋根しかなく子供の視線をとまどわせたが、好天の日には遥か西方に富士山が見えることもあった。休み時間に始業のサイレンが鳴った時には、校庭でどんな姿勢をしていても鳴りやむまでその場でぴたりと動きを止めていなければならなかった。後になって、それは多くの小学校で始まっていた訓練と知れたが、ダイ・インに似て原爆死の不吉なネガのようだったと昭平は思った。

放課後の校外にも武田の眼は光った。一張羅の国民服姿で色白の武田が、歪めた唇の端にサディスティックな微笑を湛え、目だけ左右に配って正常歩で真っすぐ前を向き、すいすいと白いゴム靴を滑らせてくるのを見ると、禁止されていたベイゴマ遊びをやっていた腕白連はたちまち蒖蓙と洗面器を抱えて逃げ散った。正常歩は小学校が昭和十六年から国民学校となって、急にやかましく言われるようになった歩き方で、上体を真っすぐ膝を曲げずに歩く姿勢を通して、国民を一丸とする政府得意の精神主義的な苦行の一例でもあった。

軍国主義一辺倒の武田だったが、日頃からびんたなど暴力はまず振るわなかった。また非常時とあって中学入試も学力テストが除かれたせいもあってか、試験を一度もやらなかった。宿直の夜などは児童を遊びに来させて、用意したスルメをさいて分け、ザコ寝して昔話を聞かせたり、昭平らは親しみと面白半分が先立って、それほど怖がってはいなかった。そして言うまでもなく武田の教えに一片の疑いをはさむこともなかった。

敗戦から三年、京都の大学に進学した年、昭平は上京することがあって、小学校卒業以来初めて○町の母校に五年ぶりの武田を訪ねた。武田がどう変わっているか、あまり変わりすぎていても、変わっていなくても困ると、昭平の胸はまとまりのない期待と不安で一杯だった。

晩秋の夕暮れだった。放課後の職員室の戸を叩くと、面識のない教師が応待に出て「いまガリ版切りに忙しいので暫く待ってほしい」という伝言が返って来た。武田は教員組合の専従になっていた。職員室入口の石段に腰を下ろした昭平は宵の冷気をこらえながら、室内から洩れてくる教師たちの雑談の下らなさに失望しつつ武田を待った。聖戦という隠れんぼはいつの間にか終わっていたのだ。「まあだだよ」という大人たちの声を信じて目をふさいでいる間に、敗戦と決まるや、彼らは「国破レテ山河アリ」といわんばかりに、愛する山河の懐《ふところ》へさっさと帰ってしまったようだった。昭平には帰る山河などなかったから、以来、「国破レテ山河ナシ」と日本の山河を恨みがましく眺めるようになっていた。やがて経済成長の波にのった日本の道路は見る間に舗装されて行き、その頃住んでいた昭平の京都郊外の田舎道までコンクリートに覆われて、地面は息も苦しげにあえいでいるように見えた。さらに公害が表面化して深刻になり、「国破レテ山河ナシ」の思いは強まるばかりだった。日本人にとって山河と自然とは別な何かであるらしかった。

昭平は薄暗い校庭を見渡しながら、サイレンと共に動きを止めたあの児童たちの影を浮かべていた。顔形も分からぬほど暗くなってから現れた武田に「待たせたね」と連れて行かれたのは、繁華街裏の闇市の並びにあるクラブ風の店だった。あでやかな女たちと豪華な酒肴に囲まれて、歪めた唇に微笑を絶やさず、適当に女たちをあしらう武田を見ながら、昭平は生まれて初めての雰囲気にとまどい、家族の近況などを訊く武田に返事をするのが精一杯で、恩師の心境を訊くどころではなかった。小学校の頃、武田が意外にシャイだと母の節子が言っていたことがあった。

「武田先生は父兄会で対座しても目を合わさずに、こちらの胸のあたりばかり見ているの」

昭平はそれを思い出して目の前の武田と見較べるしかなかった。あげくは飲み慣れぬ酒に酔っ払い、女たちに面食らわされているうちに時は過ぎた。帰る段になると、レジで武田は靴を脱ぎ底から札束を取り出して驚かせた。物騒な世の中だったから用心のためとしても、札束の厚さは気になった。

別れしな、武田は以前と変わらぬ笑みを一瞬見せて「体に気をつけてな」と、背広のポケットから薄手の岩波文庫本を取り出して昭平の掌に押し込み、赤提灯の巷へまた消えて行った。明るい所で見ると本はかなり読み込まれた『正法眼蔵随聞記』で、道元禅師についての本とは分かったが、それが一切過去に触れようとしなかった武田の答だとすれば何か肩すかしを食らわされた感じで寂しかった。

この再会後、二年ほどして一度だけ武田を囲む同窓会に出た。昭平が知らない共学時代の女の教え子たちに囲まれた武田はさらに手の届かない所にいた。数年後、教え子の一人と結婚し、間もなく急逝したことを、暗い影を伴った風の頼りに昭平は聞いた。

このたびもO町を訪ねた昭平は三十余年前の秋、武田を待った小学校の校庭に佇んでいた。校舎は戦災後の木造からすっかり鉄筋に建て替わっていたが、職員室の位置や出入口の石段は同じだった。授業中の校舎から「秋の夕日に照る山紅葉……」ときれいなコーラスが流れてきて、昭平を一時、小学校時代に引き戻した。そのゆったりとしたメロディにも劣らず、「山のふもとの裾模様」とか「赤や黄色の色様々に」という歌詞が呼び起こした華麗なイメージを昭平は今も忘れていなかった。そのように昭平の心を摑んでいる四季の歌は数知れなかった。「ふけゆく秋の夜……」「ただ一面に立ちこめた牧場の朝の霧の海……」「燈火ちかく衣縫う母は……」「春は名のみの風の寒さや……」「夏も近づく八十八夜……」「うの花のにおう垣根に……」「我は海の子白波の……」

「夏も近づく」などと歌い出すと昭平は夏休みの到来に胸を躍らせたものだった。それら四季の歌は当時でも都会の小学生にとっては想像の世界に近かったが、夏休みの家族での温泉旅行や滋賀の田舎を思い出させもする貴重な蜜月時代の象徴だった。武田は一見戦争とは関係のないそれら小学校唱歌を熱心に教えてくれた。そんな調子で、この世には戦争ばかりでなく、平和という日常もありうるのだということをあの頃少しでも言ってくれていたら、瞞されたと恨むことはなかったろうにと思うのだった。それとも唱歌を通して無言のうちにその思いを伝えようとしていたのだろうか。

だが一見ただの四季の歌と見えるものにも棘はいくらもあった。例えば囲炉裏火がとろとろと燃え、外では吹雪という情景のなかで衣を縫う母の隣りでは、縄をなう父が過ぎし戦の手柄を語っていた。


小学校のあと、昭平は昔、家があったO商店街に向かった。前回訪れたのはもう十五年も前で、その時すでに戦前の様子を知る人もなく昔を思い起こさせるものは全く失われていたのだが、唯一忘れ難いデジャビュ体験があった。婦人子供服を営む昭平の家は車が通れないほど細い、五百メートルほどのO銀座通りの中間にあった。店の横丁を裏へ二、三軒入った左側に、子供の遊び場の原っぱがあった。五十坪余りの空地にすぎないが、横丁と民家の塀に囲まれた一角には盛り土の小山まであって、陣取りもやればボール遊びや相撲、馬跳び、ベイゴマもやれて、紙芝居も来た。時には女の子たちも集って「かごめ、かごめ」の遊戯に、昭平たちも誘われたりした。

十五年前訪れた時、その原っぱも新築された家並みの下に消えていて、思い出の機縁となるようなものが見つからぬままに街角に立っていると、金物屋から手作りの煮物の小鉢を持ったおばさんが出てきて、向かいの履物屋の入り口で「これ食べてみて」と声をかけているのを目にした。その直後のことだった。小さなコンビニに様変わりしていた元わが家の角から横丁へ数歩足を踏み入れたとたん、店の裏の路地から突然飛び出してきた白猫が昭平にぶち当たったのだ。瞬間、新築の目立つ住宅街が消え、原っぱと古びた長屋の横丁がまるで細密画のように眼前にありありと浮かび上がり、昭平は立ちすくんだ。当時、横丁の百メートルほど先の突き当たりは、大通りに面した喫茶店の裏口で左へ折れていたが、その裏のゴミ箱や防火用水までがそのままに見えた。もちろん原っぱの小山や路面の凹凸も。僅か数秒の出来事と思われたが、過去が浮上したというより過去に飛んだという方が適切なほど全身が少年の感覚に戻っていた。

昔、同じ場所で白猫にぶつかられたことがあったのだろう。猫が飛び出してきた路地は昔と全く同じ位置にあって変わっていなかった。そこに立って戦中の光景を思い返していると、人影のない突き当たりの風景のなかから中学時代の担任で三日月顔の杉村が現れて近づいてきた。

その時昭平は謹慎中の身にも拘らず、原っぱで近所の友達と相撲をとって遊んでいたところだった。待望の都立瀬川中学にパスしたのに最初の中間テストでカンニングをやって級友に密告され、一か月余も停学処分を食らってしまったのだ。その間に一度だけ杉村が昭平の様子を見に、その突き当たりの奥から現れて訪ねて来たことがあった。謹慎中であることがばれないように家に閉じこもって、原っぱで遊ぶことなどめったになかったのに、たまたま外に出た時に行き会ってしまったのだから運が悪いとしか言いようがないのだが、そのこと自体は別にどうということはなかった。それにしても、事件から二年、疎開で滋賀に転校した後、東京で大学生活を送り、その後何度も上京しながら一度として瀬川中学へ足を向けようと思ったことはなかった。その中学を明日尋ねるのだ。

十

瀬川中学は東京東南部の郊外、JRの駅から歩いて十五分ほどのところに今も新制高校としてあるはずだった。四十年前当時、瀬川中学はまだ建ってから三、四年、駅はさらに新しく、いずれも木造で、殊に盛土の路盤の上に立った板張りの駅舎とホームは小さいながら田園風景のなかでは目立っていた。駅のすぐ東側には幅七メートルぐらいの瀬川が線路と交叉して流れていた。駅が近づくと、窓外に目をこらす昭平の脳裏に、線路の道床に敷き詰められて間のない砕石の鋭く角ばった白さが突き刺すように拡がってきた。

あの日も俺はこの電車に乗っていたのだ。都立中学新一年生、十三歳の少国民として、国防色の制服に身を固め、祖国の難局を担おうとおかしいくらい張り切っていた。開戦三年目、初戦の勝利とは一転して、その年の二月にはガダルカナル撤退という敗北への大きな節目を迎えていたのだが、俺はその日の数学のテストのために勉強してまとめておいたノートの一枚を駅に着くまで熱心に見入っていた。そして、テスト中にポケットに入れていたそれを盗み見てしまったのだ。翌日、担任の杉村にカンニングを追及された結果、俺は今と反対の方向の電車にみじめな姿で乗っていた。「それじゃ今からすぐ帰って、お母さんに来てもらえ」と命じられて……。

約四十年ぶりに昭平が降り立った瀬川駅はO町以上の変貌ぶりで、昔の田園を思わすものは全くなく、乗降客の間を縫って長いホームをとまどいながら改札口へ出、駅前の商店街を東へ辿ったが、一向に川岸へ出なかった。駅前へ引き返し、長い駅ビルを見上げ、昔の木造駅舎と較べて、まるで航空母艦と機帆船ほどの違いだなと苦笑しながら西へ歩くと、川は何とその先にあった。昭平はすでに車上で川を渡ってしまっていたのだ。

川幅は覚えていたよりも広く、どす黒く、その真上を高速道路の高架が重苦しく覆い、コンクリートの高い防壁が川と側道の間を遮断して伸びていた。のどかな中級河川にすぎなかったものが、鉄甲の鎧に装われて黒い大蛇のように横たわっていた。橋の欄干にもたれて今にも降り出しそうな初冬の落漠とした風景を呆然と眺めた。高速道路なら車中からちらと目にした覚えがあったが、まさかそれが瀬川の上とは思わなかったのだ。駅け建て替えられた時に川の西側から移されたのかも知れない。道行く人に瀬川高校は川の左側にあると教えられたが、それも右側という記憶に反した。

「霧原、君は昨日の数学の試験でカンニングをしなかったか」

三日目の中間テストが始まる直前、杉村に教室の外の廊下へ呼び出された昭平は、すぐには言われていることが理解できなかった。カンニングという言葉も初耳のように聞こえた。中学進学の時も非常時で筆記テストはなく、担任の武田も試験のための一夜漬け勉強を嫌っていたから一度も学力試験を受けたことがなかった。だから瀬川中学の中間テストが初めてで、試験勉強も初めてだった。

「カンニングだよ」

三日月という渾名で顎が出た杉村は苛立っていた。

「不正行為のことだ。お前、試験中にこれを見たろ」

杉村の手には昭平が書き込んだ数学のノートの紙片が握られていた。

「佐伯がこれを持って来て、お前がテスト中に見ているところを見たと言っている。そうなのか」

　昭平は素直に認めた。ノートの紙片のことはすっかり忘れていた。盗み見たのは一分にも満たず、問題の解答にも殆ど役立たなかった。そのあと机の中へ放り込んだようにも思えたが、はっきりしなかった。それを級友の佐伯英夫が見ていたというのだ。自分がトイレへでも立ったすきに机の中から盗み出したか、落としたのを拾ったのか、いずれにしても教師に告げ口するとは、昭平には考えられないことだった。お互いに各地域から入学してきて間がなく、好き嫌いや仲間や敵ができるのはこれからという時期だったから自分が特に憎まれているはずもなかった。ただ鼻にかかった声の青白い佐伯が杉村になれなれしくしているのを見かけて、昭平はいい気はしていなかったが。国漢の教師杉村にしてもただ謹厳なだけで、人柄はまだ分からず馴染めなかった。

「そうか、やったんだな。それじゃ、これからすぐ家へ帰って、お父さんかお母さんに学校へ来てもらいなさい」

　昭平は事態の重大さにようやく気づき、愕然とした。

「お父さんは病気です。お父さんには言わないで下さい」

　昭平は涙ぐんで言った。

「それじゃ、お母さんに来てもらいなさい」

瞬間、節子の顔が浮かんだ。お前はそんな子だったのか、とその日は言っていた。母が他人になった瞬間だった。それは昭平が自分を明確に意識させられて二つに裂けた瞬間であり、それまで意識せずに浸り切っていた世界から突き出された瞬間でもあった。

クラスメートの視線を浴びながら帰り仕度をした昭平は教室を後にし、節子には不祥事に触れず、ただ先生が呼んでいると告げただけだった。小学校の六年間を何となく優等生として通ってきた昭平だったから、何か表彰でもされるのかと思って出かけた節子は大恥をかくことになったはずだ。それでも夫が殆ど寝たきりで結核の自宅療養中だっただけに、謹慎中もなるべく事件に触れないように気を遣って、取り立てて昭平に当たるようなこともなかった。父の仁一郎もただ「至誠、天に通ず」という毛筆で書いた半紙を尖った顔で昭平に渡して、「壁に貼って毎日見ろ」とだけ命じた。昭平にはその言葉が自分の状況にあまり合致しているようには思えなかったが、真面目に正直であれば、そのうちに許されるということだろうと理解した。昭平は事件について触れたくなかったから自分から進んで説明しなかったし、あえて説明を求められることもなかった。また母がどのような説明を杉村から受けたのかも知らず、少なくとも許されて登校するまで事件のおよその全体像さえ殆ど知らなかった。そればかりでなく、四十年もたった今に至るまで節子と事件について話したこともなかったから、母がどんなショックを受けたかも知らなかった。

瀬川に沿った石ころ一つない舗装道路を高校へ向かって歩きながら、昭平はでこぼこ道の小石を蹴って歩いた日々を想った。停学解除のあと、軍人のエリート養成所、陸軍幼年学校を目指した。昭平は下校の途次はいつも合格を祈り、石を蹴って占った。蹴った石がうまく道から側溝に落ちずにどれだけ飛ばせるかと。

やがて瀬川高校の塀らしきものが樹間に見え、グラウンドの端に鉄棒が現われ、鉄筋の白い三階建校舎の正門に出た。祝日で人影はなく、まるで授業中のように静まり返っている。正門の小門が開いていた。正門玄関まで十数歩の空地は以前は花壇だったが今はなかった。しかし低い煉瓦の角柱の正門と鉄扉の飾り気ない雰囲気は当時の記憶を甦らせるのに十分だった。

この門の出入りは生徒には原則禁止されていた。ところが昭平は週一回、自習したノートを持って杉村の検閲を受けに登校するよう命じられていた。そのためには玄関の内側の受付窓を通して来校を伝えてもらわなければならなかった。その窓は入試願書を届けに来た時以外は通ったことのない出入り口にあったから昭平はまだ出願中のような屈辱を味わいながら、クラスメートの目も気にしなければならなかった。彼らの中に溶け込みたいが、彼らの顔は見たくなかった。

一か月余の自宅謹慎の末、許されて登校した昭平が杉村から聞かされたのは、瀬川中学は創立してまだ間がないが、すでに陸士や海兵に多くの合格者を出している新進の名門校であり、昭平の不正行為は汚れなき伝統に泥を塗ったばかりでなく、入学早々の大胆で破廉恥な行為は、皇国の少国民の風上にも置けぬというものだった。

昭平は何やら大げさな気がしたがそういうものかと思うしかなく、許されたあとも教師たちの不信の目、級友の好奇の目に悩まねばならなかった。思い過ごしもあったにしろ、実際、試験に限らず授業中でも不信感を露骨に示し言いがかりをつける教師もいた。そこで昭平は李下に冠を正さぬつもりで不正をやってないことを示すために、たえず教師の目を見る結果になり、成績が上がるにつれて疑いの目はむしろ強まるかに思われた。そこで疑われているのは自分の行為ではなく、心や本性なのだと思わざるをえず、ますます内向きになって行った。その自分の本性こそ昭平が疑わしく不安に感じ出していたことだからだった。紙片を思わず見てしまったことがあまりにも無自覚、無意識だったため、かえって自分が怖くなったのだ。もしかすると、始めからカンニングしようと心の底で用意していたのではないか。どの段階でその気になっていたのだろうか。自分の心の底に蠢く無意識が怖ろしかった。教師の目が節穴でしかない以上、自分で監視していないとまた何を仕出かされるか分からないとさえ昭平は思った。

実際、そのうちに心のなかで何を思っていようと、それを隠して実行しない限り問題にされないのはおかしいのではないかと思うようになった。「至誠、天に通ず」と言うが、誠とは、誠実とはどういうことなのだろう。他人の目があろうとなかろうと、自分の心に忠実で人をごまかさないことではないのか。

ある日の午後、昭平は教室の掃除当番でその思いを実行してみた。机に腰掛けてだらだらとお喋りをしている当番の仲間から離れた所で、昭平はのろのろと雑巾で床を拭いていた。担任の杉村が上履きの踵で床を鳴らしながら見回りに階段を上ってくる特徴ある足音が聞えてくると、級友たちはあわてて机を動かしたり箒を手にとって掃除を再開した。が、昭平はとくに精を出すこともなく、同じ態度で雑巾がけをのろのろとし続けた。足音が階段を上り切り廊下を曲がって、ついに杉村の茶革の上履きの先が、俯いた昭平の目の前でぴたりと止まっても、のろのろをやめなかった。上履きの先もじっとして動かなかった。昭平が緊張に耐えられずついにごしごしと雑巾を動かし始めると、上履きは一際高く踵を鳴らして教室を出て行った。その年の夏、父の仁一郎が他界した。謹慎が解かれたあとだったことだけが幸いだった。

そんなある日の休み時間、騒がしい教室で級友の一人が停学中の〝事件の真相〟なるものを昭平に話してくれた。それは容易には信じられぬ集団カンニング事件だった。色街で知られた界隈から来ている、背は低いが頑丈な体格で臼という渾名の平田が椅子にあぐらをかくようにしてませた口調で明かしたところでは、昭平を密告した佐伯がカンニングしていたことが他の級友からばれ、さらにその生徒が訴えられるうちに、騒ぎはA組からB組に飛び火し集団カンニングの様相が浮上し、一時は大騒動だったというのだ。まともに信じられない話だった。第一、カンニングというものがあることさえ未知の領域に近かったし、昭平が許されて登校したときには、佐伯も含めて、平田が名前を挙げた連中もみな教室に雁首を揃えていたように思えたからだ。

「みんなは処分されなかったの」

「されたことはされた。けど軽くすまされたんだ。大きくなりすぎたんだよ、事件が。それに君は杉村への貢ぎ物が足りなかったんじゃないか」

話の途中から二人の間に入って耳を傾けていた、丸い目をした蛸を思わせる赤ら顔の服部もしきりに平田に相槌を打っていた。平田は当時、すでに配給制になっていた酒や砂糖といった物品名まで付け加え、事件が他のクラスを巻き込み、次期教頭をめぐる教師間の争いもからんで、騒動の拡大と外聞を恐れた校長が抑え込んだのだと詳しかった。確かにA組担任で国漢の杉村と、ブルドックと渾名されたB組担任の英語の榊原が次期教頭をめぐるライバルだとは聞いていたし、授業中、榊原から昭平の英語の辞書が気に入らぬと訳の分からぬ言いがかりをつけられたこともあった。

だが昭平は停学解除後、節子に伴われて杉村の家へ挨拶に行った時のことを思い出していた。洋裁ができた節子が杉村の娘に合うようにと持参したお詫びの子供服をどうしても杉村が受け取ろうとしなかったことだった。それをどう解釈したらいいのだろうか。更に違った角度から思い出したのは、密告した佐伯が前年、内蒙古から上野動物園にやって来たラクダの命名に応募して当選し、子供新聞にも載った〝高名な少年〟だったので、学校としても特別な配慮をしたのではという想像だった。

結局、昭平はその日平田から耳にしたことを殆ど信じなかったし、済んだことでもあり、カンニングのカの字も口にしたくなかったので、他の級友に確かめる気にもならなかった。しかし日がたつにつれて平田の話を裏づけるような兆候も現れてきた。疎んじられても当然のはずの昭平の周りに親しげに集まってくる級友が増えてきていた。体格は普通の昭平だったが、相撲やラグビーなどの押しには強かったので「猛牛」とか「タンク」と仇名され、学業成績の上昇も手伝ってか、どこか同情めいた判官びいきの漂う空気に押し立てられていた。

一学年の終了時、昭平の成績はクラスのどんじりから上位五指に入るほど上昇して、杉村は個人講評で「朝日の昇る勢いだ」とほめた。その後、クラス一同の前で学年末の総括のつもりか、最前列の席の昭平に尋ねた。

「あの事件で他の者より重い罰を受けたのはなぜか分かっているか」

杉村は「あの事件」としか言わなかった。それは平田が語った集団カンニングを多かれ少なかれ昭平が知っているという前提に立っての思いがけぬ問いだったから、昭平は杉村の意に添う答えを必死に探さねばならなかった。

「最初に不正行為をしてみんなに悪い影響を与えたからだと思います」

突き出た顎を撫でながら破顔する杉村を見て、昭平は自分の返答の卑屈さがさすがに恥ずかしかった。何が最初なんだ。みんな一緒じゃなかったのか。

ともあれ二学年から屈辱的だった最前列の指定席は後方へ移された。だが昭平の雪辱は一日も早く一人前の軍人になることでしか果たされないと思われた。教員室の前の廊下には、陸士や海兵、幼年学校に進んだ先輩の名札が壁の高みに白木の墓標のように掲げられていた。その前を通るたびに、護国の鬼となって靖国神社に祀られれば、もう見下されることはないのだと心に誓っていた。

長年、胸に秘めてきた瀬川中学への再訪だっただけに、休日だからといってそのまま帰る気にもならず、幸い開いていた脇の小門から本校舎の裏へ回ってみた。しんとして人影もなく用務員室から出てきた男が一人、中庭の方へ歩いて行くのが見えた。そこで足を止めた昭平は、三階建ての校舎を離れた所から眺めて昔の教室の位置を想起しただけで引き返すことにした。

最後にグラウンドの隅の鉄棒に目が止まった。時間を見つけては苦手の鉄棒にぶら下がって、幼年学校の体力テストにパスするよう練習しながら祈るように見上げた空、自分を見守っていてほしいと願っていた空があった。

コンクリート壁で川面との間を仕切られた舗装道路を再び辿りながら、戦後上京した折、杉村を訪ねたことを思い出した。杉村の家は被災したため知人の家の二階に家族ぐるみ間借りしていて、本人は病気で寝込んでいた。布団の上に辛そうに起き上がった青い顔の杉村と何を話したのか、早々に辞去したので覚えていなかったが、近況報告の域を出なかったろう。盆にのせて出された二本のふかし芋の紫色が切なく心に残り、京都の大学に進学したことを以て、せめて敗戦で果たされなかった雪辱の気持を伝えたかったのだと気がついた。杉村と会ったのはそれが最後だった。消息も途絶えた。杉村が自分のせいでどんなに苦労したか、自分の成績の上昇をどんなに喜んでくれたか、一度も考えてみたことはなかったことも思い出した。

杉村は佐伯の告発で昭平を廊下に呼び出した時、ひょっとしたら、嘘でも昭平に不正行為を否定してほしかったのではないか。平田にしても集団カンニングを昭平に明かしたが、その裏では昭平のへまをなじっていたのではないか。平田も悪の仲間だったのではないかなどという妄想が次々に湧いてきた。事件の真相はもう糾明すべくもなかったし、その気もなかったが、疎開転校した中学でもカンニングが結構公然と行われているのを見て、昭平は複雑な気持だった。昭平が親しくなった級友に休んだ授業のノートを見せてほしいと頼んだら、「試験で答案をこっそり見せてくれたら」という答がさらりと返ってきた。それはもう不正行為というような次元の話でなく、今思えば世間によくある互酬関係そのものだった。

瀬川駅から再び電車に乗った昭平は都心へ向かう車窓から線路を見ているうちに、このあたりが下山事件として有名な国鉄総裁の轢死体が発見された現場だったことに思い至った。総裁の死については自殺か他殺かをめぐって当時マスコミを賑わせたので、ニュースを聞いた昭平も、ああ、あの線路だと気づき、血塗られた白い砕石が目白押しになって迫ってきたのだった。その頃、国鉄労働組合をめぐる奇怪な事件が相つぎ、行員十二人が毒殺された前年の帝銀事件とともに背景に占領軍の謀略とさえうわさされる時代だった。そういえば、病床の杉村を訪ねた帰り道、たまたま帝銀事件の現場の支店の前を通ったことも記憶に甦ってきた。

戦後、杉村を見舞った以外、瀬川中学時代の人たちとの関わりは、昭和二十年三月十日の東京大空襲以後、先方からの連絡も含め一切なかったが、京都の学生時代、下宿の界隈の夕闇の路上で、白い亡霊のように現れ出た佐伯英夫に出食わしたのには驚いた。〝高名〟な佐伯は普段は女の子のようにおとなしく、いつの間にかそこに立っているという感じだった。今さら自分を告発した男に話すことは何もなく、二言、三言話しただけで別れたが、別れてから、佐伯と話したのは今が初めてだったことに気がついた。佐伯が京都の親類を頼って疎開し、その後も昭平の下宿に遠くない所に居住しているということが分かった。さらに数年後、朝夕新聞社近くの大阪の地下街で擦れ違ったことがあった。佐伯の方は気がついていなかったが、自分の影に跡をつけられているような気味悪さを覚えた。

それで思い出した。小学校時代、武田に引率されて半月間の合宿訓練を千葉の九十九里浜で受けた時のことだった。班長の昭平は班日誌を毎日武田に提出することになっていた。一週間もすると合宿生活の辛さに家へ帰りたくなった昭平は、班員全員が帰りたいと思っているということを日誌に書いた。武田はそれを見て「君はどうなんだ」と突いてきた。思わず「半分帰りたい」と答えた昭平は、苦笑する武田を見て恥ずかしく思わずにはいられなかった。あの時の俺は自分を告げ口した佐伯と殆ど違わないのではないか。

細かな記憶が呼び起こされるにつれ、迫ってくる血みどろの真新しい砕石の心象は、戦中戦後の自らが生きていた時代を鋭く象徴しているように思われるのだった。

十一

瀬川中学時代の二年間は戦局の激化ですべてが中断されたままに終わっていた。自転車での通学途中、戦後あまりにも有名になった千住の「お化け煙突」が見えるあたりに差しかかると、空襲警報が出て引き返すことが多かった。どうにか登校はしても警報が出て授業はなくなり、橋のたもとに案山子のように立った闇米取締りの警官に呼び止められながら、下校時に農家に立ち寄って野菜を自転車に積んで帰るのが常態になっていた。車中の昭平はそんな田園風景を今は田畑など望むべくもない眼下の密集した家並みに重ねていた。

謹慎中の自分は家で勉強のほか何をしていたのかと振り返ってみた。すると畳の上に立て並べた東西両軍の将棋の駒を敵兵に見立てて撃ち倒しては、両軍の間を行ったり来たりして孤独な遊びに夢中になっている自分が蘇ってきた。

「加藤軍曹殿がやられた。川井兵長も、上野一等兵も……」

香車の佐藤伍長が叫んでいる。駒の兵隊たちが撃たれて、ばたばた倒れている。

「第二小隊は奮戦空しく殆ど全滅……」

銀の西谷小隊長の悲痛な声が伝わってくる。よくやった。昭平は前線からの無線電話に金将の中隊長に代わって心のなかで答えた。

昭平が指ではじく弾丸用の駒が畳の上を飛んで行く度に駒の兵隊が倒れた。仰向けか俯せになれば戦死、横倒しなら戦傷だ。

「分隊長殿、もうだめです」

累々と折り重った屍の中からいまわの際の声が聞こえてくる。いずれも昭平の独り言だが、なぜか「天皇陛下万歳」とか「お母さん」とかいう最後の言葉は叫ばせたくなかった。ただ苦痛の呻き声があるだけだ。戦友に抱えられた瀕死の歩の瞳には神の瞳のような澄んだ青空が映っているだけかも知れない。

疎開して滋賀の節子の実家に間借りして、琵琶湖干拓に動員される日々を送るようになってからも昭平の将棋ゲームは続けられ、二組の駒では足りなくなった。昭平の頼みで蔵の中から叔母が見つけてくれたのは、剝げた黒漆塗りの壺で、丸い蓋を開けると、埃と一緒に何やら妖しげな緑色の煙が立ち昇ってくるような気がする古めかしい代物だった。中からは数の足りない碁石と将棋の駒が出てきた。駒は焦げたような赤黒い光沢のツゲ材で赤漆の彫文字の高級品だが、文字は色あせ角も丸くなって、日露戦争に出征した祖父の遺品とも思える老兵たちだった。駒のなかには「歩兵」の赤文字が彫り跡だけ残して消えてしまって裏の「と」だけが残り、始めからと金になっているような猛者もいた。早速、この土蔵組の駒の背面にも記号名と階級を書き入れて戦線に送り出した。彼らは先に入隊した生っちろい補充組と肩を並べると、一匹狼の野武士たちのように一段と頼もしく、長い間暗い土蔵に閉じ込められて腕をさすっていたのがいま陽の目を見て張り切っていた。

干拓作業は安土城跡の麓のK内湖で行われていた。ある休日、朝から傾いた十畳間に駒を並べて戦争ドラマに興じていると、古びた畳の目は内湖の細波か田んぼのように、畳の黒い縁《へり》は道路か堤防のように見えてきた。すると駒たちまでが干拓作業中の中学生や連合軍捕虜に思えてきた。昭平たちの作業場の隣りでは近くの捕虜収容所から駆り出された英蘭などの将兵たちが監視兵らに叱咤、殴打されながら泥水の中で働いているのが毎日望見されていたからだ。やがてアメリカのグラマン戦闘機も低空で飛来し始め、昭平らは作業を中断して避難しなければならなくなっていた。そこで畳の上の中学生や捕虜たちを銃撃する気も萎え、まして畳と壁の隙間から奈落の土間へ撃ち落とすなど絞首刑のようでできなくなり、駒のドラマも終息に向かった。

捕虜たちは毎朝、作業場へ向かうトラックに零れんばかりに詰め込まれて、昭平たちを追い越して行った。その青い目の落ち窪んだ表情は連合軍の勝利が近いと確信してか、意外に明るく、スコップやツルハシをかついで藁草履を引きずりながら行進して行く生徒たちを見ると口笛を吹き喚声をあげた。冷やかし半分どちらが捕虜かと怪しまれたが、昭平に憎しみはなかった。それから半月足らずして、本物の戦争のフィナーレを告げる捕虜向け救援物質の落下傘の幕を目撃することになったのだった。昭平は涙をのんで駒たちを再び十蔵の中へ返した。食糧増産のためという名目で干拓作業は十月まで続けられた。七つボタンに憧れて予科練へ行って間なしの級友が気づくと、隣りでツルハシを振るっていた。

敗戦の衝撃の最たるものは、精神的に一体と化していた帝国軍人、士官や兵隊が一転して堕ちた偶像と化したことだった。哀れなのは死刑を宣告されたBC級戦犯の存在だった。戦争当事者である勝者側による裁きは不当にせよ、国家の指導的立場にあった将官級のA級戦犯は少なくとも敗北の責任を負わねばならないと思われた。しかし非人道的行為の責任を問われたBC級戦犯の罪の多くが、上官の命令に従ったためか、叩き込まれた軍人精神にそった行為であったはずだった。負けたことよりも上官が責任を転嫁し兵隊が罪をかぶって裁かれたことがショックだった。昭平にとってそれは親や先生、先輩ら大人の言うことを聞いたことがいけなかったと言われているのと同じだった。「強くて正しくて優しい思いやりのある日本の軍隊」が、勝てる見通しの立っていない戦争を始めていたことや、略奪による物資の現地調達を前提にした進軍をしていたこと、また同胞の民間人を守ることなく部隊が真っ先に逃亡したということなどが明るみになってくると、「栄誉ある帝国軍隊」の実情は、武田が言っていた、海賊山賊まがいの米英露の軍隊と大差がなかったことが分かった。そして、昭平が絞首刑を免れたのは、ただ生まれてくるのが少し遅かっただけで、それを盲信していた昭平自身も〝D級戦犯〟に等しかった。

カンニングという私的な小事件と、敗戦という歴史的な事件とが昭平には前からどこか似ていて切り離せないような気がしていたのだが、その訳も少し分かった気がした。つまりカンニングが無意識、無自覚になされたように、戦争という大事業もはっきりした勝算の見通しや、相手の詳細な情報を得ることもなしに殆ど無自覚になされたこと、そこに見えてくる幼稚さ、その果てのどこまで堕ちるか分からぬ人間の罪業。年齢的に免責であるはずの昭平が抱いてきた訳の分からぬ戦争責任の痛みはその重苦しさと関わっていた。眼前に迫ってきた線路の血塗れの砕石のイメージも、そこから立ち上ってくるのに違いなかった。

都心に戻った昭平は疎開先の紫野市中学校での友人、高木真太郎がいるC新聞の東京本社に電話した。幸い高木がすぐに出て、社の近くの喫茶店で落ち合うことになった。

昭平は高木との約束の時間よりもかなり早く新聞社近くの喫茶店に着いた。小さな店には社会部記者らしい二人がのんびりと煙草をくゆらしているだけだった。高木を待つ間、昭平の思念はカンニング事件の原点に戻って行った。それは自分の意識と無意識をめぐってだった。カンニングの結果、生まれた自己意識という考えが自分でも納得いかないのだった。人を欺いたことがなぜ自分の発見につながるのか、正直のところ昭平には殆ど罪悪感がなかったのだった。むしろなかったということが罪悪感を深めたが、それは他者から押しつけられたものではないかという、いわば主体のない罪悪感で、無意識というしかないものの浮上だった。自分も知らない奥底で自分が不正行為を準備していたのではないかという疑いの念だった。だからこそいつも目覚めていなければ不安だったのだ。いつも自分を意識し、かつ理性を研ぎ澄まして見張っていなければ、まるで自分が存在しないかのようだったのだ。

しかしこのように自覚的に回顧するようになったのは、フロイトをちょっぴり齧った学生時代の後半だった。空襲の激化と敗戦でかすんでいた自己意識の不安は、戦後、世の中が多少でも落ち着き昭平の自我が成長するにつれて青春の倫理的色彩を帯びて再浮上してきたのだった。昭平が知っている倫理は忠君愛国の四文字しかなかった。そのうち新しい民主主義の時代に通用しそうな理念は「愛」しかなかった。昭平が知っている愛は自己否定、自己犠牲を少なくとも前提としていたが、昭平は自分のうちに自分のためにのみ図っているものしか見出すことができなかった。それはまるで掘り返しても掘り返しても木の根っこや貝殻しか出てこない干拓の湖底のようなものだった。社会や人のためという善意のかげには巧みに偽装された自分を善人と思いたいエゴが隠れていた。その無意識の欲望は実際的な行為以前に認識や思考のうちにより強く働いていた。そして昭平は自分のなかに見出した心の底の動きを他人のうちにも想定し、人は見たくないものを抑圧し、見たいものだけしか見ていないと思わずにはいられなかった。学者や評論家、記者の言説も理性もあてにならなかった。無意識だけがまだしも信じられそうな具合で、恋愛心理の無意識を扱った西洋の小説が面白くて、夜も日も明けぬ時期もあった。

昭平は京都の進学校に籍を置きながら紫野市町を拠点に高木と同人雑誌「かおす」をやるようになっていた頃の精神の軌跡を辿りながら、さらに回想を続けた。

十二

紫野市町の実家に疎開した昭平一家は戦後、長屋の一軒を借りて、節子が人に請われるままに洋裁教室を開いた。昭平は教室の生徒たちと同人の同級生たちの繋ぎ役となって、「青蛙会」という社交グループを作り、共学を知らぬ世代の男女が気軽に付き合えるようにハイキングや読書会、レコードコンサートなどのイベントを重ねた。

青蛙会ができる前の夏、昭平は節子の助手に誘われて洋裁教室の生徒たちと琵琶湖畔のT町に遊んだ。生徒のなかに親戚がT町にある者がいて、一晩だけそこに外泊するという、彼女たちにとってはめったにないレクリエーションだった。貴重な青春を一刻もむだにできないというように次から次へと遊びに興じる娘たちの動きに昭平も圧倒され放しだった。五、六人の娘たちのなかには後に昭平の妻となる小関溪子もいた。

湖岸の磯辺での鬼ごっこで鬼になった昭平は溪子を追いかけるのに夢中になって、右足を岩場で滑らせ踵を切っていたのに暫く気がつかなかった。水中に瓶の破片でもあったらしい。踵の少し上がざっくりと割れるように切れていて、白い骨が見えた。痛みは殆どなく、まるで内部は空っぽの張子人形のような足だった。異変を知って集まった娘たちに囲まれた昭平は、彼方の大きな岩の上にひとり、微風に髪を靡かせて、沖の茜の空に放心しているかのような溪子を認めた。その立像はいささかの忌々しさとともに自由への憧れを印象づけた。

昭平は初めて溪子と顔を会わせた時も初対面のような気がしなかった。昭平が尊敬する先輩が彼女に交際を求めて断られたという噂をきいていたせいかも知れない。老舗の小間物屋の三女できびきびした利発さと明るい声の持ち主で、「かおす」にも投稿し、とかく学生たちの間で噂に上る一人だった。先祖は江戸時代中期、大庄屋職で村の利水に功績があり苗字帯刀を許された家柄だった。青蛙会のメンバーとして交際するようになってから、彼女が演劇を勉強したいという希望を持っているが、両親と祖母が病弱で二人の姉が嫁いだあとの大世帯の台所の切り盛りや介護に追われて思うにまかせぬという事情を知って、昭平は同情を寄せるようになっていた。

そんなある冬の夜、帰省中の高木の家を訪ねての帰り、高下駄で残雪の暗い大通りを歩いて行くと、降り出したみぞれに唐傘を傾げた母娘と擦れ違いざま、娘が会釈した。気がついたときはもう娘の後ろ姿しか見えなかったが、溪子に違いなかった。会釈したときの彼女の笑顔がいつまでも心に残った。

渓子の幸せそうな笑顔は、帰宅してからも昭平の眼前にちらつき、胸の内壁を分銅めいたものが激しく叩いて揺れた。あのにこやかで幸せそうな顔は誰かに恋をしている。その恋がうまく行っている顔だ。昭平の直感だった。大いに恋をすればよい。若いんだから経験して成長しなければ……。その夜、彼女の夢を見た。が、確かに見たという余韻だけがあって、どんな夢だったか全く覚えていなかった。

昭平の直感は当たった。渓子には電力会社に勤めているエンジニアの兄がいたが、兄の会社の同僚と付き合っているらしいという情報が入ってきた。が、この情報の後を追うようにして二人の交際は終わったという風聞もすぐに流れてきた。

昭平は洋裁教室に関わる雑務を節子からいろいろと手伝わされるようになって、ファッションショーの照明係なども喜んで引き受けていた。ある日、H市で開かれた他校のファッションショーを見学に行く節子に照明の勉強と理由をつけて同行した昭平は、O鉄道の車内で同じショーを見に行く洋裁生のなかに渓子を認めて、来なければよかったと後悔した。そっぽを向いた横顔の眼差しが「女の子の尻ばかり追いかけて何よ」と言っているようで、一番出会いたくない子に見つかったと思ったからだ。

それにしても横顔から見た女の眼差しというものは不思議だった。誘っているようで誘っておらず、誘ってないようで誘っているように見えて、すべては昭平の幻想、実のところはただの妄想でしかないのかも知れなかった。

それから数か月後の夏休み、京都から家へ戻る車中で昭平は溪子と偶然出会った。昭平は混んだ列車の通路側の席に座って本を読んでいた。ふと顔を上げると、右肩の背後に溪子が立っていたのだ。昭平の読んでいる本を覗きこむようにして。

「なんだ。小関さんじゃないですか」

彼女が昭平と知りながら声をかけてこなかったことに不満を覚えながら言った。彼女は京都で映画を見てきたと話した。その表情は冴えなかった。彼女はまだ死んだ恋の喪中だったのだ。昭平のひそかな期待は半ばはずれた。溪子が相手に失望する形で戻ってきてほしかったのだが、何はともあれ、彼女をひたすら慰め励ます口調になった。

晩秋、青蛙会は紫野市町の近傍を流れる愛知川上流の峡谷、永源寺へ紅葉狩りとしゃれた。たまたまその前日は昭平たちの大学を関西巡行中の天皇が訪問することになっていた。この頃、敗戦の翌年から始まっていた天皇の全国巡幸がようやく終わろうとしていた。巷には天皇退位論も飛び交っていたが、その声はマッカーサー司令部と守旧派に封殺されていた。

翌日の紅葉狩りに参加する友人の村野孝介らと一緒に帰るため待ち合わせ場所の大学正門に昭平が昼すぎに着いた時には、すでに正門の内庭は天皇の車を囲んで揉み合う学生と警官隊で溢れ、中へ入ることもできなかった。大学周辺には武装警官が立ち並び市電も止められている。新聞社のニュースカーが「君が代」を流している。すると沈黙していた学生たちの間から、折りからの雨の中で「平和を守れ」の歌声が湧き起こり「君が代」を圧倒した。正門と向かい合う分校の前には「もう絶対に神様になるのはやめて下さい。『わだつみの声』を叫ばせないで下さい」という「天皇へのお願い」という大プラカードが立てられていた。「日本が再び戦争にまき込まれそうになったら、個人としてでも世界にそれを拒否する訴えをされる用意があるでしょうか」等の学生の五項目の公開質問状は大学側に拒否され、面会要請も断られた。天皇は一時間足らず学内にあって教授たちの名ばかりの進講を受けて走り去った。朝鮮半島では前年から始まった凄惨な死闘が続いていた。

翌日、青蛙会の男女十人は予定通り紅葉の禅寺を訪ね、谷川にボートを浮かべた。寺は鎌倉時代に創建された臨済宗総本山の一つで、応仁の乱を避けて集まった文人や学僧は二千人を数え、一世を風靡した五山文学で知られていた。その往時の名残を留める諸仏堂が愛知川を借景とする谷の中腹に建ち並び、紅葉はたけなわ、観光客はまばらで静けさが一段と風趣を深めていた。

境内を見物して橋を渡り河原に下り立った一行はボートを借り、二人ずつ乗り込んだ。谷川とはいえ、このあたりの川幅は広かったから、結構川面からの眺めも楽しめた。初めペアを組んだ村野孝介と昭平は川岸にボートを止めて一息入れていた。村野は大阪からの疎開組の一人で、能楽師の息子だった。謹厳そうに見えて茶目っ気があった。そこへ小関溪子と女友達のボートが近寄ってくると、村野は何を思ったか、「小関さん、交代しましょう」と呼びかけて、さっさと乗り移った。茶色のセーターにグレーのスラックスという地味な服装の溪子が、押し出されるようにして昭平のボートに乗り込んで来た。交代した村野はすぐに上流の方へ漕ぎ去った。昭平もさて漕ぎ出そうとしてオールを構えたとたん、艫《とも》に座った溪子のきらきらした大きな眼差しにぶつかって思わずどぎまぎした。手にしたオールは水面を掠めるばかりで昭平の頬をいよいよ熱くさせた。その様子に溪子の視線は訝しさに変わり、昭平の狼狽に追い討ちをかけた。昭平は目を合わさぬように、進行方向を確かめるふりをしたりオールを漕ぐ屈伸の体形を利して舟底や空を見上げたが、眉や後頭部は灼け焦げんばかりだった。花火のように眼前ではじける眩しさの彼方で、溪子は素知らぬ顔であたりの景色を眺めていた。昭平は焦った。「ボートがこんなに狭く窮屈なものだとは知らなかった」と心の中でぼやいても、オールは思うにまかせず、岸からせり出した紅葉に映えた水面をいたずらに叩いて水しぶきを上げた。

集合場所のバス停で溪子が来ているのを見た昭平はそれだけで満足し、彼女の存在を忘れていたのだが、こんなことになるとは。不意打ちながら、自分が溪子に恋していることを確信した。昭平は歓喜を覚えた。自分に驚いていた。紅に染まった川面はその反映で俺の顔色を隠してくれているだろう。ようやくボートは川下のほうへ舳先を向けて動き出した。

「『かおす』は今どうなっているんですか」

気詰まりを持て余した溪子が話しかけてきた。

「四号まで出てストップのままです」

「昨日、天皇陛下が来やはったでしょ。あの時はどうしてはったんです？」

「僕らが行った時はもう学生と警官隊で一杯でした。何しに来たのでしょうね」

朝鮮戦争勃発と共に左翼学生活動から脱落しつつあった昭平は苦笑するしかなかった。風はさすがに冷たかったが、僅かな青空を覗かせた静寂の山あいにオールの音ばかりがのどかにこだましていた。二人の影をくっきりと映した澄明な川面はオールで乱すのも惜しいほどだった。

「来年、東京の大学へ変わるつもりです」

「えっ、東京へ？」

「演劇の勉強がしたいんでしょう。小関さんも東京へ来ませんか」

「そりゃ、行きたいわ。でもそう簡単には……」

彼女の反応に昭平は微かな希望を見ながら、転学に至った経過を話した。理由は幾つもあったが、要するに東京へ戻りたいのだった。

昭平が話している間に村野がボートを近づけ、にやにや笑っていた。そしていきなり、船底に積み込んでいた拳大の石を船端近くに投げ込んだ。水しぶきが二人にかかった。続いてもう一弾。何だ、村野の奴、気をきかしておいて今度は冷やかしか。昭平はけしかけられてボートを村野の船べりにつけ、腕を伸ばして船底の石を奪おうとしたはずみに、村野が昭平のボートを手で突き放したので昭平は水面へ投げ出されながら、船べりにつかまった溪子がボートごと傾いて行くのを見ているしかなかった。次の瞬間、昭平は川底に立っていて上半身は殆ど濡れてもおらず、浸水したボートを沈まぬように支えていた。溪子はと見ると、水泳が得意な彼女も着衣のままでは重たげな背をみせて必死で村野のボートの方へ泳いでいた。「立てますよ」と昭平は叫んだが届かなかった。村野は溪子に救いのオールを差し出しながら笑いを噛み殺していた。近くの橋上では通行人や観光客が何事かと足を止めて眺めていた。

やがて河原に集まった仲間は甲斐甲斐しく動いた。火を熾し、ずぶ濡れになった二人の衣服を乾かしている間に、峡谷には早くも夕闇が下りてきて冷気が迫ってきた。男性はたき木を集めに走り、村野は詫びのつもりか売店でウイスキーの小瓶を買ってきて振る舞った。女の子の一人は近くの親戚の家へ溪子の衣類を借りに行き、やがて威勢よく燃え出したたき火を囲んで、顫《ふる》えている溪子の背中をこすって温めた。高木が近寄って来て「落ち着いていましたね」と耳元で囁いた。転覆した瞬間も昭平がボートを沈まぬように支えていたことをほめたのだが、昭平はそれどころか、転覆した瞬間、溪子の存在が意識から忘却されたことに落胆していた。それに必死に泳ぎ去る溪子を助け上げてやれなかったのも残念だったが、こんな形でも彼女に近づけたことに内心喜びを隠せなかった。仕掛けられたとはいえ、自分がはしゃぎ過ぎて起こった騒ぎと思えたから、深刻な表情から笑みがこぼれないように気をつけねばならなかった。

溪子の濡れた衣類は家人に怪しまれないよう昭平が預かって持ち帰り、節子に訳を話して洗って干してもらい、翌々日溪子が受け取りに来た。そのとき渡し忘れた靴下が座敷の隅にころがっていた。昭平はそれを眺めながら、冬の路上で笑顔の溪子と擦れ違わなかったら、東京へ行こうとは思わなかったかも知れないとふと思った。それに、京都からの帰りの車中で出会わなかったら、彼女はこの紅葉狩りに参加したろうか、そうした偶然がなければ自分の〝恋〟はどこへ行くことになったのだろうと推量せずにはいられなかった。とにかく、この靴下が手元にある間に次のデイトの約束を取り付けなければと思った。

十三

「やあ、待たせましたか」

そう言って足早に喫茶店に入ってきたワイシャツにカーディガン姿の高木は、昭平の前に小太りの身体を下ろした。隣の席にいた警察回りの帰りらしい二人の記者は、「よっ」と上司の高木に声をかけられて、そそくさに出て行った。

高木は一年後輩で、昭平が大学に進んだ頃から同人雑誌を通じて親しくなり、同人は長続きしなかったが、就職後も付き合いは続いていた。高木は昭平が行けなかった陸軍幼年学校に一年だけだが在籍した秀才で、中学四年から京都の旧制高校を経て東京のT大に進み、美学を専攻してC新聞に入社、社会部長を務めていた。学生時代以降は年に一度ぐらいの手紙だけの交友だったが、高木は僅か一年でも年長の昭平を先輩として立て、昭平は昭平で高木の理論的かつ文学的な素養に学ぶところが多かったから、たまに会ったくらいで昔のように「君、ぼく」とはいかなかった。

ところで高木はC新聞入社当初は慣例で社会部に所属し、二年後に英語力が買われて外信部に引き抜かれ、ワシントン、ウィーンなど海外勤務が長かったが、その名レポートが認められてか、十年程前から社会部に再び戻り、外務省の不止支出などを追及する調査報道や、東欧改革、黒人革命などについての著書もあった。しかし週刊誌に取り上げられるほど知られるようになったのは、「戦争と人間」という長期連載のあと、それを視覚化した形で、某百貨店で開かれた二十世紀戦争展「世界に平和を」の企画だった。その展示内容たるや、ピカソのゲルニカで有名な一九三七年のスペイン市民戦争に始まって南京虐殺事件、真珠湾攻撃、ホロコースト、広島・長崎原爆、朝鮮戦争、中東戦争、ベトナム戦争、ソ連のアフガン侵攻に及び、冷戦のイデオロギーを超えた大胆で強烈な訴求力は、連日満員の盛況を呼んでいた。

「一年ぶりぐらいですか、前回会ってから。今回はまた何の御用です」

「例のXデー会議が明日あるので」

「ああ、ご苦労さんですね。それじゃ今晩一杯やりましょう」

「いろいろ噂は聞いてますよ。ところで恵理ちゃんは元気ですか」

高木の一人娘はアメリカで通信社に勤めていた。前回会ったとき、写真を出して見せてくれたが、小柄な高木に比べ、背のすらりとした美人なのに驚いた。まだ幼女の時分に会ったことがあるきりで見違えた。奥さんは二つ年上の日系アメリカ人で、ごく普通の淑やかな女性だった。

「最近、アメリカ人の弁護士と結婚したとか。何をやらかしていることやら」

高木は他人事のようにぼやいてみせたが、娘の写真をうれしそうにポケットに入れていたところなど、口ぶりとは違った。

「Xデーも気になりますが、今ちょっとややこしいことに頭を突っ込んでいるんですよ」

「というと……」

「あまり大きな声で言えないのですが、東欧のある国で広島、長崎の被爆をテーマに平和展をやる企画を進めているんです。先方との話がやっとまとまったと思ったら、それがここに来て、社長の方からクレームがついて」

「へえ、凄いじゃないですか。ぜひ実現してほしいな。簡単ではないかも知れませんが。東欧の国民は原爆の恐ろしい実態など知らないでしょ」

「今の国際情勢ではある程度クレームがつくとは予想してたけど、そんな企画をすれば東側を利することになるといって、外務省の圧力がかなりかかっているらしい。それで了解してくれていた局長までが態度が変わってきてね」

「反核運動は西側を攪乱する東側の策謀だというわけですね」

「そう。しかし『世界に平和を』展に向こうの博物館からホロコーストの資料を出してもらったお返しでもあるんです。ウィーン支局にいた時から向こうの出版協会に顔見知りがいるんです。それで話がまとまったんだけど。『世界に平和を』展で南京虐殺を扱ったでしょ。展覧会そのものは好評だったけど、販売などからブーイングが出てね。その辺から警戒され出したんですよ。無論、あれでよかったと思ってはいますが。元兵士の証言を何人も聞いているし。アメリカが原爆展を毛嫌いするように、ポーランドなど東欧諸国だって本来はホロコースト展を喜べない後ろめたさはあるのですよ。結構、ドイツ占領軍に協力してユダヤ人を迫害したようですから。日本が南京虐殺を否定したがるように。それでもポーランドの人々はホロコーストの資料提供に協力してくれたのです」

「なるほど。東西冷戦の壁を破る力はそういう国境をこえた草の根の良心の結集によるわけだ」

ウィーン支局時代からポーランド、チェコなどにも足を伸ばして知己を広げていると聞いていたが、高木の平和展がただの思いつきではないことを今さらながらに感じた。

「ニューズウィークの世論調査を先日見たけど、核実験、核兵器の生産、配備の凍結を求める声は六十パーセント、日本でも七十三パーセントの人が反対しているというし、東欧でも反核デモが盛り上がっている。例の米科学誌が世界終末時計の針を三分前に動かしたでしょ」

昭平も力んで言った。高木が応じた。

「うん、第三次大戦が八五年六月に勃発するというストックホルム科学アカデミーのアピールをバチカン放送が伝えたらしい。八五年といえば来年ですよ。だがソ連はいま核戦争をやるだけの余力はないと思う。アフガニスタンに手こずり、ポーランドの『連帯』のスト、ヤルゼルスキの非常事態宣言にも介入できなかった。経済的に非常に行き詰まっている。レーガンのSDI（戦力防衛構想）だって、ソ連の弱味を見越した実現性の遠い脅しですよ。その邪魔をするなということなのだろうが、ソ連だって原爆テーマの平和展は歓迎してないはずです。しかし経済の建て直しに熱心と言われるゴルバチョフが次期の書記長になるのは目に見えている。ソ連は行き詰まりを打破するために変わろうとしている。東欧で平和展ができるのもその流れのなかにあるからなんです。東欧の民衆が本当に求めているのは、反核という名の生活と自由なんです。大事なのはそこのところで、アメリカの尻馬に乗っている外務省の役人にはその辺がまるきり見えてないのじゃないかな。前に不正支出でうちに叩かれた仕返しの色も濃い」

高木は積もった憤懣をぶちまけるように語った。

「新聞が政府のお先棒ばかりかついでいたら自滅しかねない。それでなくても中身が薄くなってきているのだから。でも注意してやってよ。これまでの実績を大事に。それと、整理部には直前に扱いについてよく話しておいた方がいいでしょ。ぬかりはないでしょうが」

「有難う。幸い整理部は協力的なのでその点は大丈夫でしょう。しかし、ぼく個人の将来はそんなに気にしてないのですよ。これまでどうにかこうにか局長とはうまくやってこられたけれど、この辺が限界かな」

そのときカウンターに当の局長から電話がかかってきた。

「いやあ、局長からお呼び出しで。それじゃここで夜、会いましょう」

高木は名刺の裏に地下鉄日比谷線の銀座駅裏のバーの地図を書いた。

銀座裏のバーは高木が行きつけの気楽な店で、フロアが広く相応にサラリーマン風の客が入っていた。

「小説の方はこの頃どうなんです」

昭平は水割りをなめるようにして飲みながら、T大時代から「アルチュー・ランボー」と異名を取っていた飲み助の高木がその仲間と出している同人誌について質した。

「いや、ぼくは全くだめですね。霧原さんこそどうなんです」

「そんなことないでしょ。『かおす』の頃、いいものを書いていたじゃないですか」

頭が切れすぎるのだ。特に評論がよかったと昭平は回想しながら「ぼくもあの頃は見よう見まねで書くことは書いたけれど結局は人に持てたくて書いていただけですよ」と返した。

「そんなことを言ってましたね。虚栄心で書いているだけではないかって」

「虚栄心か」

昭平は呟いた。あの頃はその言葉の底で無意識と格闘していたのだった。そして無意識こそ本当の自分ではないかと思う一方で、いつも覚めた意識でなければならなかったのだ。だが今は、己れの無意識なのに自分の居場所が果たしてあるのだろうか、下手をすると他人に占領されてしまっているのではないのかと怪しまれた。

「喫茶店で昼間待っていた間もちょっとあの頃のことを思い出しましてね。やっと自分が分かってきだしたのです。書いたのは虚栄心からでも物語を書きたくて書いたのでもなかったのですよ。とくに学生時代以後も実のところ書くことは書いていました。書かずにいられなかったのです。書いている限りでしか自分が存在しないかのように」

「もう二十年も前でしたか、他者から見られている限りの自分しか存在しないという男、まるで他者の眼差しの間から生まれたような男を主人公にした小説を読ませてもらったことがありますね。あの続きですね。われわれは、とくに日本人は主体を欠いた存在である。今もそういう考えですか」

自分は認めないがという表情で、高木は言った。

「そんな小説を見せたことがありましたっけ」

昭平は照れながら肯いた。

「霧原さんには精神分析のラカンの鏡像段階説が参考になるかも知れませんね。いや、フランス文学者のA・M氏に近いかな。読みましたか。彼の『汝の汝』説。日本の『私』は一人称がはっきりせず、互いに相手に対して二人称になっている。『私』はつねに『あなたのあなた』でしかない。敬語を核として相手次第で語り方が変わる。だから三人称もなく、他者もなく、それでは個人、まともな社会も作れる道理がないと。まあそんな説です」

「なるほど。『汝の汝』か。はっきりしてますね。よく分かる。『我と汝』ではない。『汝の汝』か」

昭平は長い間、悩んできた核心部分が一言で提示されている点で唸った。「ぼく」と言っても「私」と言ってもなかなかぴったり自分と重ならなかったのは実質的に二人称だったからなのだ。だがそのことは、自分がはじめから即自的に存在しているというような意味ではない。現に今、高木と交わしている会話にしても、もっと率直に話し合いたいのに、二人の間を遠ざけている言語的な親密さのマナーがあった。「あなた」でも「君」でもだめなのだ。高木のような国際人がいつまでたっても俺を上級生として敬意を払い続けて喋るから、俺もつい丁重な口調になってしまうと高木のせいにしている。だが、このしがらみはそんな単純なことではないのだ。

「自分ほど日本人らしい日本人はないのではないかとこの頃思うことがよくあって、日本批判になりがちなのですが、天につばするようなものです。とにかくA・M氏の本を読んでみます。不勉強でしてね。サルトルの『嘔吐』を読んだ頃も、存在と現象の区別さえはっきりしてなかったのですから」

「いつも感心してます。あなたの頑張りには。ぼくはもう書けそうにない」

「あなたが書けないとは思いたくないですね。期待しています。でも今されている企画も貴重です。ぜひ成功させて下さい」

それなりの覚悟がなければできない高木の平和展企画だったが、「ぼくはとても臆病なんですよ」と話したこともあった。戦後すぐの学生運動でＣＩＡに追われていた頃のことだった。自説を曲げない理論派だったが、気のよい優しさを秘めていた。

夜遅く昭平は高木に誘われて横浜のマンションに行き泊めてもらった。布団に横になって暫く本を読んでいると隣りの高木夫妻の部屋から静かにモーツァルトの楽曲が流れてきた。海外を回って永住したいと思ったところはどこかと尋ねたら、高木が「ウィーンですね」と答えたことを思い出しながら、昭平はまだ見ぬウィーンを思い描いた。学生時代、上京して高木と彼の姉の下宿に何日も泊めてもらった時、本棚にあった立原道造の詩集をノートに毎晩書き写したことを思い浮かべているうちに寝入った。

十四

翌日の午後、昭平は東京本社のXデー紙面会議に出た。朝夕新聞社は戦前からの大手だが、戦後、販売競争で遅れをとり、一時倒産の危機にあった。その後、合理化と社員の努力で再建に成功し都心に新しい本社ビルを構えていた。

大阪のせかせかした雰囲気に較べると、全体に余裕を漂わせている編集局整理部の旧知の記者二、三人と言葉を交わしてから昭平は会議に出た。会議は全国三本社の整理部Xデー班の責任者に、東京本社の編集幹部、社会部皇室班、整理部天皇班をまじえた最高の実務者会議だったが、内容はこれまでに行われた会議と大差なかった。主催の東京側から最近の天皇、皇后の健康状態の説明があったあと、すでに用意されていた紙面構成の微調整や新たな追加記事の簡単な紹介に終始し、昭和という大時代を担った天皇の死去をどうとらえて伝えるかという肝心の編集方針については一切触れられなかった。唯一、内容らしいことといえば、天皇死去を一面の凸版でどう表現するかという点で、顔見知りの局次長の説明によると「昭和天皇ご逝去」とするというものだった。それは整理部Xデー班が三本社間で再三、確認しあってきたことの再確認にすぎなかった。配られたプリントにもそのことが明示されていたが、昭平が意外だったのは「宮内庁発表文が『崩御』であっても、見出しは『ご逝去』とする」とわざわざ断ってあることだった。『崩御』というような神格的用語の使用が象徴天皇制下でありうるとは考えもしなかった昭平は、かえって引っかかった。宮内庁は天皇の「人間宣言」を否定しようというのだろうか。それまでの打ち合わせでも『死去』や『逝去』という言葉は出ても『崩御』など話題にもならなかったから、分かり切ったことをなぜ断るのだろうと思われた。

一通りの説明が終わったあと、事務的な質問は出たが「宮内庁の崩御」について質問する者はなかった。

「質問はありませんか」

一同を見渡して局次長が閉会の気配をみせながら言った。昭平が手を上げて訊いた。

「宮内庁は『崩御』という用語で発表することも考えているのですか」

「そういう情報があります。皇室典範には『崩じる』という言葉が使われていますし」

「『崩御』は象徴天皇にふさわしくないように思えますが。皇室典範は憲法に優先するほどのものでしょうか」

だから宮内庁の話だと断っているじゃないか、分かり切ったことを訊くなという表情で局次長が答えた。

「ですからわが社は『ご逝去』で行くことにしています。ただこれは最終決定ではありません」

最終決定ではないだって。どうしてなんだ。これではXデーは『崩御』になるかも知れないと伏線を張っているようなものではないか。

「最終決定ではないとはどういうことです」

「その時の状況次第、いや、まだ決定してないということです」

ばかばかしくなって昭平はもうやめておこうと思ったが、矢沢とのやりとりを思い出し衆人環視のなかでもう一度食い下がった。

「わが社に決定権はないのですか」

「そんなことはありません。わが社がまだ最終決定していないというだけのことです」

局次長は苦虫を嚙み潰して腰を浮かした。

「それならプリントにわざわざ……」

「時間ですからこれで終わります。皆さん、ご苦労様でした」

局次長は昭平の声が聞こえなかったふりをして閉会を宣した。

「頑張ったね」

会議に同席していた整理部デスクの中島に肩を叩かれて、昭平は階上の喫茶室に誘われた。

中島は大阪に二年ほど出向したこともあって旧知の間柄だった。

「わざわざ東京に呼び集めてどういうつもりなんだろう。われわれの意見を集約するためではなかったのかね。単なる通達なら集めることはないだろ？」

「まあそう怒るな。儀式なんだから」

中島は昭平の「意見の集約」という言葉に意外さを微かに浮かべながら言った。中央本社が何で地方の意見を聞く必要があるんだとでも言いたげに。昭平は戦後の虚妄にいま気づいたように呆然としていた。自分自身が地方支局に対してそう変わらぬことをしてきたではないか。だがこれは同じレベルの話ではない。このようにして主体のはっきりしないまま戦前の日本も戦争に突っ込んで行ったのだろう。いや、それよりたちが悪い。戦前と違って民主主義を日頃社会に向かって説きながらのこれなのだ。しかも身内だから分かるだろうと考えて落とし所はいつも用意してあるのだ。状況次第で何でも入れられるように。

「『崩御』という言葉は神格に通じると本居宣長もどこかで書いていたよ」

「確かにぼくもいい感じはしないが、『崩御』を使うと決めた訳じゃない」

お前までそう言うのかと昭平は相手を見つめた。俺が矢沢に言ったような台詞じゃないか。

「そこのところだよ。なぜ自分たちで決めようとしないんだ。決めてないなら、なぜ言うんだ。俺はそれが気に入らんのや。ただの用語の問題じゃないんだ」

「分かるよ。だが確かにこの頃はいやに世間が狭く、うるさくなって来た。気に入らん見出しが出ると、閣僚クラスの政治家からじかに整理部に電話がかかってくることもある。部長、デスクの名前までどこで聞いたのか知っているんだ。その点大阪はいいよ。自由だろ」

そう言いながら中島は少し得意げな表情を隠さなかった。

日本はやっぱりあの戦争に負けた時滅びたのだと昭平はふいに思った。そして漱石が『三四郎』の登場人物に言わせた言葉を思い浮かべた。日露戦争には勝ったが、富士山よりほかに自慢するものがないのだから亡びると。

「今夜はどうするの」

「新幹線の最終で帰る予定や」

「そうか、あいているのなら、ちょうどいい。久しぶりに半荘《ハンチャン》だけ付き合ってくれよ。一人遅くなるんでね」

そう言って中島は麻雀牌をつまむ仕草をした。

その夜、半荘の麻雀を付き合って、昭平は新幹線の最終にぎりぎり間に合った。東京駅を列車が滑り出すと、毎度のようにせり出してくる終戦の年の疎開時の残像が甦った。

長時間並んでようやく手に入れた切符で母の節子と混雑する夜行列車の座席にほっと腰を下

ろした時、昭平は鉄兜に防空頭巾、背にはミシンを負い、腰に父の位牌をくくりつけていた。列車が動き出すと、向かいの席に黙想するようにじっと頭を垂れていた朝鮮人の青年が、車窓の先の石垣と松に守られた宮城の方に向いて静かに両掌を合わせたのだ。昭平は思わずどきりとした。出征か徴用か、そのために帰郷するのか、任地へ向かうのか。昭平はひるみ、ご苦労さまですと頭を垂れるしかなかった。青年が日本の植民地政策の犠牲になっているというような考えはまだなかったが、何となく痛ましさがよぎった。その青年の姿は同時に昭平が親しくしていた同じ半島北部出身の勤労学生、金山さんの記憶を呼び起こし、さらに父の仁一郎の臨終と重なって行った。

金山青年との交友は、新聞配達のアルバイトをしていた彼が、仁一郎の店のウインドーの少女マネキンを不注意からひっかけて倒し、壊したことに始まった。でっち奉公から苦労して店を構えるようになった仁一郎は苦学生の金山に同情して咎めなかったから、金山も仁一郎を慕って出入りするようになり、昭平も勉強をみてもらったり、外食券食堂に連れて行ってもらったりした。

結核を患っていた仁一郎は間もなく危篤に陥った。その日、昭平は「西瓜を食べたい」という父のために、朝から近所の人の紹介でその親戚という湘南海岸の農家へ買い出しに行った。海岸の田舎駅から農家までの道の遠かったこと、たった一個の西瓜がやけに重かったこと、車窓に見えた水平線に沈む太陽の茜色の物凄かったこと。あれはこの近辺だったと東海道線の駅名を想起しようとしていると、新幹線は小田原のホームにさしかかっていた。

枕頭に運ばれた西瓜は畳の上に置かれたまま時は空しく過ぎて行き、往診の医者が帰ったあと、黒布で被覆した警報下の火影の下で父は事切れたようだった。

「お医者さんを呼び戻してきて」

枕元で看取っていた節子の叫びに昭平はあわてて医者の後を自転車で追った。大通りをゆりゆらりと自転車をこいで帰って行く主治医と助手の若い女医を摑まえた時はもう医院近くだった。しかしすでに医者にも手の施しようはなく、遺体の処置に終始した。遺体が清められ開口部すべてに、マスクをし白手袋をはめた女医の箸の先で脱脂綿が詰められて行った。

昭平は女医の背後で、自分の身体の穴が塞がれるような思いで息を詰めて見守った。鼻孔に始まって肛門まで詰められる脱脂綿の限りのなさに「もうやめて下さい」と叫びたいのをこらえながら、女医の白い指先と細面を昭平は倒錯的に憎み始めてさえいた。綿をいくら詰められても父はぴくりともしなかった。なされるがままの遺体ほど屈辱的な姿があるだろうか。父の魂は白い脱脂綿に身体の奥へ追い詰められ出口を失い閉じ込められて、居場所さえなくしつつあった。

その時、昭平は十三歳だった。二人の妹、三歳年下の春代と五歳年下の由起子は、仁一郎の容態が悪くなってから、滋賀の節子の実家に預けられていたが、葬儀直前に叔父に連れられて戻った。由起子は父の死を知ると、横丁の電信柱にしがみついて泣き、離れようとしなかった。それを春代が優しくなだめていた。火葬場に送られた仁一郎の遺体は燃料不足で、火葬に付されるまで何日もかかった。葬儀も終わり、集まった親類縁者も去ったあとの昼下がり、人気のない二階の部屋で昭平は洋服ダンスの鏡にたまたま映った顔に「父のない子」を見た。すると急にぞくぞくと寒気がしてきて、部屋の隅に夏の間も放置されていた瀬戸の丸い大火鉢に思い切り放尿した。

仁一郎の死と魂の行方はそのような形で宙に浮いたまま、自分の死とは関係のない遠い所で理解も受け入れもできぬままに過ぎていた。

金山青年は暫く姿を見せず、うらぶれた姿である日ひょっこり現れた時には仁一郎はとうに他界していた。その時の青年のあまりの号泣ぶりに驚いた節子はよくその話をした。日頃の彼は高声でよく笑う人なつこい若者で、昭平の幼年学校受験のための勉強を見てくれながらも、受験そのものにはいい顔をしなかった。

その年の秋に始まった学徒出陣で朝鮮人学生も次々に送り出され、平壌出身の彼もやがて消息を絶ち、戦後も連絡がなく、昭平ができる尋ね人の捜索にも限界があった。もし生きていたとしても、その後の朝鮮戦争と二度の地獄を生き延びるのは容易なことではなかったろう。

十五

それから大阪に着くまでの約二時間、昭平は今回の在京中の三日間を振り返りながら、新幹線が駅のホームを次々に通過して行くように、自分の半生を重ねていた。昭平は鋼鉄を長く憎悪してきた。

戦争末期、大量の鋼がわが物顔に空を覆って乱舞し、地上は黒焦げの焼死体が山となっていた。雲間を埋める無数のＢ29の機影とぶきみな爆音、落下音、クラスター爆弾の走りの親子焼夷弾の雨、被弾して燃えながら墜落してくる断末魔の米機。空は終日、物量豊かな敵の跳梁するところとなった。空襲のあとには高射砲弾のものだろうか、鋭利な破片が軒下によく落ちていて、ぞっとさせた。縁故疎開した先では、瀬戸物のボタンの制服を着、スコップも手に入らず、鍬を片手に干拓作業に従事した。級友は農家が多く、昭平は銀シャリの弁当を横目で見ながら芋や大根葉に僅かな米の混じった弁当を隠して食べた。それさえ祖母や叔母が苦労して持たせてくれたものだった。自転車はすぐにパンクし、道端に捨てられたましな草鞋を見つけると履き替えて通った。

戦後も引き続き冷戦のもとで、豊かな米国の援助物資で食いつなぎながら、社会主義と唯物論を信奉し、やがて訪れた朝鮮やベトナムの戦争特需による高度成長の始まりのなかでも物質の鋼鉄の輝きを憎み、錆びた鉄骨を見ると快感を覚えていた。しかし昭平一家を救う節子の生業を長く支えたのがアメリカ製S社の工業用ミシンだったことはすっかり忘れていた。それに何より昭平自身が生命の尊さを軽視した末に錆びてはいても鉄塊のような硬い存在感のあるものになろうとしていたのではないか。

それになぜかこんな記憶も浮かんできた。

瀬川中学を訪れた日の帰りに、生まれて五歳頃まで過ごした日暮里近辺を電車で通った時、昭平は下車したい誘惑を覚えたが、それを押しとどめる気後れがあった。戦後の数年を学生として東京で過ごした頃、半年ほどだが、自分が生まれたこの界隈で三つ年上の女性と知り合い同棲したことがあった。新橋界隈のナイトクラブにクロークボーイとしてアルバイトした時のことだ。女はアメリカ人のバイヤーの出入りが多い店の美人通訳で、クラブを経営する社長の愛人でもあった。昭平がそれを知ったのは女が妊娠し中絶して別れる寸前で、社長に冷たくされた腹いせに昭平が誘惑されたと言えないこともなかった。それに店そのものがたえず流れるピアノ曲の甘いムードのかげで物騒な雰囲気もちらつかせていた。実際、「大きな顔をするとこれだぞ」と主任からいきなり小指のない手を突きつけられたりすることもあって、逃げ出すような格好で店をやめたのだった。

そんな経緯があって、昭平は生まれた土地にも寄りつき難くなってしまったのだが、中絶という咎を若い昭平は殆ど気にもかけていなかったのだ。しかしその微かな記憶は胸底で日を追って密かにどろどろした塊に成長し続けていたのだった。

思念はさらに新幹線に乗る間ぎわまで東京本社の連中と囲んでいた雀卓の場面に移って行った。

大きく賭ける訳ではないが、昭平は賭け事が好きだった。どんな手がくるか、どんな組合わせでどんな展開になるか、眼前に展開される予想と結果のスリリングな一致、不一致、一喜一憂、それ程時間を忘れさせるものはなかった。競馬予想などのギャンブルとニュースの価値判断とは偶然と必然の程度の差はあれ、射当てるという点では似たところがあった。だが麻雀は牌を打つのがのろく、下手の横好きに近かった。一因は模牌《もうぱい》をためらっていたからだった。麻雀牌を伏せた山から取るとき親指で牌の腹にさわってその感触で何の牌か知ること（模牌）ができれば、いちいち手元まで引いて見るより時間が節約でき、その分、相手を観察できる。相手ものろのろやられては傍迷惑だ。

にも拘らず昭平は気が進まなかった。牌という物体に長く触れるだけでなく、その裏側まで何の牌か察知するのは、人の目を盗んでいるような気がするのだ。対戦している三人の視線のなかでカンニングしているようなものなのだ。それで字面には触れぬようにつまむだけに努めた。背後から見物されでもしようものなら頭のなかは真っ白になり、模牌という字は盲牌と書くと思い込んできたことに気がついたときのショックは強烈だった。昭平は物に触れても感じないように努めてきたと思う。物に触れると伝導体のように自分の中からなにか大事な生命までもが流出し始めるような気がした。

ああ、お前という奴は一体何が言いたいのだと昭平は自問自答した。もっとはっきり言えないのか。そう、鋼鉄の爆弾も生身の身体も同じ物体だったということだ。生命も屍も大して変わりはしなかった。だから物に触れたくなかったのだ。それが憎くて悲しくても口にすることは許されず、戦争が終わってもそれが罪深く恥ずかしくても言うことはできず、あまたの人間が弾丸や楯の代わりに死んでも、せいぜいただの数字に数えられて忘れられたということだ。その一方で、物は大抵、昭平にとって他人の目の監視下にあって、それに触れるだけでも疑いを招くような気がしたのだ。そんな他人の眼差しに溢れた世界は鏡の中のように薄暗く、手探りでなければ触れられないような遠い存在だったと言える。

何の会議だったか、うとうとと人の寄り集まる夢を見ていた昭平は、「新大阪」というマイクの声に目を覚まし、はじめて新幹線に乗った二十年前、それまで一晩かけていた距離を四時間足らずで帰ったときの驚きをちらと甦らせながら、乗換えホームへ向かった。
考えてみれば戦中戦後の物への恨みと警戒心で昭平が高度経済成長の豊かさになじまぬうちに、情報化社会という名の下で、事物はひたすら存在感を殺《そ》ぎ落としていたのだった。豊かさなど実感できないうちに給料が銀行振り込みとなり、パチンコが自動化されて、手応えをなくし痛く落胆したものだった。そういえば活字がなくなるマイナスの手応えは、手動式のパチンコが消えて行ったときのショックにどこか似通っていた。パチンコ玉の重みは手動だからこそ実感されたものであり、自動式の台の前ではただ呆然と立ちつくすほかなかった。

年が明けて、東欧での平和展計画のその後が気になり、高木のいる新聞社へ電話すると「何とか実現することになった」と張り切った声が返ってきたが「本社主催は認められなかった」と鼻を鳴らした。夏、C新聞の大阪本社版を見ていた昭平は広島原爆記念日の翌日の朝刊社会面に一段で記事が掲載されているのを発見した。東欧のW市でC新聞社と現地出版協会の協力で、広島、長崎市後援により平和展が開かれたとあった。会場には大勢の人が詰めかけ、原爆の惨禍を伝える遺品や写真に息をのんだと簡単に伝えられていた。一段とは酷い扱いだった。東京本社版はどうだったのか、高木に電話したが連絡がつかなかった。八月の末近く、高木から当日の東京本社版紙面を同封した手紙が届いた。原爆展は一面と社会面のトップで堂々と扱われていた。記事量もそれなりのスペースがとられていて昭平をほっとさせた。しかし手紙によると、高木は社会部長を解かれ論説委員に棚上げされていた。会社は、社会部長の在職も長く更迭は時期的にも慣例的なものとしているらしかったが、昭平は外務省の裏金問題を以前に暴いたことも関わっていると読んだ。高木は手紙でこう書いていた。

「平和展は大成功でした。東欧の数都市で正直ささやかな規模のものでしたけれど核の恐ろしさを伝えることができただけで満足です。異動は予想され覚悟していたことでもあり、仲間や部下という手足をとられた管理職の仕事をする気にはなれません」と退社をほのめかしていた。

十六

この一九八四年から八七年にかけては国の内外で暗い大事件や事故が相次ぎ、時代が大きく転換して行く予兆を見せ、昭平の遅すぎる〝狂気〟の反応はいち早い予感でもあったかのようだった。

まずこの年の春、西宮で起きたグリコ社長の誘拐事件に端を発したグリコ森永事件は菓子製品に青酸ソーダを入れたり、「かい人21面相」と称して脅迫状や挑戦状を企業や報道機関に送りつけて社会を翻弄し震撼させた上、年も明けた一月、勝手に休戦宣言を発して八月に幕を閉じた。また豊田商事事件と称された金の詐欺商法で多くの老人被害者が全国的に発生、あげくの果ては会長が二人組の男に報道陣の眼前で刺殺される騒動となった。さらにいわゆるロス疑惑報道でMが逮捕され、小中高校ではいじめが大流行、中学生の自殺が深刻になり、八七年五月には新聞支局が何者かに襲撃され記者が射殺されるという忌まわしいナゾの事件まで生じた。それら事件の多くは主に関西を舞台とし、昭平の住む阪神間に起こったので、犯人の影が身辺を徘徊しているかのような幻覚に見舞われる程だった。〝獲物〟に群がる報道機関の習性を〝獲物〟の側が逆手に操り、報道側も傍観から〝やらせ〟まで面白半分のお祭り騒ぎ現象を呈し、ついに血を見るに至って、パック・ジャーナリズムと、その集団画一性が外国人記者に批判され、それを報じる昭平自身、四六時中、彼我の見分けがつかぬ渦中におかれた。人命を弄ぶ記号ゲームや見世物となった殺人事件の無気味な虚ろさは底が知れなかった。

そうした事件の陰で昭和一桁生まれの自殺者激増も話題を呼び、テレビゲームにのめり込む少年たちの世界ではいじめが陰湿さを極め残酷さを増していた。現実と幻想、実態と映像のけじめがつかなくなり、欲望に憑かれた視線がいつか狂気に走り、犠牲者と事件を仕立てて、陰に隠れた目が映像を通じて遠くから標的が苦しむ様を楽しんでいるかのような世相となっていた。

一方で国際級の大事件も相次いだ。日航ジャンボが迷走、群馬の山中に墜落、五百二十人が犠牲となった。アメリカのスペースシャトル「チャレンジャー」が打ち上げ直後に爆発、乗務員全員が死亡、ソ連のチェルノヴイリで原発事故が発生、放射能の影響は長引き犠牲者数など詳細は未確認のまま封印されて広大な地域が無人の死の町と化した。また、三原山が大噴火、全島民が避難を余儀なくされた。

政治面では自民党の大勝を背景に中曽根首相が靖国神社に初の公式参拝を行い、A級戦犯の合祀が問題化していた。昭平は少年時代の靖国神社の境内が大祭ごとに戦意昂揚のための戦争パノラマ館と化し、鎮魂どころではなかったことを改めて思い出していた。防衛費はGNPの一パーセントを突破、東京の地価は地上げで狂乱の様相を呈し、欧米で日本人が名画やビルを買いまくっていた。

昭平の朝夕新聞社は活字から電子記号へと、製作工程の大変革に非ニュース面から順次入って行き、最後まで残されていた社会面がついにYデーを迎えた。「活字よ、さようなら」という横幕が一枚掲げられた広い活版工場の中央、一台だけ残された社会面の大組台の周りに集まった十人余の関係者が見守るなかで、式は密葬のようにしめやかに行われた。最後の活字が大組台の鉄板の上に並べられて行く様子は、まさに活字の骨揚げだった。

この一月程前、整理部から電子編集の新体制に伴い新設された工程管理部へ配置換えになっていた昭平もこの儀式には参加したが、社内の関心はすでに電子編集室の方へすべて集まっており、一般読者には従来と変わらぬ紙面を届けるという鉄則が貫かれていたから、読者の反応も殆どなかった。だが活版、活字の発明が世紀の大革命となったように、活字の追放、電子記号の登場がどんな功罪を人類にもたらすか、その影響の大きさはXデーとは比較にならないほど計り知れなかった。現実を見失った〃死字〃ばかりが跳梁することにならなければいいが。活字と同様、あっけなく編集局を追われた昭平は俺も用済みかと苦笑するしかなかった。

Xデーの方はその年、天皇が慢性すい炎の疑いで手術というハプニングもあったが、大事に至らずに過ぎた。五月、帝銀事件の平沢死刑囚が三十九年間も刑を執行されないまま、獄中で死を迎えた。十一月に起きた大韓航空機のビルマ沖爆破事件で逮捕された犯人の一人、金賢姫の自供から、明けて八八年北朝鮮による日本人拉致の容疑が浮上、春には非公開株を多数の政治家が受けて売却益をせしめていたいわゆるリクルート事件が発覚、その余波もおさまらぬ九月、史上最高の東西百六十か国が参加するソウル五輪が開幕、新聞社内は新分散工場の威力を実証するカラー印刷重視の報道体制で騒然とし始めていた。

そのさなか、天皇が発熱、予定の大相撲観戦が中止され、宮内庁が「胆道系の炎症の疑い」と発表するに及んで、緊張が一気に高まった。次の日の深夜、帰宅していた昭平は「天皇の容態急変」の電話を受けて出社した。「侍医長が皇居に駆けつけ、吐血されて輸血が始まり、皇太子も皇居に向かった」という情報が断片的に次々に飛び込み、病状の重大さを伝えるニュースがトップに格上げされて、長い耐乏の日々が始まろうとしていた。整理部の管理職や担当者はその夜から近辺のホテルに寝泊りして終日警戒体制に入っていた。工程管理部の責任者としての昭平の当面の仕事は、新設された三か所の分散工場との連絡管理だったが、本社も工場もシミュレーション段階で、度々のコンピューター・ダウンに見舞われながらの作業だった。

侍医団と宮内庁は連日、日に三回、体温、脈拍、血圧、呼吸数に出血、吐血そして輸血量を発表し始めた。それを棒グラフまで入れて新聞は詳細に伝え、見出しには出入する血流量の数字が躍り、テレビ画面ではアナウンサーがその数字を淡々と機械的になぞるように繰り返した。いかに貴い公人の病状報道とはいえ、繰り返される多量の血のイメージは昭平を次第に苛立たせ、そのくどさ、垂れ流しの無神経さに憤りさえ覚えさせた。その報道ぶりは宮内庁も含めて平和しか知らぬ情報化時代のマスメディアが提供する空虚な消費の記号そのものとも見えて、昭平自身にはね返ってきた。天皇は特別扱いされればされるほど、戦前さんざんに物議をかもした本物の「機関」と化して行くかにみえた。

毎日毎夜、血球の数値を聞かされ見せられているうちに、脳裏には、どす黒い筒の管を次第に量を増して泡立ちながら上り降りする水晶のように、透明な無数の液泡が浮かび始めた。どこかで見たようなイメージ。思い当たったのは梶井基次郎の短篇で、そこには桜の樹の維管束のなかを毛根に吸い上げられ静かな行列を作って夢のように上ってゆく水晶のような液が描かれていた。その作品名にあるように桜の樹の下には死体が埋まっているとしか思えないというものだった。桜の花がなぜあんなに美しいのか、信じられなかった主人公がようやく納得できたのは、その下に死体が埋まっていると想えたからだった。

それを思い出すと、昭平の胸のなかに倒れていた兵隊幽霊がまたむくむくと立ち上がってきた。それは砲煙弾雨の下、泡立つ海面を浮き沈みする無数の兵士たちの頭に変貌して行き、昭平の紫野市中学での美術教師で大学紛争中にガンで早世した川森哲から聞いた戦場体験につながった。

美専の日本画科に在学中、学徒出陣した川森は、「万葉集」と「聖書」を携えて入営、やがて駆逐艦の準士官として勤務、艦隊特攻として出撃した戦艦「大和」を護衛中、撃沈されて奇蹟的に生還したのだった。川森の人柄に魅かれて家まで訪ねるようになった昭平に、川森は伊吹山のデッサンやセザンヌの画集を開いて話してくれた折り、九死に一生をえた体験を語りもし、書いたものを見せてくれた。

波間に呑まれてゆく数知れぬ戦友、飛び散る鉄片、兵士。爆発、沈没する艦、小口径の砲塔を急旋回させる命令を下した川森は、砲門と艦壁の間に挟まれ叩きつけられて即死する部下を目にした。敵弾が命中したのかも知れなかったし、部下の動きにも責任があったかも知れぬ。だが川森の罪責感は拭えなかった。その責任を問われたのか、反軍的な自由思想の持ち主と目されたのか、敗戦まぎわには各地から集められて来た数十人の将兵と共に近海の無人島に閉じ込められていたという。特攻機で何度も出撃しながら帰ってきたという隊員もその中にいたかも知れぬ。昭平はそのことをもっと詳しく聞いておけばよかったと悔いた。

川森ら学徒出陣の世代は目前に迫った死を何とか納得し受け入れるために必死に哲学や宗教、文学書を読んだのだった。それを思うと昭平は、ただ「悠久の大義」とか「護国の鬼」とか「雲の涯て」などという美辞麗句だけで死ねると思って胸を張っていた自分が恥ずかしく口惜しかった。ほぼ同世代の若者は、二度と戻ることのできない体当たりの急降下の機上で、迫る敵艦や大海原を見つめながら何を思っていたのか。死の貴さだけは知っていたが、生の尊さは全く知らなかったのだ。それは死も生も知らなかったに等しい。だがその反省の裏には、消え去り行くものへの悲しみを認めたくないもう一人の昭平がいたのだ。

ところで小説『桜の樹の下には』の主人公は村人たちの花見の宴に誘われながら、桜の花の妖艶な美しさの原因が納得いかぬ間は宴に行く気にならなかった。一方、天皇重体の報に接したこの列島の村人たちは、日常の宴を自粛するという〝宴〟を始めていた。政府要人の海外出張中止から官民の祝祭行事の縮小はもとより、各地の官公庁には記帳所が設けられ、大太鼓や花火など派手な鳴り物はお蔵入りとなり、障害者の雇用を促進する催しまでがなぜか控えられ、年賀はがきに使用できる文字まで指導する郵便局まで現れた。

マスコミ各社は総動員して宮城周辺に昼夜を分かたず記者、カメラマンを張り付け、内勤も同様、超過勤務で倒れる者が続出、ついに死者まで出すに至っていた。Xデーに備える整理部長会でも危惧されていたことだが、紙面のミスも次々に現れ、いち早く追悼の社説を掲載する大失態に始まり、皇族の写真を間違えたり、裏焼きして載せたり、編集局長が辞任する社もあった。朝夕新聞社でも天皇病状の見出しを誤字のまま出してしまった。

このような戦前、戦中と変わらぬ騒動、いや、初めて経験するXデーに自粛の加減も分からず繰り広げられる深刻なドタバタ喜劇のなかで、Xデーのメイン凸版に「崩御」の文字が使われるという噂が広がり、それを巡って新聞マスコミ各社の労組内部では論議が巻き起こっていた。民間行事の自粛の程度が隣接業界の出方をうかがう横並びの方式で決められ行われたのと同様、「崩御」という見出しが似た動きを辿っていることは容易に推察された。

師走に入ると、そんな流れに抗して、被爆した長崎のM市長が議会で天皇の戦争責任を認める発言を行い、東京のM学院大の学長が天皇制の絶対化に反対する声明を出して波紋を広げた。戦時中の軍部の圧迫に対するキリスト教会の弱腰が批判されてきたなかで、二人の長がともにクリスチャンであったことは目を引いた。

昭平はこれらの情報を、騒然として五輪や天皇報道に追いまくられているLDP室の片隅の棚に積まれっ放しになっていた労連機関紙から知ったのだったが、「崩御」もやがて既定の事実であるかのような〃空気〃となって流布され始めていた。

天皇の病状を記号的垂れ流しでモノ扱いしたかと思うと、今度は神格化か。昭平は呆れて物が言えなかった。天皇ご自身も決して「崩御」扱いされることを望んでおられまいと、これまでの言動から推察していた。相次ぐ陰湿な殺人事件といい、いじめの残酷化、自殺者の激増といい、この国を曲がりなりにも支えてきた共同体としての世間が急速に干からび変質し始めているようだった。

工程管理部は社屋の三階にあって、その東側の窓からは隣接した公園の先、大通りをこえたビル街の上に、広告気球が垂れ幕をつけて悪天候でもない限りいつも風に吹かれて浮かんでいるのが見えた。昭平はその懐かしいような時代遅れのアドバルーンを、もう十年もいや二十年も前から通勤の途上、見上げてきたことを思い出しながらデスクから暇にあかして眺めていた。何と広告しているのか読み取れぬままに、気球は綱が切れてどこかへ飛んで行ってしまうのではと思われるほど高く浮かんでいたかと思うと、空気が抜けて屋上すれすれに低く舞ったりした。それを終日眺めていると、世紀の終わりが始まろうとしているという思いが募ったばかりでなく、天皇重体の垂れ流し報道への不満には父の仁一郎が臨終のときの息苦しい遺体処理の記憶が潜在していると直感され、青黒い縞模様の西瓜を求めて帰る車中から見た落日が気球に重なって浮かんだ。

四十一歳で早逝した仁一郎は昭和天皇と同年齢で、名前の一字が同じだった。戦前流行したソフトの中折れ帽と天皇が切り離せないように、仁一郎も日頃から中折れ帽を愛用していた。でっち奉公から辛酸の末、ささやかな婦人子供服店をやっと軌道にのせた矢先、戦争のあおりの企業整備で廃業せざるをえなくなり、軍縮時代の甲種合格の体を過信して、防空演習でびしょぬれになったのに放置した風邪がもとで結核にかかり、八方塞がりのなかで死んでいった。謹慎処分を受けた昭平の不祥事も影響を与えずにはおかなかったろう。「商売人に売る物がなくなってはもうおしまいだ」と悲痛な叫びを昭平の耳底に残して逝った仁一郎の生涯は不運の連続だったが、残された母子四人の家族にとっても思い出したくない悲しみだった。以来、昭平は節子の頑張りのおかげで殆ど父のことを考えずに来られたと思っていたせいか、仁一郎が生前に店で使っていた頑丈な樫の事務机をもう五十年近くも自分の机として使い続けてきていることに気付かなかった。

それにしても仁一郎は大元帥陛下の忠節なる一兵卒だった。和服がよく似合う呉服問屋の番頭だった父の、表紙がはげたアルバム。そこに貼られていた一枚の写真。小高いまばらな木立ちのかげに立った中折れ帽の父のコートの端をつかんで眩しげに写っている六、七歳の少年。その木立ちの遥か向こうの広場には白馬「白雪《しらゆき》」にまたがった軍服姿の大元帥陛下の姿があったはずだ。代々木練兵場での観兵式。駿馬や手袋など白いものと、軍帽か肩章らしきものがきらきら、ちらちらと今も昭平の目の奥にちらついた。写真には日時も場所も記入されていなかったが、自分の年格好や記憶から昭和十一年の陸軍始の観兵式かと推測された。

仁一郎は毎年元旦には明治神宮参拝を欠かさなかったし、二階の部屋の鴨居には当時どこの家でも見られたように両陛下の額入り写真が飾られていた。

仁一郎は商売の関係で時には浅草にも昭平を連れて行ってくれ、ニュース映画専門のE劇場に入り、「五十番」という中華料理店で大きなシューマイを注文するのが定番になっていた。映画館では警察官か憲兵が後部席からいつも監視していて、陛下の映像やアナウンスが流れると、不動の姿勢で脱帽しなければならなかった。陛下の写真が掲載された新聞が弁当包みにされて問題化したのもその頃のことだった。

高等小学校を出ただけの根っからの小商人だったから、二度の精勤章が記入された軍隊手帳や奉公袋以外にこれという遺品のない中で、唯一「経過録」という愛想のない題の和綴じの回想録を残していた。ただし生い立ちから始まる七、八十頁の記録はなぜか、その後半が引きちぎられたように失われていた。昭平が学生時代、母の節子の本棚で目にした時からだった。

「経過録」を要約すると、仁一郎は明治三十四年、滋賀県湖東の農家に長男として出生、高等小学校を卒業したが、大正六年、手伝っていた家の副業の建築請負で県立Z中学の増設工事が物価高騰で破綻。家、田畑山林など一切を整理して工事だけは完成。仁一郎は東京のN県服問屋へでっち奉公に出る。大正十年、徴兵検査で甲種合格、年末に大津第九連隊に入営、満期直前にマラリアで入院、上等兵進級を逸し、弟を交通事故で失う。呉服問屋に復帰後、昭和四年結婚。世帯を持った矢先、折りからの金融不況で店が破産、番頭として店の後始末や自活の道に奔走するさなかの翌昭和五年、昭平が誕生、六年四月「後備兵勤務演習に召集され、近衛師団歩兵第一連隊に入営」したところで突然切れていた。「近衛師団に付き流石に宮城近き為、荘厳」というのが文の最後だった。昭平は節子にその理由を訊いたことがあったが、素っ気ない返事しか返ってこなかった。その素っ気なさは気になったが、それ以上問い質すことも躊躇されてそれきりになり、「経過録」だけを大事に持ち続けてきていた。ただこれまでは途切れていることを気にしただけで、途切れた個所に特別の注意を払っていなかった。

「経過録」が書かれたのは仁一郎の生涯で暮らしに一番余裕があった昭和十五年頃か、結核を療養中の昭和十七年頃と推定された。後者の場合、内容は悲観的で暗いものになっていたかも知れず、節子がそれを嫌ったことは考えられた。しかし、問題はあわただしく乱暴に後半が引きちぎられている点とその時期で、昭和六年春の近衛師団への予備役臨時召集とはただならぬ気配もあった。近衛兵は特に選抜された者だけとも聞いた。昭和六年といえば、軍部クーデター未遂の三月事件についで満州事変が勃発、後の二・二六事件につながって、日本が大きく足を踏みはずして行くことになった年だった。一兵卒がそんな大状況と関係があるとも思えなかったが、気になる切れ方だった。

観兵式見学の写真を探して仁一郎のアルバムを久しぶりに開いた昭平は、父の上官が並んだ記念写真のなかに紫野市中学の教練教官を見つけて、父子二代かと驚いたが、それよりも六、七十年の歳月をへた白黒写真の半ば以上が色褪せて、見知っていた人も風物も形態を失い今にも永久に消え去ろうとしているのに愕然とした。そのなかで殆ど褪せていない昭和六年と記された自分の満一歳頃の写真からは暫く目を離すことができずにいた。

その頃住んでいた小さな借家の一間だったろう。籐椅子に坐らされ着物に涎かけをして、カメラを向けている人に笑いかけている昭平の背後では、道路に面したガラス障子が外光の加減で右半分は薄暗く、左側は照り返しに白々と明るく映っていた。ガラス戸の外の光と影のなかには殆どの写真が消失して行く一方、昭和六年が封印されてあるのだという思いに暫し呆然とした。その明暗のなかには昭平が知らなかった世の現実が満ち溢れてひしひしとガラス戸を撓《しな》らせ、突き破らんばかりに押し寄せていた。その射光の微妙さは素人写真なればこそのリアリティを感じさせた。

五歳頃まで昭平は「根岸」とか「御行の松」とかの古い地名の界隈に住んでいた。団扇太鼓を激しく叩いて通る白衣のぶきみな行列、町角では空地一杯に東京音頭に我を忘れた浴衣がけの人々が華やかなぼんぼりの下で輪を作っていた。同じ下町の〇町に引っ越したのは小学校に上がる前だった。腕白仲間と「駆逐水雷」という遊びに夢中になって縄張りの外まで遠出して、夕暮れになり青い灯火が夢のように妖しげに瞬く街に出た。腕白大将が塀のある家の前で「男のあそこをちょん切った事件があったところだ」と囁いた。昭平は分かったようなふりで肯いた。それはそのつい数か月前、世間を驚かせた有名な愛欲殺人のあったところだった。そして南京陥落を祝う提灯行列の人の波。上野松坂屋の階上のメリーゴーフウンド。銭湯の前栽の遊園地のような電飾や日本三景のペンキ絵。靖国神社の例大祭の篝火と肉弾三勇士の大パノラマ。

なぜか夜景ばかりが深海魚のように次々に浮かんでは消えて行った。それら頭の中に残る幼年時代の出来事と同時並行して、ガラス戸の陽炎の彼方には、倒産した勤め先の後始末や糊口をしのぐため汗を拭って奔走する仁一郎や、大元帥から反乱軍とされたことも知らずに雪の静寂の市街を黙々と進む兵士たちがいたのだ。昭平は二・二六事件の緊迫した風雪をその戸外の闇に感じ取ろうとして果たさなかった。両親や大人たちから事件の一かけらも聞いた覚えがないのが口惜しかった。それどころか、日本にも民主主義や自由主義、社会主義が語られた時代が少しでもあったのに、敗戦まで知らなかったという口惜しさ。動乱の戸外をよそに無邪気に笑っている写真の乳児は自分とは違う別人のように大人たちの時空の入口で凝固していた。

　そうした外の現実には昭平は中学で不祥事を起こしてこのガラス戸を破るまで、幸か不幸かじかに出会うことがなかったのだ。

十七

敗戦によって日本の神は死んだのだった。だが当時、昭平は天皇が現人神であろうとなかろうと殆ど関心がなかったから、昭和二十一年、敗戦翌年の元旦の「人間宣言」には大いに失望した。多くの国民がそうであったように昭平も飢えていたから、天皇が「コメのことは心配するな。任しておけ」と言われるかと思っていたのだ。天皇の赤子《せきし》としての昭平には天皇は神であるよりは偉大な慈父という思いの方が強かったから、失望は二重だった。

　晩秋の青空に東方を指して飛行機雲が美しい白線を引いていた。まるで晩春のようなうっとりする穏やかな昼下がりの休日だった。昭平は自宅のベランダから白線が無音のうちに引かれて行く青いグラウンドの空を見上げながら、戦前の一枚翼の練習機、赤とんぼののんびりした爆音を耳底に聞いていた。それは紫野市町の空をいつも飛んでいた赤とんぼだった。紫野市町は日本で最初の民間飛行場が開設され、軍に転用されて繁栄してきた町で、昭平は小さい時から田舎へ帰るたびにその爆音を聞いていた。疎開してからも、特攻の中継基地となったあとも、時折りその爆音を響かせていた。

そんな空を見上げながらこの国の人たちが魅せられてきた空気について考えていると、人々の内部と外部を環流する共通の気が浮上してきた。呼吸する息は生きた気そのものでもあった。するとあの『桜の樹の下には』の樹幹を上昇する水晶のような気泡が梢を越えて飛翔して行く雲雀の姿と声に変容して行き歌と出会った。

うらうらに照れる春日《はるひ》に雲雀上がり心悲しもひとりし思へば

万葉歌人、大伴家持の有名な歌だった。作者は鬱屈した気分を紛らすためにこの歌を作ったと書き添えていたが、雲雀の声が少女の三つ編みのように旋回しながら涯てもなく消えて行く哀しい明るみのなかには、理由のない鬱屈そのものが投影されていて、確かにその美しさのためにに少年たちをして死んでもよいと思わせる魅惑があったと思う。その大空の雲の涯ての奥処《おくが》には、強いられた面もあったにせよ「家族のために」死んで行った兵士たちがいたのだ。その根は桜の樹の下の冥界につながり、その頂きは天上に通じていた。そして昭平もいつかその雲の涯てで死んだ父や家族一同が再会できるようにと願っている自分がいることを知っていた。

天皇の重体を機に、昭平は父という存在が遥か昔に失われたままになっているのを六十近くにもなって改めて懐かしみ、喪に服するような気分がどこかにあるのを認めない訳にゆかなかった。すると「敵は幾万ありとても……」という軍歌の拡声機伴奏に合わせて、小学六年生が隊列を組んで入場してくる運動会の場面が浮かんだ。肩を組んだ級友の上に股がった赤帽の少年は、病むまで学校に顔を見せたことのない男の視線を、樹陰に隠れた二階の教室の窓に感じて奮い立っていた。〝父の馬前で獅子奮迅の働き〟の末、白帽を何個も奪い取って凱歌を挙げたことは言うまでもない。

それから一年、自宅謹慎中の頃のことだった。腰掛机で勉強していた昭平はふと股間がむず痒くなってパンツを下げた。ペニスの根元に点々と黒い新芽が頭をのぞかせていた。とたんになぜか激しい愛おしさに襲われるうち、屹立した砲身から撃ち出されたものは、眼前の壁に貼ってあった太平洋地図へ飛び、日本軍の占領地にピンで留めた日の丸の小旗を撃ち落とし、特攻機のように白線を引いて散ったのだった。

昭和二十年八月二十日、昭平は晴れて海軍少年兵を受験することになっていた。が、あと五日というところで幕は閉じられた。昭平の知る世界と異なる世界があったことを多少とも知っていた先輩たちと違って、昭平の世代は自分が選んだのでもない自己の過去について否定も肯定もあるわけがなく、突然、勝手に断ち切られただけだった。にも拘らず昭平にとっては戦中と戦後を貫く何かがあった。

「お前、カンニングやったろ」

「お前たち、他国を侵略したろ」

昭平にとってはそれが二つの時代をつなぐ声だった。そしてその支配的な言説に対抗する言葉こそ、いつからか心に留めるようになっていたキリストの「罪なき者、この女を打て」だったと昭平は気づいた。というより理解することにした。カンニングや侵略した事実を否定する訳ではないが、この世に完全な正義も真理もない。あると思うのはその人間の思い込み、独断的な自信にすぎない。昭平はその誤りと偽善に陥らないために、奇妙にも自分の判断に自信を持つまいと努力し続けてきた。昭平の自信は決して自信を持つまいという逆説を込めた自信だったが、その結果、自己を見失いがちだった。

新年まで五日を切った冬の夜空に、叩いたらどんな音色が、と思わせる銅鑼のような銀月が張りついていた。昭平は高木と社の帰りに大阪駅前で待ち合わせていた。右翼の街宣車が流す擦り切れた音響が騒然として、雑沓する駅構内の暗がりでは、黒眼鏡の中年男が白い杖を振り回して「スミマセン」「スミマセン」と絶叫している。帰路が分からなくなったのか、恐慌をきたしている様子だ。昭平が一歩、男の方へ歩みかけたとき、急ぎ足の群衆の中から一人の若者が立ち止まって男に話しかけた。「××駅」という一語が何度も聞こえ二人は長いこと話し合っていた。

「やあ、どうもどうも」

背後から声があって黒っぽいコートをひらめかせながら近づいてきた小柄な高木が挙手の礼をして笑いながら直立していた。幼年学校以来の癖を昭平には時々みせた。二人は地下街に降り、串カツ屋ののれんをくぐった。天皇の重体で年賀状を出したものかどうか、市民を悩ませる年の瀬だったが、店は結構混んでいた。

高木は新聞社を退職後、私立大の教授に招かれ、一年前からは関西の私大でも週一回、国際関係論を講じていた。高木が推進した平和展後、ソ連ではゴルバチョフが書記長に就任してペレストロイカを推進、チェルノヴイリ事故が発生し、米ソ間で中距離ミサイルの廃棄条約が発効、新しいデタントの時代が来て、ポーランドの「連帯」も再び動き出し、東欧情勢も高木が言っていた方向に向かっていた。

「大岡昇平が死にましたね。ついこの間、天皇を案じるエッセーを週刊誌で読んだばかりだった」

高木はおしぼりを使いながら、開口一番『俘虜記』などで知られている作家の死に触れた。昭平も夕刊製作の最中、大岡の訃報記事を天皇の病状記事の隣りにのせた整理記者が神経過敏になった編集局長から叱責されているのを目撃したところだった。

「大岡は悪かったんですね。ぼくも週刊誌を見たけれど、天皇おいたわしやという感想はちょっと意外だったけど、捕虜になったことを恥じて芸術院会員になることを断ったでしょ」

「そう、そのような形で退位を人質同然の天皇に示唆したかったのでしょう」

「そうか。天皇が『文学のアヤ』などと答えた背景にはそのことがあったのかもしれない」

「大岡は天皇の退位を望んでいたらしいけど、天皇にしてみれば威厳を取り戻したかったのだろうと書いてましたね」

「しかし退位せぬことすら結果的に通ってしまったことは、戦後モラルの混乱にかなりな影響を与えたのでは……。今さら言っても空しいけど」

「終戦直後はよく論議されてましたね。何でも風化してしまうけれど。この国は底知れない不気味なところがある。大岡も確か書いていた。『自分を戦場に引っぱり出すのは、国家権力という天皇には出る幕などない、得体の知れない怪物』だとも」

高木はお気に入りの焼酎のお湯割りで口を湿らせた。昭平は数字的機関にされた天皇を思い浮かべた。

「まあ問題は天皇個人でなくて、天皇制を生んだりする構造、つまり世間ですから」

「それより、ぼくはこの頃、なんで幼年学校を志望したんやろと改めて思い始めたんですよ。米軍機の銃爆撃もあったし、防空壕で仲間も死にはしたが、ぼくにとって一年間だけの幼年学校は〝ごっこ〟にすぎなかった。ぼくは瞞されたなんて全然思ってないのですよ。負けるとわかっていたし、白けたというか、破れかぶれの自然児の抵抗、言うなら『ハックルベリー・フィンの冒険』かな」

長い付き合いだったが、高木が今頃そんな問いを始めたことも意外なら、高木の幼年学校体験を聞くのも初めてだった。

考えてみれば、一方的に皇民教育を施された軍国少年として育った世代にとっては、長い付き合いのなかで左翼的な反戦運動を共にすることはあっても、少年時代の過ぎた戦争体験を話し合う余地などなかったのだった。しかし当然のことながら個人的な差はあった。昭平の場合は特異な方で、「十五年戦争」などという呼称を耳にした時には、まるで終戦時十五歳だった自分が戦争の申し子のような気がして、瞞されたと思えば思うほど自己責任感もまた比例して増大してくるのだった。同じ軍国少年でもエリート軍人の高木は昭平ほど洗脳されていなかったのだ。

「それはぜひ書いてほしいな」

高木の文才を買ってきた昭平は彼が文学作品で世に出ることを期待してきたが、高木は相変わらず口を濁していた。高木は早熟だった。学生時代の同人誌のときから、なぜ自分は生きているのかという問いを突き詰めていた。生活と死から自由になることを模索し、現代人はみな難民でただ今を生きるしかないという救われぬ諦観に達し、小説を断念したかに見えながら夢は捨てきれないままジャーナリスティックな評論や翻訳にお茶を濁し、余ったエネルギーを記者の枠をこえるようなイベント活動に振り向けているように昭平には見えていた。

それにしても将棋の戦争ゲームに興じていたことも忘れていた昭平には、陸軍幼年学校が冒険ごっこめいたものだったというのは聞き捨てならなかった。あるいは高木は人に語れぬ虚無を早くから抱えていたのかも知れない。高木の顔を見ていると、浮かんでくるニュース映像があった。テレビで何度か見たガダルカナル島守備隊の玉砕写真だった。浜辺に折り重なって倒れた遺体のなかに一人、銃を斜めに抱えて、仰向きに恍惚とした蒼白の童顔の兵士。その満ち足りたというしかない死顔が高木によく似ていて忘れ難く、それだけに高木の思いがけない告白に言葉がなかった。

「霧原さんには意外かも知れません。敗戦が決まったあと、ぼくは解放感に軍服と外套を宮城のお堀へ投げ込んだんです。そうしたら仲間がいつ拾い上げたのか、ちゃっかり着込んでいたのにはびっくりしましたよ」

戦後、中学に戻った高木がだぶだぶの幼年学校の制服と外套を着ていたのを昭平は覚えていた。しかし、高木はこう言った。

「中学に戻ったらまたどうせ制服を着せられるんだからと思って投げ込んだとしか考えられない」

辻褄の合わない遠い昔の話だが、衣料も足らぬ時代だったから疑うほどのこともなかった。

敗戦で解放感は殆ど感じなかった組の昭平は、妻の渓子が空腹やノミ、シラミから解放された喜びをまず感じたというのを思い出しながら、色々な敗戦の感じ方があったにしろ、その体験は多くの人の心を悩まし続けるのだろうと改めて思わずにはいられなかった。

「ぼくは今もう一つ、ピュアな日本って何だろうと考えているんです」

「えっ、ピュアな日本？」

高木も自己を問い返す過程で「日本とは」と改めて考え始めたらしい。

「ピュアな日本と言われて、今ふっとひらめいたのですが、敗戦後、ぼくは非常に懐疑的になって、美意識やあらゆる虚飾を排した『生成《きな》り』や『生《なま》』あるいは素うどんの『素』しか信じない時期がありましたね。それでただでさえ語彙不足なのに形容詞や修飾語を無視するようになってしまった。あなたにはそんなことなかったでしょうが」

「今頃と思うかもしれないけど、一言でいえば縄文文化に強く惹かれて。それに国家に組みこまれる以前の神道にも興味が湧いて」

「なるほど、日本は近代が雑種であるばかりでなく、昔から極東の吹きだまり混合種だから。日本って何だろうと考えますよね。そういえば、最近、古代ユダヤの文化が秦氏《はたし》を通じて深く入っていたのではという説が話題になっていますね」

「そうなんですよ。シルクロードを通って中国経由で、追放されたユダヤ部族の一部、つまり秦氏ということになるようですが、原始キリスト教的なものを持ち込んでいるという、あれですね」

「ええ。そういう目で『古事記』なんかの神話を見ると、天地のはじめには、多くの国生みの神の前に形而上的な絶対神のような、それでいて形だけの天御中主神《あめのみなかぬしのかみ》がでんと構えているので考えさせられてしまう」

「影響という面ではね。何せ日本は地勢的に極東の島国、吹きだまりだから。しかしピュアな日本とは何かを考えると、縄文に向かわざるをえない」

「そうですね。『兎追いしかの山』なんて歌には狩猟採集の面影がありますよ。しかし文化の水源を辿るという方法は消失点に行きつくのではないかと素人には思えてしまう。あるいは原初を辿れば地域差は次第になくなって行ってしまうのではないかと」

「まあ理屈はともかくとして、久しぶりに近江の野山も歩いてみたいですね。縄文の遺跡を求めて」

「ああ、学生時代みたいに。早く脱サラしなくちゃ」

そう言って昭平は笑っている高木の目を見返した。

天皇重体で自粛ぎみに忘年会をやっていた二階の客がかなり騒がしくなってきたのを潮に、二人は店を出た。銀板のような月はどこかへ消えていた。

十八

新年は警戒が続くなかでとにかく明けた。七日の夜半、「あすぐらいだね」と部員に言いおいて帰宅した霧原は午前六時半ごろ電話で起こされた。

「天皇が危篤だそうです」

三時間ほどしか眠っていなかったが、ぐずぐずと起き上がっているうちに昭平の頭の方はもう冴え切っていた。車中、携帯ラジオで亡くなったことを聞いて出社した時には、まだ人影の少ない工場で整理記者が号外を降版しようとしているところだった。そしてその大刷りの大見出しが「崩御」となっていることに、ある程度予想していたとはいえ、やはり愕然とした。

「いつこういう見出しになったの」

昭平は無駄と思いつつ訊かずにはいられなかった。

「分かりません。もう降版するだけになっていましたから」

取りつくしまもなかった。編集局へ上がると、どのテレビの周りにも官房長官の年号発表を待つ記者たちが集まっていた。

「へーセー」

長官のこの音声に、熱くなっていた記者たちは冷水を浴びせられたように暫しとまどい、「平成」と書き出された文字を見て気抜けしたような反応が走った。

夕刊後、工程管理の部室で昭平は矢沢を呼んで朝刊各紙を広げて話し合った。自社の紙面を始めとして全国紙五紙は物の見事にメイン凸版を「崩御」で統一していた。何らかの談合があったことが容易に推測された。仮になかったとしても、互いの動向はあうんの呼吸のうちに察知され一つになったのだ。「崩御」という若い人には聞き慣れぬ言葉を使う後ろめたさを糊塗するごとく、親切に解説している新聞もあった。メイン凸版や前文では「崩御」を使いながら、本文では「死去」「逝去」などを用いている点も変わらなかった。「崩御」と言っているのは政府や宮内庁だけと言いたいらしかった。昭平が出席したXデー会議での方針はそのことを暗示していたのだ。

遅れてわかったことだが、沖縄の二紙などがさすがに「崩御」を使わずに「ご逝去」で通していた。戦争と占領と駐留にいかに耐えてきたかという本土との差がまざまざと意思表示されていた。それを知る人は少なかった。知っても知らぬ顔をしていた。

「霧原さんはえらく崩御にこだわってますね」

矢沢は各紙の紙面が予定稿と大差ないことに、昭平の注意を向けようとしたが、数年前のXデー対話を忘れたかのような矢沢に昭平は突っかかった。

「君はこだわらんのかね。整理記者にとって凸版見出しは命なんだよ。それに賭けずに何に賭けるのだ。そうでなければ、言葉なんて屁みたいなもんや。いつでも変えられるのや。宮内庁の発表はもちろん報道しなければならないが、メイン凸版は別だ。そこに新聞の使命があるので、政府の官報ではないのや。君が前に言っていたことはこういうことではなかったのかね」

「むろんそれも含んではいますよ。ただぼくはもっと紙面全体の形式主義にやり切れなさを覚えてきたので、それはやはり変わらない。新天皇や皇太子の時代はどうなるのですかね」

「君の言うその形式主義が『崩御』という見出しに集約されているんだよ。君が早々に懸念した通り、成り行きにまかせた結果のお座なりなんだ。〝敗戦〟を〝終戦〟と言い変えたように。〝崩御〟と〝逝去〟と二股をかけているとも言える。表現の違いは言うまでもなく意味するところの違い、ニュース価値の違いでもある。そこに新聞の最低の存在理由があるんじゃないか。

とくに整理部の編集者としての使命が。ただ情報をおうむ返しに伝えるだけなら新聞でなくていい。テレビ報道に任せておけばいい。読者は情報の洪水のなかで溺れるしかないね」

昭平は新たな嫌な予感を覚えていた。電子編集になって合理化、設備拡大が進み、仕事がなくなった文選や植字工が毎日休憩室でテレビを見て時間を潰しているのを眺めながら、整理部も将来、取材部に吸収されるときが来るのではないか、いや新聞そのものがなくなるのではないかと思った。すでに整理部員ではなくなっていた昭平にもひとごとではなかった。現に外出中でもいつでも呼び出される携帯ベルが配られ、巷ではひそかに監視カメラの設置が進められていた。

それは昭平があの鉛活字がなくなると感じた時の手応えのなさと「崩御」にこだわってきた懸念の交わるところに浮かんできた不安、打ち込むだけで書く手間がなくなる便利な手応えのない現実が消えて行く感じ、あの不安の正体はこれだったのではないかという嫌な予感だった。

その予感は、現実にワープロが急速に普及し、機械が苦手な昭平でさえもワープロを買って打ってみるようになっていたことに裏付けされてもいた。確かに便利であるだけでなく、自分の思考が直ちに文字に変換されて印刷されるのは魅惑以外の何物でもなかった。しかしそれも慣れてくるに従って便利すぎてと言うべきか、メカに弱いせいか、原稿を書かずにいきなり活字を拾うようなキーボードを叩く操作は、書くという習慣によって出来上がっていた文字との内的な親交の場を失い、漢字が持つ硬質の重い手触りや、あの線路の砕石のリアルな鋭角のイメージ、さらには象形文字に込められていた遥か古代の意味と想像の空間は萎えしぼみ落ちこぼれて行くしかないのではないかという危惧を抱いた。書くという行為には内面の奥深くまで引っ掻き、刻み出すような創造作用が込められていたはずだった。それが省略されて短い文章、浅薄な思考しかできなくなり、〝手作りの言葉〟もなくなって行くのではないか。

長い半日が終わり社を出ると、夜雨が降り出していた。傘を取りに戻り、じめついた道路を明るみをたどって帰った。

丸二日間、テレビは服喪による自粛番組を放映、これに対して各局に抗議電話が殺到、レンタルビデオが大人気になった。この若い世代のクールな動きも昭平には予想以上の反応だった。彼らはこの国の未来をどう考えているのだろう。重い課題を負った戦後が若い世代に軽くあしらわれたようで、それでいいのかという思いと共に自分の時代が終わったのだと感得しない訳にゆかなかった。天皇とともに自分までが世間から葬り去られたようだった。

その夜、奇妙な夢を見た。死んだ川森先生が池の底から現れ「自分は今まで池の底に隠れていたが、その理由がもうなくなったので出てきた」と話した。それは川森の勤め先だった美大の池のふちのようでありながら、昭平の家のベランダとつながっているような光景だった。ともあれ川森が天皇に対して隠れていなければならぬ理由があまり考えられなかった。夢のなかの川森は誰かほかの人物や存在の身替わりかも知れなかった。誰が、何が復活しようというのか、出てくるというのか。分からぬままに過ぎた。

手応えのなさを通してどこか似ていると思ってきたXデーとYデーは、いずれも象徴的大物の死であった。

昭和が終わった年、世界も大きく動き始めていた。六月には中国で天安門事件が勃発、欧州ではハンガリーとオーストリアの国境の鉄条網が両国の決断で切断されると、大量の東独市民がオーストリアを通って西独に逃れるためハンガリーに押しかけ、東欧に開いた小さな穴はあっという間に拡大して十一月、「ベルリンの壁」を崩壊させた。ソ連は一党独裁を放棄して東西冷戦は終わりを告げた。

だが中東では九〇年夏、イラクがクウェートを侵攻し、翌新年早々、アメリカを主体とする多国籍軍がイラクを攻撃、湾岸戦争が開始され、世界は完全に新時代に入った。日本は九十億ドルを拠出した上、自衛隊の掃海艇を海外に派遣した。戦況は米軍の電子兵器や劣化ウラン弾による一方的なハイテク戦争の様相を呈し、兵士の姿を一人も見ることもなく、大量殺人の現場がテレビを通して全世界に放映された。それはつい数年前、マスコミを始めとする多数の観客の眼前でテレビを通して行われた殺人事件のハイテク化を見るように昭平の胸に突き刺さった。戦争は一か月で終わったが、新たな緊張と火種を残した。

中東危機は日本のバブル経済破綻の引き金となり、九〇年秋には株価が三年七か月ぶりに二万円台を割って土地神話は崩壊の一途を辿り始めた。崩壊は土地だけにとどまりそうになかった。

これまで戦後を曲がりなりにも支えてきた世間がはっきり壊れ始めていた。だからといって、個人の社会が替わって出現してくる訳でも全くなかった。新しい社会への展望もなしに世間が壊れるだけなら、むしろ最悪だった。そのときが刻々と近づいていた。

この間に朝夕新聞の分散工場も一応軌道にのり、局長は「残りたければ居てもいいよ」という程度の引き留めで結局、何もかもが六十歳になった昭平に退く潮時だと告げていた。

第二部

一

霧原昭平は新聞社退職の一年前、阪神間に多少の未練を残しながら滋賀のO市に移転し、八十歳になった独り暮らしの母の節子を紫野市から迎えて同居した。土地の高騰でなるべく琵琶湖畔近くに住みたいという望みはかなわなかったものの、湖南の山を切り開いた団地から一年余り通勤した。

団地の規模は五千戸にもなるはずだったが、バブル崩壊で計画が中止され、昼も人通りは殆どなく、音らしい音といっては朝夕の新聞と郵便配達の単車が家々の門口を回る音だけで、花に誘われる蜂を思わせる静けさだった。昭平の家族は妻と母だけで、二人の娘のうち、上の由美は結婚し、下の幸子はフリーターで何とか自立して、二人とも阪神間に住んでいた。

隣り近所が近接していて節子の部屋からは空が広く見えないのが難点だったが、溪子が丹精こめて世話している庭の花木が四季を通じてよく見えた。同居して間もなく心筋梗塞で入院した節子は、その後は新しい環境にも慣れて、洋裁の頼まれ事をしたり、バス、電車を乗りついで二時間近くもかけて紫野市の教会まで日曜礼拝に通う元気さを見せた。妹の由起子は高校教員の岡田敏明と早くに結婚してずっと紫野市町に住んでおり、節子はそこにも時折、長期的に厄介になっていた。

紫野市町は『源平盛衰記』にも出てくる程の昔から市《いち》の町として発展してきていた。大正初期には地元出身の飛行家の先覚によって隣接の原野に日本初の飛行場が開設され、節子も石拾いなど整地作業に狩り出されたことを覚えていた。その後、陸軍に転用されて町は軍都として栄え、特攻の中継基地ともなっていたが、敗戦を迎え再び市の町として出直しを図っていた。

戦後、節子は近所から頼まれるままに、戦前に習得していた洋裁を教え始めたが、食糧難のインフレ下では親類の農家ですら衣類を持って行かねば米や野菜を譲ってもらえず、仁一郎の形見の衣服などもたちまち尽きた。

喘息で体の弱かった昭平の上の妹春代の往診にまで医者は米を要求したが、乏しい家計ではやりくりすることもままならず、治療を先伸ばしにしているうちに、春代は急性肺炎を起こした。妹の病状を気にしながら受験に上京した昭平は、危篤の電報を受けて急ぎ帰ったものの、土産に約束した人気の少女雑誌「それいゆ」は、仁一郎の枕頭の西瓜と同様、春代の枕元に置かれたきりだった。

柩をのせたリヤカーを引く昭平の後に短な葬列が続いた。石ころと穴だらけの田舎道は柩を引くだけでも力が要って揺れないように保つのは容易ではなかった。リヤカーが傾ぐたびに柩の中の遺骸が動いているのが伝わってきた。火葬場はまだかと見やる昭平の目にやっとそれらしき小屋がけの建物が桜の開花を目前にした野面の彼方に映った。近づくと田んぼの真ん中に大きな土饅頭型のかまどと割り木の山が用意されてあった。短い読経のあと、かまどが点火され、年いった作業員が時折、小窓を開いて中を覗き、長い火かき棒で焼け具合を見た。復員したばかりの遠縁の男が脇から小窓を覗き込んで「あれが頭やで」などと棒で掻き回す無神経さを、昭平は戦場で受けてきた男の傷の深さを思って耐えた。

「春代ちゃんは一家の犠牲になってくれたのよ」と節子はその頃よく言った。

「お父さんが一番可愛がっていたからね。お父さんが呼んだのでしょ。今頃お父さんの所に行ってるわ」

色白で目の大きい春代は喘息で学校を休みがちだった。よく咳をしながら寝ていた。昭平は兄貴ぶって妹を「勉強しろ」と叱った。春代は泣きじゃくりながら、昭平が忘れた頃に「問題を出して」と言って勉強のノートを差し出した。昭平は知らなかったのだが、僅かな遺品のなかに繊細な感性の詩や短歌をきれいな書体で記した可愛らしいメモ帳を数冊残していた。啄木の歌が好きだったらしく、それを書き写した手帳もあった。体育の不得手な春代が夕暮れに裏庭の塀を伝って屋根に上がり「鴉が東へ飛んで行く。みんな東京へ帰るのやなあ」と涙ぐんでいたのを昭平は切なく思い返した。春代を弔う陰々滅々たる御詠歌が木魚と鉦に合わせて七日七晩僅かな縁者を集めて唱えられた。夜は近所の社の森でムササビが飛び交う奇声が聞え、家の鴨居に一メートル余の蛇が寝そべっていたりした。

戦後も三年目に入ると、節子の洋裁教室も衣服の更生が中心だがブームになって、近所に教室を借りるまでになり、若い生徒たちの希望もあって、ファッションショーを催したり、洋裁だけでなく教養にも力を入れ各種の講師を招いて、毎週話を聞いた。ある日、キリスト教の集会に通っている生徒から牧師の話を聞きたいという希望が出た。

「キリスト教なんて。これからは社会主義、共産主義の時代よ」

日々の暮らしのなかから節子は本気でそう思っていた。

「でもね、お坊さんの話を聞いたことだし、生徒会の総意なら一度牧師の話も聞いてみましょう」

そんな経緯で講演に来た三十代の牧師の押しつけがましい説教に節子はついて行けなかったが、ある一言が胸を突いた。

「このなかで自殺をしようと思った人はありませんか」

人の世話にはならぬ。自分一人でと頑張ってきた節子だったが、その上野という牧師の話を聞いてから知らず知らずのうちに祈っている自分に気づいた。そして上野牧師らが日曜集会を開いている家へ節子も行くようになった。

ある日節子からそう訊かれた昭平は驚いたが同意した。

「仏壇や神棚を処分しようと思うんやけど、昭平はどう思う」

「聖書を読んでお祈りしているなら、そうした方が筋が通ってる」

節子はその足で寺に行き、位牌などを預ってもらえないかと持ちかけた。講師としても面識のあった若い住職は「そうしたものはどんなに貧乏しても傍に置いておくものです」とたしなめたが、「今の私の信仰には不要のものなので実は焼いてしまおうと思うのですが」と言う節子の気迫に、住職が「それは立派なことです」と折れて、今度は節子の方が驚いた。「重荷を負う者は私のところへ来なさい」と言われているではないか。「自分一人でやれていると思ってきたが、やれていないではないか。神様にすべてをおまかせしてみよう」そうした思いに節子を強く導いたのは、日曜集会で上野牧師らから慕われていたある牧師未亡人の老女で、田辺先生といい、牧師資格を持ち、寡黙ながら微笑を絶やさぬ気品と優しさが和服の小柄な全身からいつも慎しく匂い立っていた。一度集会に出た昭平にもその魅力は伝わってきたが、集会場所の大邸宅の長塀への抵抗感は強かった。

夏の一日、昭平が節子の部屋を訪れると、節子は見入っていた高校野球のテレビ画面から目を離して言った。節子が紫野市にいた頃、可愛がっていた由起子の二人の息子が野球少年だったから、その時代を思い描いていたのだろう。

「あんたが昔、聖書を買うてきてくれたことがあったやろ」

「中学四年ぐらいの時やったかな」

戦後二年目、粗末な新刊本が田舎町の店頭にもようやく出だした頃で、ポケット判の新約聖書が本屋に平積みされていたのを、下校途中の昭平は節子に買って帰った。それを読んだら、生活の苦労でぴりぴりしている母が少しは優しくなってくれるだろうと何となく思ってのことだった。自分が読む気はなかったのだ。

「あの聖書どこへ行ったやろ。あんた持ってへんか」

なくし物を人のせいにするとは、おふくろもそろそろ認知症かと思いながら、その頃、仏壇にいつも聖書が供えられていたのを思い出した。

「あの頃は聖書なんて読んでいるひまがなかったわ。そうや、初めてあの田辺先生のおられるお屋敷へ行ったのは、四月十日のお祭りの日やった。太鼓や鉦がどんじゃん鳴っていたわ。よう通《かよ》ったな。田辺先生の清らかなお人柄にひかれて自転車で。初めのうちは半信半疑やったのに、いつもイエス様と共にいやはるような、聞いたことも見たこともないような世界に引きつけられて通ったもんや。そやけど帰りは何とのう虚しうてなあ。人目も構わず自転車から飛び降りて麦畠の中に跪《ひざまず》いて必死にお祈りしたもんよ。田辺先生のおっしゃることは本まやろかって。

日曜日は私にとって貴重だったのよ。普段は洋裁でひまがないやろ。夜学も始めていたし、洗濯やら何やら家の用事ができるのは日曜日だけやから、無駄にでけへんのや。そやけど仏壇を拝みに来てくれはるお坊さんも何を訊いても空を打つような答ばかりでな。仏壇のお父さんや春代ちゃんに精一杯お念仏を唱えても何やら空しうて。だから必死やったのよ。そしたらある日、仏壇の阿弥陀さんが『むしゃ、むしゃ』と口を動かして何か言わはったんや。ほんまにぞっと鳥肌が立って。それでかえって決心したのよ。たとえ瞞されても田辺先生について行こうって」

節子はそこでさもおかしそうに笑った。

三年後、節子は永源寺の河原で受洗した。昭平は節子の思い出話を聞きながら、溪子をのせたボートが転覆したあの河原だったと後で気づいた。

ある日の節子はよほど体の調子がよいらしく、窓際でミシンをかけていた。信徒に頼まれ物のウエディングドレスを縫っていた。

「ここまで縫っておけばもう安心」

そう言って手をとめて昭平を迎えた。

「お父さんは戦地で死なせてあげた方がよかった。昭平はそう思わん？　あんな病気でみじめな死に方をするくらいなら」

節子が仁一郎のことについて触れるのは実に珍しかった。

「おばあちゃん、そりゃ、違うんやないか。家族の傍で死ねるのがせめてもの幸せやないの。啓介さんだって満洲からとうとう帰れなかったし」

節子の実家を継いだ弟の啓介も敗戦の混乱時に戦病死していた。その最後の模様を聞くために帰国してきた戦友探しにどれだけ骨を折ったか、祖母が毎日のように杖替わりの乳母車を押して帰らぬ伜を駅まで迎えに行っていたことを、節子が忘れているはずがない。しかしその頃、結核は絶対に助からない死病だった。しかもそのために戦地へ行けないという肩身の狭い思いに病人は苦しまねばならなかった。節子は夜ごと看病しながら泣き明かし、仁一郎は心ゆくだけ泣いてくれと言うしかなかったようだ。万一の時のために保険や預金の始末を説明しようとする夫の話にさえ耳を傾けようとしなかった自分の至らなさ、そんな自分よりも夫はどんなに悔しかったろう、気がかりだったろうと節子は悔やまずにはいられなかったのだ。

「お父さんの病気が悪化したのは東京に初空襲があった頃からよ。あれは昭和十七年の四月やったなあ。あんたが『敵機来襲』って駆け込んできたのを覚えてるわ」

小学六年だった昭平も黒煙の立ち昇る南の空から低空で飛来する爆撃機の翼に星のマークがくっきりとあったのを忘れていない。日本がまだ緒戦の勝利に酔っていた頃だけに敵機も被害も小規模だったわりに印象は強かったが、父の病気との関わりは初耳だった。

「あれ以来、結核が咽喉に転移して声が殆ど出なくなって、専門医に診て貰いに行ったあと、ひどく不機嫌になったわ。めったに不機嫌な感情を表に出す人でなかったから何かあったなと思ったら、『それ以上、私に近づくな』と医者に言われたらしいのよ。お医者さんがよ」

そういえば掠れ声しか出なかった仁一郎が隣りの座敷で医者に気胸療法をしてもらっている上半身裸の背中ばかりが浮かんできた。父の闘病には自分の不祥事件もからんでいたから昭平は気が重かったが、戦場の孤独な死を想像するうちに、節子が「見捨てた」と話したことのある行きずりの男のことを考えていた。

それは紫野市に疎開したあと、学童疎開で福島に行っていた二人の妹を節子が引き取りに行った時のことで、帰りに列車が米機の銃撃を受け、凄惨な修羅場に遭遇したのだった。その体験を節子は教会の会報に書いていた。

忘れられぬ記憶

敗戦の年の四月、滋賀に疎開していた私は死ぬなら一緒にという思いで二人の娘を迎えに福島へ行く決心をした。

手に入れにくい汽車のキップを、つてを頼って手にし、モンペに防空頭巾というういでたちで、東京の親戚に一泊して福島のO町に着いた。疎開先の宿の親切でおにぎりを沢山もらって、親元に帰れない可哀想なほかの子供たちに知れないように二人の娘を連れて宿を出た。

汽車に乗り込んでホッとしたが、なぜともなく座った席を立って隣りの車輛に移った。それから一時間もたたない間に空襲で汽車が急停車、激しい銃撃音に、私は腰掛けの板をはずして二人の子供を伏せさせ、その上にうつ伏せになった。ああ、もうこれでおしまい。だが長男だけは残ってくれると目を瞑った。

誰かが「みな早く外へ出て逃げよ」と叫んでいた。私は窓から二人を引きずり出して走った、走った。むこうの森までとにかく走って森陰に隠れた。初めに乗った車輛が銃撃されて血みどろになった人たちが運び出されていた。息をひそめてかがんでいる目の前に、血だらけの青ざめた男の人が枯葉の上を這い寄ってきた。一枚の紙切れを持つ手がわなわなと震えていた。私は恐ろしくなって、「逃げよう」と二人を抱えるようにして走り出した。子供を何とか無事にという思いでただ走った。

暗くなってから動き出した満員の列車に、怒声を浴びながら何とか子供を押し込み、自分は列車のつなぎ目にしがみついた。翌朝、名古屋駅に着くと同時にまた空襲で、「もうどうにでもなれ」と、ホームのコンクリートの上に倒れ込んで眠ってしまった。何時間たったか、子供たちに起こされて目を覚ますと、戦地へ向かう兵隊さんたちの真ん中に寝ていた。娘たちが嬉しそうに「お母さん、お弁当よ」と言った。貰ってきたおにぎりはとっくになくなっていて、うらやましそうに見ていた子供に兵隊さんがお弁当をくれていたのだった。

紫野市を出てから五日目、やっと町の駅に着くと、二日も前から迎えにきてくれていた母が大声をあげて泣いて喜んでくれた。

「福島へ妹たちを迎えに行った帰りのこと覚えているやろ。空襲で瀕死の男の人のこと……」

「ああ、あの人な。紙切れだけでも受け取ってあげたらよかったたな。罪なことを、忘れられんな」

「戦場で死んだら、その男の人みたいになるのやないか」

昭平の脳裏にある仁一郎の最後の日々の痩せ細った姿は想像上の見知らぬ男の姿とあまり変わらなかった。

「そうやなあ」

「今年は五十回忌をやらないかんな」

辛そうな顔の節子に昭平は取りなすように言った。

戦争のあおりで仁一郎の年忌は一度もまともに行われていなかった。


「未亡人って、嫌な言葉ね」

節子は部屋に入ってきた昭平を見ると、写生の手をとめて呟いた。ベッドの小卓の上には色鉛筆で描かれた花瓶の雪割草とどうだんつつじの絵がのっていた。

「そうやなあ、まだ亡くならない人とはね」

「聖書に出てくる『やもめ女』という言葉も嫌ね。でもそれで救われたんやから……」

「一つ、前から謝りたいと思っていたことがあるのや」

昭平は突然思い出したように言った。

「中学四年か五年の頃かな。あの紫野市町の裏長屋の壁に親父の若い時の額入り写真を飾っていたやろ。それをわしが怒った。『どこの親父か分からん写真をはずしてくれ』って」

「そうや、そんなことがあったなあ」

節子は即座に反応してしんみりと答えた。

「言ってしまってから後悔したんやが、もう遅かったんや。謝るきっかけがなかった」

それは大掃除の日で、元気な若い時の父の写真に馴染めぬものを感じていた昭平が、「もっとお父さんらしい写真はないの」と言ったのだ。写真の男は三十代前半のかなりの好男子だった。

「ないわよ。そんなの」

病人の尖った顔の写真でも飾れというのだろうか、この子は、と言わんばかりに節子が気色ばんだ。

「ないならはずしてほしい。子供の心も考えてよ」

「何を生意気なことを言うんです」

青ざめ、無言のまま壁の額の方へ腰を上げかけて節子は座り直した。その怒りとも悲しみともつかぬ激しい動揺に昭平は驚き後悔した。幸いその時、実家の祖母が乳母車を押して玄関に入ってきたのでその場はすんだが、いつの間にか写真額ははずされていた。

「そうかあ、後悔してたんか」

節子は深々と息を吸い込んで吐き、それ以上何も言わずに満足そうな笑顔になった。昭平は謝っておいてよかったと思った。こうしたチャンスはありそうで案外ないものなのだと。そして心の底で知らずに〝父殺し〟をしていたのではないかと考えた。いわゆるエディプス・コンプレックスだ。節子が以来、父のことに殆んど触れようとしてこなかったのもこの件が影響していたのではないかと辛かった。

性に目覚めた頃、昭平は若い母を一人の女として見なければならないことに戸惑いを覚えた。

節子をやもめ女として侮る世間や男の目から守ろうとする一方で、節子が時として無意識に見せる女を恐れ、また理解しようとしてもがいていた。その頃巷間ではロレンスの『チャタレイ夫人の恋人』がわいせつ文書として起訴され、裁判の行方が注目されたりしていて、昭平も無関心ではいられなかった。

　敗戦後という嵐のなかで古いものと新しいものとが入り乱れる田舎町の、貧しいなかにもどこか青空の見える時代、母と妹の由起子と一家三人が滅入りがちにならぬよう明るく振る舞って身を寄せ合っていた頃を昭平は思い浮かべた。由起子が弾くヴァイオリンの音色は寂しげだったが、昭平にはそれも真実味があって悪くないように感じられていた。節子が教室から戻るのを待ちながら、空腹をこらえてこんろに火を熾して夕飯を炊いた。お盆や年の暮れなど、節子の留守に洋裁の生徒が西瓜や野菜を持ってきてくれることがよくあった。授業料以外のものは貰うとお返しをしなければならないと思い込んでいたから、何をそれに当てるかという心配で感謝の気持などどこへやら、昭平は当惑するばかりだった。そうした気遣いが、あながち思い過ごしとは言えない空気が町を支配していた。

　ある夕べ、三人が食卓を囲んでいる光景がガラス障子に映っているのを見た昭平は、この平凡だが幸福な団欒がいつまでも続けられるわけではなく、うっかりすると抜け出せなくなってしまう、早くここから脱出しなければと思うのだった。

二

「階段の途中の壁に飾ってある山の絵は川森先生の絵やろ」

「そうや。いい絵やろ。伊吹山や」

昭平が部屋へ入って行くと、愛用の籐椅子にかけてテレビを見ていた節子が迎えた。

「やっぱりな。川森先生は忘れられん人やな。早くに亡くならはった。もう二十年以上も前になるな」

川森哲が昭平の前に現れたのは紫野市中学の青年美術教師としてだった。海軍から復員したばかりで詰襟の学生服に日焼けした丸顔の坊主頭で校庭の号令台に立ち、破れ鐘のような大声で就任の挨拶をした。間もなく黒の背広に変わったが、それ以外の服を着ているのを見たことがない。画家らしい好みか、いやあれは戦場で死なせた部下への喪服だったのかも知れないと今になって気がついた。眼光鋭く謹厳実直な一方で、話し出すと快活で親しみやすく情熱的だった。昭平は川森の率直さに惹かれ、自宅まで訪ねて行くほど親密になった。瀬川中学での佐伯と杉村のような馴れ馴れしい師弟関係にいい印象を持っていなかった昭平にとって、それは異例のことだった。川森も訪ねてきては履物を間違えて帰る昭平の一見思慮深げでいて何を考えているのか分からぬ間抜けぶりをなぜか愛した。その後、洋裁教室で色彩の講義をしてもらったことから家族ぐるみの付き合いとなった。

節子は洋裁の生徒たちから日頃いろいろな悩み事を相談されていたが、とくに同和問題は、それを初めて耳にした昭平にとっても大きな衝撃だった。同和出身というだけで結婚を反対されたり離婚されたという話が少なくなかった。「天国に結ぶ恋」という新聞見出しで有名になった心中事件の流行した昭和七年頃のことだが、節子の上の弟も同和出身という噂を立てられた女性に同情して鉄道心中を図り、女性をかばって自分だけ死んでいた。事件を歌にしてヴァイオリン弾きが町を流して歩いた。その歌詞のプリントが残っていた。

同和問題とは無関係だが、川森も農家の長男で画家を志した時から両親と衝突し、恋人の実家からも反対されていた。川森はそうした私的なことも節子の意見を求め、昭平には先輩として語った。著名な日本画の画伯の弟子でもあった川森は京都の美大に勤めるようになり、その行き帰りの路上で人なつこく熱心に何事かを論じ合う姿がよく見られた。節子の洋裁教室が移転して川森の通勤コースと重なるようになると、節子も立ち話相手の主な一人になった。川森が恋人と京都で同棲するようになってからも家族ぐるみの交際は続き、ついには昭平と溪子の仲人にもなった。

ところで若い父の写真額の件で節子に謝ったことは、昭平にエディプス・コンプレックスというものを知識としてでなく我が事として考えさせるようになっていたが、さらに節子が口にした川森先生の懐旧談から、当時の節子と川森の関係を遠い視野のなかに再起させてみて、若い父の写真に川森を無意識のうちに重ねてみることもあったのではないかと思わせた。節子と川森と昭平はそれぞれ十歳違いだった。父のない昭平が川森を父や兄に近い存在としてなぞらえることはあっただろう。だが節子と川森の間に知己以上の特別な関係がありうるなどと考えたこともなかった。川森も昭平も家庭を持ってから家族ぐるみの付き合いはさらに深まっていたから、川森がガンで入院中は、節子も夫人を励まし支えるため看護にしばしば出向いた。「健康を軽視していた。全快したら百歳まで生きて絵を描くぞ」と語っていたその死は、仁一郎の惨めな死とも重なっていたかも知れない。昭和天皇の死去の夜、昭平が見た夢――全共闘との紛争のなかで倒れた川森が芸大の池の底から現れた意味が、昭平にはいくらか見えてきた気がした。昭平が無意識に求めてきた「父の名」の隠喩として川森は登場したのではないか。

昭平が東京へ転学して上京した年の秋に、渓子は従妹と東京にやって来た。半日だけだが昭平は都内を案内して回った。時間がないのに多くを案内しようとする昭平の足は急き、溪子は後をついて行くのが精一杯だった。そのとき溪子は、演劇を勉強したいので今度は家を出てくると話したが、病身の両親と雇い人を抱えた大所帯の裏方の責任は重く、彼女の夢は実現されずに終わった。そのため昭平が帰らなければ会うこともままならず、帰っても出会うまで散々待つ苦しみを味わわねばならなかった。そんなとき、家事の隙を見て駈けつけてきた彼女の髪には焼魚の臭いが残っていることもあり、よく通る声には屈託がなく光が弾けるようだった。その頃、人気の映画「ローマの休日」で主演したヘップバーンのショートカットの髪型もよく似合った。遠く離れて手紙を書く楽しみも悪くなかった。二人の関係はまだ公認されていなかったから、毎週手紙が送れるように溪子の友達に封筒の代筆を頼んだ。

ある程度のスリリングな障害は昭平の歓迎するところだったが、大学を卒業し就職して一年もする頃、溪子に縁談が相次ぎ、いつまでもこのままの関係を続けてゆく訳に行かなくなった。しかし結婚という縛られた生活は互いの自由と真実を奪い、愛を偽善にしてしまう制度としてしか昭平には見えていなかった。結婚は溪子を家事から解放し自由にしてやりたいという思いにも全く反したし、それはサラリーマン生活一年にして早くも重荷に感じ始めていた昭平自身の拘束感に裏打ちされていた。かといって別れることなど考えられなかった。

とはいえ、もう結論を先に延ばすことはできない。昭平はようやく腹をくくった。家柄の違いなどいろいろ問題はあったが、節子も溪子の両親も二人の気持が固いのを見て話を進めた。節子に相談されて川森が仲人に立った。節子はキリスト教での挙式を強く望み、昭平も溪子も異議はなかった。二人の出会いが偶然でないような意味づけをどこかで求めていたのだ。英国人牧師マッソン師は未受洗の二人の司式を節子の献身ぶりを評価したのだろう、認めてくれた。師の属する世界宣教の海外教団からの要望で節子は洋裁教室を日曜集会に貸すようになっていた。キリスト教への開放には家主や隣近所や親類筋の抵抗もあり、生徒に敬遠されるのではという心配もあったが、大きないざこざはなく、何とか乗り越えられた。

昭平もマッソン師の人柄には天幕伝道などを覗いてみたときに好感を持っていた。師は戦争中ビルマ戦線の塹壕で日本軍と対峙するさなか、殺し合うことの無意味さと罪に目覚めたという経歴の持ち主で、英国人らしいユーモア感覚も持ち合わせていた。昭平が教会へ挙式の挨拶に行ったとき、師はコーヒーをご馳走してくれて「コーヒーは好きですか」と英語で尋ねた。昭平は下手な英語で必死に答えた。

「イエス、アイ　ライク　コヒ」

「おお、ユー　ライク　恋《コヒ》」

牧師は両手を挙げて笑った。

自己も含め人間に不信を抱いていた昭平は神も信じていなかったが、マッソン師の入信の動機が気に入っていた。そこには東京裁判の不当な部分には目をつむる代わり、勝者もまた無罪とは言えぬことを勝者は自覚してほしいという思いが潜んでいたのだろう。それに瀬川中学での集団カンニング事件の処分についての無意識な不満もからんでいたかも知れない。それならば昭平は直ちに受洗してもよさそうなものだったのに、それどころか、前から面識のある上野牧師に強く受洗ないしは約束を求められると激しく抵抗した。受洗を約束したつもりはなかった。将来にもわたって拘束される約束など問題外と突っぱねたまま式当日に至った。同じような問題は愛の誓いにもあった。昭平はまた、誠実であるためには誓いなどありえないとも思っていた。聖書にも「誓ってはならない」とあるはずだった。ただ「はい」は「はい」とだけ言えとマタイは言っていたはずだ。人は本当に愛することなどそう簡単にできない。人は愛されるために愛する。その限りで相手を大切にする。結婚はそうした困難な愛がどこまで可能かということをめぐる支配と所有の闘いの場と思われた。溪子とその試練の場に立ち向かおうという覚悟だった。

結婚式は紫野市町の公民館で簡素に行われた。川森の申し入れにかねて顔見知りの館長が公民館での初のモデル結婚式に賛成してくれたもので、披露宴の出席者は親戚だけ、料理はお茶とお菓子と赤飯という簡素なものだった。聞きつけた新聞記者が取材に来たが、会見した川森から婿が朝夕新聞社員と聞いて引き揚げて行き、記事は朝夕新聞の県版と地元紙にかなり目立つ扱いで載った。
式はマッソン師の司式で粛然と型通りに運ばれ、娘を誘惑したと猛反対していた溪子の父も前夜のリハーサルから参加して嫁ぐ娘に腕を貸して照れ臭げに会衆の間を歩いた。結婚指輪は形だけの安物だった。それでも式は節子の熱の籠った感謝と祝福の祈りで徐々に盛り上がり、やがて最高潮に達した頃、仲人の川森が感極まったかのように嗚咽し始めると、夫人も引き込まれた。昭平は川森夫妻の姿を見るうちに、自分たちの結婚式ができなかった夫妻の心情を想い、また自分のために泣いてくれる人がいたのだという感動から、瀬川中学以来の過去が一挙に浮かんできて嗚咽を止めることができなくなり、隣りの溪子が取り残された感じになるのを気遣いながらハンカチを使った。

三

いつも覚めていたいと思ってきた昭平だが、いつからか、あの狂気の体験の頃からか、夢から醒めても目ざめた気がしなくなっていた。目ざめても夢の続きを見ているようだった。冗談じゃないぜ。この世が夢であってたまるか。そう心のなかでしばしば呟くようになっていた。幼い頃、昭平はこの世のことのすべてを知り動かしている大いなる存在があると思い込んでいた。なぜそう思い込んできたのか。疑いを知らぬというより幼少年という存在は意外に完全主義で合理的なのではないか。ところがこの世に何も確かなことがないとはどうしたことか、このままではおいそれと死ぬ訳にもいかないではないか。定年目前の昭平の余生は一点も取れていない試合のロスタイムのような焦りを伴っていた。

瞼の裏を薄い布団の縁を透かして日の光が薄紅に揺れている。人影が一つ遠ざかって行く。部屋を出て坂道を下りて行く。昭平ものろのろとベッドから出て服を着けた。

ゆるい坂道を下りる。バス停の標識が見えた。時刻表に遅れたバスが駅前の狭い商店街の道をのろのろ辿るのに苛立ちながら改札口の人波に逆行して電車に乗る。座席で週刊誌を広げて、明るくうさん臭い空を覆って……。

「まだ寝ていたの」と溪子の声。いつ帰ったのか。

「さっきから起きているじゃないか」

視界のぼやけた水中から河馬のように目の上半分を外に出して反論した昭平は、とたんに咳を二つ三つした。目のすぐ下では車内で読んでいた週刊誌が車窓の風にめくれて綿ぼこりのような夢屑が舞っている。

「もうお昼よ。私は午後から出かけるわよ。友達と約束があるから」

O駅に着いて会社へ向かって歩いている頃ではなかったのか。昭平はやれやれと起き上がり、ベッドから足を床に下ろす。その足の甲の上を、溪子の声に気をとられているうちに通りかかった自転車かバイクか、轍《わだち》の影があって痛みが走った。坂道を下りるとバス停。狭い道の商店街の駅前。見飽きた会社までの地下街。通勤コースの路傍の風景が一連なりになって、ベッドから下りた昭平の瞳に、小暗い森のなかの一本道のように映る。水中から出口の見えない森の中へ、敷居もなく地続き。改めて下着をつけながら、今日は何日だったか、夜勤じゃなかったか、再びベッドに潜り込む。


右手を耳のあたりにつけて招き猫のような姿勢で左向きに寝る癖が昭平にはある。その姿勢が一番落ち着くのだ。生まれる時、挙げた右手が臍の緒にからんで難産だったと節子に聞いた。胎内にいる時からそんな姿勢が心地よくて生まれたくなかったのか。そんな姿勢で昭平は生まれて来た闇の彼方の無を見つめているうちに空恐ろしくなって寝返りを打った。

その闇の奥に小暗い森の一本道が開け、雨に濡れた夜の街が見え、女と腰を抱き合って歩いている情景が甦ってきた。最初の夢うつつの境で遠ざかって行った人影のその前に見ていた夢だ。情景も若い女の容姿も朦朧としているなかで、情感ばかりが際立って甦ってくる。女とどう知り合ったのだったか。

学生寮のような二階の広い座敷で仲間と雑魚寝しているところへ件の女が入ってきて、昭平のすぐ傍で横になった。すると隣りの学生が女に抱きついた。ほかの学生も目をさまして、にやにやしながら眺めている。

昭平はトイレに立って、廊下からふと外を見ると、堀ごしの路上に、鉄紺の制服姿の機動隊がひしひしと寮を取り囲んでいる。

「機動隊だぞ」

昭平がいくら叫んでも仲間の学生は出てこない。機動隊は一旦姿を消したかにみえたが、いつの間にか中庭に入り込んで地下から湧きでもしたように、月光の繁みに光ったヘルメットが浮き沈みしている。

「調べたいことがあるなら上がって来たらどうだ」

昭平の機動隊を挑発する叫びは緊張でかすれていた。座敷では友達らしい女子学生までが二、三人いつの間にか加わって学生たちといちゃついている。極度の緊張、疲れから、昭平は中庭に面した廊下の手すりにもたれかかるように崩折れた。黒革のジャンパーにジーパン姿の長い髪を肩まで垂らした女が階段から突然現れて昭平を見下ろし「大丈夫？」と心配そうに身を屈めてきた。昭平は薄れゆく意識のなかで女が介抱してくれることを期待して目を覚まさないように努めた。しかし女がそれ以上迫ってくる気配がない。行ってしまったのか。昭平は女を心の中に呼び戻すようにその姿を想い描こうとして果たせなかった。

気がつくと喫茶店の入口近くのテーブルに座って外を眺めていた。風が出てきて雨も混じってきた。空いた店内には観葉植物の鉢のかげに暗い目つきのハンチングの青年がマンガを読んでいるだけだった。そこへ突然、先程の長い髪の女が舞い込むように飛び込んできて昭平の隣の席に腰を下ろし、こちらをちらちらと見ているようだ。髪に隠れて顔は見えないが、ふくよかな肌の白い感じと薄い緋色の唇だけがよく見えた。大きいがよく締まった口元の微かに切れ上がった感じも好ましい。黒革ジャンパーはどこへ脱いできたのか、セーターが雨に濡れて胸の膨らみが目立つ。昭平は早く二人きりになりたいと思い店内を見回すと、観葉植物の鉢の向こうに電話室がある。女は昭平の目線で察したかのように立ち上がって、そこへ入って行く。昭平も続いて立った。マンガを見ていた青年がちらと頭を上げてこちらを見た。

二人は長い抱擁のあと、小雨のやまぬ、少し肌寒い外に出た。街路樹も路面もぬらぬらと輝いて物の形が流れる、昭平の好きな夕暮れの景色だった。昼の余映と夜の灯りが溶け合い、竜《りん》胆《どう》の蕾を束ねたような街灯が町を花紫色に染め上げていた。昭平は片時も離れぬように女の乳房を脇から抱えるようにして歩いた。雨をしのぐために上着をぬいで一緒に頭からかぶった。女の熱い肌と乳房の重みが濡れたセーターを通して悩ましく伝わってくる。

昭平は陶然として、どこをどう歩いたのか目ざめてからも判然としなかった。ただ一つ鮮明なのは、別れる前、交差点で信号待ちしていると、右手の映画館から最終回がはねて観客がぞろぞろと出てきた。女はそれを見て「たまにはああいうものが見たいわ」と言ったことだった。

「今夜はもう遅い」

昭平はそう言ったような気がする。いつまでも歩きつづけていたかったからだ。それは歩くというより、ダンスに近いような至福の数刻だった。最初の女闘士風の見かけからは想像もつかぬ変身ぶりだった。雨夜の幽艶な姿体は官能的で優しく、昭平の抱擁に反応し、思慕の情と信頼の深さが五体にしみわたる細やかな心配りを示した。夢のなかの女にそんな至福感を与えてくれる力があるとは、天国の幸福はあるとすればさぞ退屈なものだろうと想像していた昭平は、あのように完璧な充足感なら大歓迎だった。だがあの女はどこの誰なのか、名前も聞いてなければ再会の約束もしていなかった。「たまにはああいうものが見たいわ」なんていう台詞はどこか妻の溪子を思わせたが、溪子より遥かに若く、夢の中の女がこれまでに昭平が接した女たちの合成像であることは容易に推測できた。それでも昭平は簡単に別れてしまったことが取り返しがつかぬほど残念で、夢のなかでもいい、またぜひ出会いたいものと願った。

どこか知れぬ田舎の小駅だった。昭平の父の生家へ通じる小駅に似ていた。何十年も前にその屋敷は人手に渡っていたが、山を背にした裏庭には浅いが大きな洞穴があって、入口にはいつも清冽な水が湧き出していた。どうしようかと思案して佇んでいると、駅の横手の掲示板に人だかりがしていた。覗き込むと昭平の名前が大きく出ていた。表示の仕方がふざけていた。

霧原昭平（五九）を指名手配

新聞の亡者欄の見出しスタイルではないか、死名手配というわけでもあった。容疑の内容は細かい文字が並んでいて読めなかった。人々の囁き交わす声を聞いていると、記事はどうも筋が通っていないらしく、人ごみの中に会社の先輩の紙面の虫、横洩記者もいて、しきりに首をひねっている。

「おや、霧原君。あれは君のことではないのか。どうしたんだ」

横洩は見損なったという口ぶりだ。学生時代の非合法の政治活動に加担したことが、いまだに抹消されずに追及されているのではないか。昭平は自分にも訳が分からず、めんどうなのでいい加減な返事をした。そうこうしているうちに、朝夕新聞の記者が駅員や警察で立ち聞きした名前を同僚とも知らずに書いたらしいと分かってきた。昭平は周囲に気づかれぬうちにそろそろと後ずさりしてその場を離れた。

次の場面、昭平は胎内のような低い洞穴のなかにいた。どこをどう通ってきたのかも分からない瞬間移動だった。洞穴は狭く行き止まりでぼんやりした明るみに浸され、背中にはごつごつと岩肌にでも触れているような感触があった。それがもぐもぐと動くような気配に肩ごしに振り向くと、岩肌は網状の柔らかなビニールシート状のものに覆われていて、その向こう側で何物かがうごめき合っている。規則的な鼓動にまじって低く呟くような唸り声さえ伝わってきて、聞き耳を立てると、先方もこちらに気づいたのか咬みつかれそうな息遣いが迫ってきた。昭平は食われるよりも先にと目を瞑って飛びかかった途端、広い虚空へ飛び出ていた。

四

ある日、二年前に建築会社の技師と結婚していた長女の由美が、生後十日目の女の子を連れてきた。座敷の布団に寝かされた初孫は目を開いていたが、見えているかどうか分からなかった。赤ん坊は生まれた時からうっすらと見えているというが、昭平が試しに赤ん坊の頭の先から覗き込んで舌を出して動かしてみると、なんと小さな唇からむずむずと舌の先を覗かせたのだ。ただ見えているというだけでなく、逆向きの像を読みとって真似たことに昭平は驚いた。もっとも赤ん坊は舌を動かすしかないのかも知れなかったが。

そこで以前に高木に紹介されながら忘れていた精神分析のラカンの鏡像段階説を読んでみた。父仁一郎の若い時の写真をめぐる思い出や、美大の池に現れた川森の夢もフロイトやラカンを読み直すきっかけになった。その結果、昭平の人生経験に深く関わる多くの示唆を与えられることになった。

鏡像段階説によると、人は幼年時、ばらばらだった自分の身体が鏡によって一つのまとまりとして見えることに感激し、未熟な内面的心像より視覚的な見かけの自分に成長後も執着するようになる。ラカンは、幻にすぎないこの自我、鏡像自己は社会へ出たあとも、新たな鏡の役割を担った他者の中へ疎外されて行く運命にあると言っていた。これはまさに昭平が瀬川中学時代から抱えてきた悩みへの的確な指摘であり、昭平一人の問題ではなかったことを示唆していた。

精神分析学のなかでは比較的知られた「去勢」とか「抑圧」という言葉一つとっても、多くの誤解や先入感を抱いていたことに気づかされた。去勢とは平たく言えば、父が幼児の母子一体の鏡像関係に禁止のメスを入れ、意味の場へと引き出すことであり、抑圧された子供にとっては神経症につながる原因となるが、象徴界へと自立するきっかけともなる。この去勢を受け入れず「父の名」が排除されると、子供は自分と世界の象徴化ができず統合失調症に至るという。父を早くに亡くし、母子家庭に育ち、「父」に象徴される権威や権力を敗戦以来ことごとく否定することに躍起になり、新しい秩序の意識がおろそかになりがちだった昭平は、まさに「父」の名を排除し続けてきていたのだ。その結果があの狂気の夏の言葉と幻想のスクリーンの破れだった。耳や唇が飛び散って自分が鏡像でしかないことが現実になり、世界がばらばらになって、その崩壊を食い止めるには留め金としての言葉がどうしても必要だったのだ。それこそ昭平が排除してきた「父の名」という働きの受け入れだった。

ラカンを通してカンニング事件を見直せば、佐伯と杉村による告発でそれまでの家族的な鏡像世界にヒビが生じ、その隙に忍び込んだ他者の言葉と欲望を見習う道しか昭平には残されていなかったのだ。玉砕という聖戦の袋小路は日本の降伏、マッカーサーと民主主義の登場で一夜にして変わったかに思われたが、この去勢の受け入れは結局見かけだけで、以前から西洋的な厳父のいない甘えに満ちた母子中心の鏡像世間は、儀礼的に去勢を受け流した。その点、去勢を強く拒否した昭平や全共闘は、統合失調症に陥らざるをえなかった。

昭平は走り幅跳びをして踏み切りかけながら着地もできずに結局、踏み切らずにいる夢をよく見た。空を飛ぶ夢は人が言葉を使う喜びを意味しているとか、性に関わると言われるが、昭平は「私は」と言いかけて「……である」と言い切れなくて意味が完結できずにいる夢という風に解釈した。自分の靴がないという夢も、着地場所がないという意味で同種の夢ではないか。全共闘の学生のアジ演説に見られた「われわれは……大学当局に対して……断固として……」とブツブツと切れて長々とつながる叫びもまた、似たようなものではなかったろうか。

無意識という他者と自己のはざまで自我の幻想に固執し続けた昭平は結局、狂気の季節を迎えるまで合わせ鏡の外へ出るに至らなかった。恋愛時代は当然のこととして、若い夫婦生活こそその最たるものだったのだ。いつ会えるか分からない恋愛時代と違って、毎晩のように顔を合わせてべたべたと明け暮れる生活は、エゴの食うか食われるかの争いと裏腹のものだったのではないか。溪子の受洗は、そうした閉じられた世界に大きな第三者の介入による風穴を開けた。

ラカンによると、人間は存在の代わりに言葉を使うことで大きな「自由」を得たが、現実ばかりか自己の欲望まで失うことになった。言葉を通して経験している世界は欲望のせいであって認識とは言えず、とりわけ人間の欲望は無意識で他者の欲望であり、模倣だというのだ。それに欲望は何かを目的として生じるように思われがちだが、実は欠如を原因として生まれている。つまり動物の本能的な欲求と違って、人のそれは原初に失われてしまって、もう回復不可能なものを欲望し続けているという。

学生時代、昭平は先輩が失恋したこともあって、仲間たちの噂によく上っていた小関溪子に恋をしている自分をボート上に確認して、自分の恋は自主性がなくて無意識すぎるのではと疑問に思うことがあったのだが、言葉を使う以上、摸倣たらざるをえなかったのだ。

人は言葉の世界にしか生きられない。想像の宇宙で強度の幻覚状態に陥ったが、あの世界は言葉を失った「現実界」、いわば死の世界だった。昭平はそのあと「この世に怖いものはなくなった」ような気がしたが、それは何の支えもなしに空を飛んで来たことに気がついたような驚きに似ていた。言葉は人間にとってそういう翼のようなものだった。が、その力の範囲でしか飛べない。あの恐怖の直後は、幽霊に脅えた子供が幽霊になるように、とりあえず、言葉の代わりに〝雑巾の切れ端〟に化けたつもりになって恐怖を凌いだのだ。

ともあれ、昭平を雁字搦めにしてきたのは、人の視線や欲望というより、それが求める「もの」の代理としての言葉だった。長い間、他人の視線の下で無意識の闇に手探りしてきたものが、いま言葉と結ばれ、ほかならぬその言葉のために〝真の存在〟が失われてしまったということがはっきりしてきた。〝人の言葉〟は「もの」を創り出せるような代物ではなかった。

ところでラカンの言う「鏡像段階」から昭平が最初にイメージしたのは、子供時代の銭湯の脱衣場の大鏡だった。鏡面を埋めて動く大人たちの体の隙間に見え隠れする自分の顔や手足が一つにまとまるのを、のろのろとシャツやズボンを着けながら飽かずに追っている少年が浮かんだ。それは鏡の森のなかに迷い込んだような風景だった。大鏡の奥の方にはさらに湯舟のふちに腰かけて足を浸けてぼんやりと大人たちの世間話に聞くともなしに耳を傾けている少年がいた。時には浴場の壁面に描かれた真っ白な富士と真っ青な三保の松原の大ペンキ絵に目をやり、人影もない底抜けに明るい退屈な絵に耐えられず、無人島のような浜辺に冒険ダン吉やのらくろなどを上陸させて空想に耽ったあげく、再び湯舟の語らいに耳を澄ますのだった。だが今思えばあのペンキ絵には本当の夏が、少くとも「夏は来ぬ」の気配があったと思えてきた。

十歳頃まで昭平は妹二人と一緒に節子に連れられて女湯に行っていた。その女湯の記憶としては、脱衣場の寝台に寝かされた赤ん坊を抓《つね》っている少年のイメージしかなかった。何歳頃の記憶か、嫉妬の対象が妹だったか、誰だったかも定かでなかった。が、女湯のせいで原っぱの仲間、とりわけ餓鬼大将のカフェの兄弟に冷やかされ、彼らと男湯へ行くようになったものの、忙しい仁一郎と銭湯へ行った記憶は少なく、一人で出かけて湯舟のふちに腰かけていることが多かったのだ。行きつけの「松の湯」は商店街の昭平の家から二、三軒先の古本屋とS病院の間の横丁にあった。小さな古本屋は昭平の知識の源泉だった。店先の棚には『敵中横断三百里』や『宝島』が、バーゲン台には立川文庫の少年講談が山と積まれていたが、昭平には特別に貸してくれた。その横丁は小学校への通学路でもあり、病院の消毒薬の臭いと電線工場の白い粉の臭いが入り混じって長い板塀に漂い、病院の中庭では「くっくっ」と鳴き交わす鳩の群れや糞が舞っていた。「松の湯」の青い湯舟はそんな不衛生な白い風景の先にあった。

人は言葉の海のなかへ生まれてくる。大人たちは手拭を頭にのせて湯に顔をほてらせて、時折、ひとりぼっちで湯舟に腰かけている昭平を訝しげに一瞥しながら何事か飽くことなく話していた。

「お父ちゃん、置いとくよ」

石鹸を使い回している一家のかみさんが男湯の夫に声をかけている。女湯との仕切り壁の隅にはそのための穴が設けられていた。赤ん坊の泣き声や子供の叫び声、脱衣場の鏡のなかの女と男の騒然とした裸の映像は、昭平の回想のなかで瀬川中学の教師や同級生、学生時代の友人や朝夕新聞社の仲間たちにまで拡がって行き、やがて再び湯舟の大人たちの語らいに立ち戻り、彼らのかげに銭湯にも来られなくなった仁一郎を浮かべながら、夢とも記憶とも定かではない羊水のなかで耳を澄ましていた胎児に行きつく。ふと気がつくと、湯舟のなかは敗戦後の大混雑する銭湯の垢にまみれてどろどろになった湯のように、言葉の死骸で溢れていた。

五

湾岸戦争のあった年の夏、昭平は退職した。退職直前、慰労の有給休暇を利用してパリへ初めて一人で出かけた。妻の渓子はあまり行きたい気配を見せなかったし、昭平もこの度は一人で出かけたかった。

一人にこだわる割には昭平の旅の目的ははっきりせず、西欧の、さしあたっては、EU（欧州連合）に向かって衣替えしつつあるパリの空気にじかに触れたいということしか浮かばなかった。日本の空気とどう違うのか。総じて昭平の行動は行き当たりばったりで、今回もパリのガイドブックと地図だけを片手に、十日の間にできる限り多くを見聞きする魂胆だった。なぜ今さらパリなのか。きっかけは高木からパリにいる友人を紹介してもいいと聞いたからだった。フランス語ができる訳でもなく、さすがに多少の不安はあったからだ。特に案内してもらったりするつもりはなかった。その限りではどこでもよかったのだ。あまたの芸術青年たちのようにパリに憧れていた訳でもなかった。しかし以前からフランス文学、とくにサルトルに親しんでいたことを思い出した。一九六六年、彼が来日したときには、京都での講演を聞きに行き、その記事を同僚の担当記者に頼んで書かせてもらったほどだった。そのサルトルも十年前に死に、今や構造主義流行の時代で、あの錯乱以来、サルトルのことは念頭から遠く、ラカンには強い関心があっても、その足跡を訪ねるほどの親しみはまだなかった。とにかく西欧の空気を肌で感じさえすればよかったのだ。「旅は死のメタファー」と誰かが書いていた。昭平の旅はそれ程のことはないにしても、ただの名所見物でないことだけは確かだった。

旅行に出発する数日前だった。夕刊を終えて工程管理部の部室に戻って来た主任の三浦が冴えない顔色で自分の席に腰を下ろした。

「最終版、時間通り降りました」

そう昭平に向かって報告すると、工程日誌を広げて次の仕事に取りかかった。

「ご苦労さん、耳鳴りはもうなおったの」

昭平はだるそうな三浦を心配げに見やりながら訊いた。

電子編集時代の分散工場に対応するため、工程管理部は編集、工務という局の枠をこえたベテランを集めていた。三浦は若い時から活版工として叩き上げてきた事務もきっちりこなす職人気質の男で、病気で休んだこともなかった。ところが最近元気がなく、一週間ばかり「耳鳴りに悩まされて」と欠勤していて、ようやく出てきたばかりだった。

「ええ、もう大丈夫です」

そう言って黙って仕事を続ける三浦の横顔を昭平は見守った。出社しても病状を詳しく説明するのを避けるような感じなのが気になっていたがこの二、三日の様子は三浦自身が自分の病状を知らされていないような不安に脅えているという感じを抱かせた。

「世間には瓜二つの人間がいるものですね」

三浦がペンをおいて珍しくしみじみと話し出した。他の部員は遅い昼食か、編集の現場に残っていて、部屋には昭平たちだけだった。

「おとつい、会社から帰る途中、ホームで電車を待っていたら、反対方向に行く電車に乗っている女房を見かけましたんや。ガラス越しの向かいの席に座っている家内を。思わず車内に入って『どこへ行くんや』と声をかけましたんや。ほしたら女が怪訝な顔をして目をそらしたんで、大恥をかいてしまいました。なぜかとても懐かしい気がしたので、ショックでしたなあ。何というか、毎日見ている女房よりも懐かしいというのかなあ。あんなことって、あるんですね。あんなそっくりな人間がいるんですね」

堅物の険しい顔の三浦が照れ臭げに、信じられないが言わずにはいられないという様子をみせて語った。まるで他界から妻を見ているような悲傷さが漂っていて、昭平はただ事ではないと閃くものがあった。

僅か十日ばかりの滞在ではあったが、パリは昭平の願いに強烈なインパクトで応えてくれた。不案内な一人だけの空の旅で言葉も通じず緊張ぎみの上、日本海を瞬く間に越え茶褐色の山野が延々と続くモンゴルやシベリア上空を飛ぶ間は、望郷の思いのなかで亡くなった叔父の啓介や抑留された人々の労苦が浮かんで終始辛い気分だった。大阪空港を発って十二時間、垂れこめていた雲が切れると、眼下にグリーンの鮮やかな巨大な幾何学庭園が迫って、機はシャルル・ド・ゴール空港の真上にいた。バスの車窓からは丘陵にきらめく尖塔と城館が遠望され、一瞬絵本の世界へ入って行くような錯覚にとらわれた。

旅行社が指定したMホテルはモンマルトルの丘に近い大通りに面した二十世紀初頭に建設されたと思われる八階建てで、杏色に明るく装われていたものの、辛うじて中級の雰囲気を保った内部は、古めかしい割りに格式ばったところもなく、旅行客が広いロビーを気楽に出入りしていた。フロントで旅行社から受け取っていた書類を出すと、一言も言葉を交わすことなく、あっさり部屋のキーを渡された。

監獄を思わせる格子状の錆びたエレベーターは、ぎしぎしと音を立てて昭平を四階に運んだ。各室のドアと壁だけがひっそりと続いて、何の飾りも窓もない地下壕のような廊下の一番奥が昭平の四二〇号室だった。部屋に入るまで外の景色は何も見えなかった。ベッドに腰を下ろした昭平は、旅行ケースを放り出して室内をつくづくと見回した。真四角の十畳程の部屋で、薄汚れた白壁にも装飾らしいものは一切なく、通りに面した窓際は、物入れを兼ねた長いテーブルで仕切られていた。その上にテレビと電話が無造作に置かれ、ベッドと長方形の洋服ダンス、二脚の黒い肘掛け椅子と小さな冷蔵庫があった。バス、洗面室も含めていずれも質素で古びていたが掃除は行き届いていていた。カーテンを引くと、並木道の車道を挟んで、ホテルと同じ高さにびっしりとひしめき合った陰気なアパルトマンのブラインドの出窓が昭平を威圧してきた。それは日本のマンションの内向きな窓とは違った。

旅行ケースからガイドブックを出し、「護身用に」と節子から渡された聖書、雑誌類をテーブルの引き出しに入れ、外出の用意をしてホテル界隈の歓楽街クリシー通りを見て歩いた。午後八時近くでも六月の空はまだ結構明るかった。賑やかな通りをただ歩いている分にはどこの都会もそう変わりはなさそうだが、堅い石畳や石壁、どこをとっても時を経た石の都の雰囲気は、コンクリートの粗さはないにしても昭平の肌には刺さるような硬質感で、日本の木と紙の文化との違いを意識せざるをえなかった。歩道脇の映画広告塔からイエス・キリストの大きな顔が道行く人を悲しげに見つめ、向こうの通りを、葬列だろうか、日本の野辺の送りのように白衣を着た人々が静々と並んで歩いていた。帰りに街角のショップに入り、移民系の人々で混雑する渦にまじってハンバーガーとジュースを買った。朝食はホテルと決まっていたが、昼、夜は適宜自分でとらねばならない。

ホテルの部屋に戻ると、向かいのアパルトマンの上に月がかかっていた。日本はまだ昼すぎだろう。深緑をバックに涼しげなカーテンのかげで微笑む溪子がこの世の存在と思えぬほど奇妙に新鮮に浮かんだ。バスにつかって夕食をとってしまうと、どっと疲れが出て来て、明日の予定を考えているうちに地図を顔にかぶせて寝入った。

翌日、昭平が目を覚ますと八時を過ぎていた。ロビーに隣接する軽食堂で朝食をとりながら、改めてどこへ出かけるか地図を睨んで検討を加えた。いわゆる観光名所を省いてもいざとなると行きたい所が数多く、較べて日数が少なすぎたから計画の立てようがなかった。結局、毎日気の向くままに動くことにした。

メトロでとりあえず市街中心のセーヌ川にかかるポン・ヌフへ出、シテ島のノートルダム大聖堂へ歩いた。見物客の長い行列に並んで入り、八百年近くを経たゴシック様式の壮麗な尖塔のステンドグラスの大空間に息をのんだ。優美なガラスの窓と柱の上には巨大な穹窿の天井が仰がれた。団体客の案内人の説明ではそんな芸当が可能なのは、柱を斜めに支える飛梁と肋骨穹窿《リブ・ヴォールド》と呼ばれる左右の柱を天井で結ぶように工夫されたゴシック独特の技法という。聖堂を出てからも肋骨穹窿とはよく言ったものだと、聖堂前の芝生に腰を下ろして見上げていると、女子高生だろうか、制服を着た二人の女の子がやって来て、足を投げ出して隣りに座りお喋りを始めた。写真をとってもいいかと尋ねると、言葉が通じて顔を見合わせた二人から「ウィ」と愛想のいい答が返って来た。

シテ島を一周し、左岸の学芸の街サンジェルマン・デプレ界隈へ。ポンピドゥー・センターで現代美術展とアンドレ・ブルトン特別展を見た。特別展に出品されていたシュールレアリスムの新時代の世界地図には日本もアメリカもなかった。シュールの好きな昭平もこれには想像するばかりで意味が分からず参って早々と外へ出、賑やかな街頭のカフェの椅子にかけてあたりを眺めているうちに、就任早々の女性首相が「日本は欧米と同じゲームをする国ではない」などと発言して最近物議をかもしていることを思い出した。日本の大企業の進出に脅威と不快を抱いていることは容易に想像できた。

そう思って周囲を見回すと、確かに人企業ばかりでなく、Mホテルでは見かけなかったカメラをさげた日本人の観光客が目についた。ただ、なぜか日本人の影がひどく薄く貧相に感じられて、昭平はド・ゴール空港では勝手が分からず言葉が通じる同胞を探したのに、ここでは擦れ違うのも敬遠したいような惨めさを覚えた。メトロでも中東やアフリカ系の出稼ぎ労働者の姿が目立っていた。交差点を渡る時、昭平は方向を見失って携行していた磁石を見て信号が青になるのを待っていた。背後に不穏な気配を感じて振り返ると、四人の男が昭平を囲むように立っていて、次の動作にかかる寸前と見えた。地味な服装をしていても、日本人と見れば金を持っていると思われていると聞いていた。信号が変わり、足早に車道を渡った。

ホテルに戻ると、昭平の足は棒のようになっていた。バスに身を横たえて、ベッドに入ると、深い夜の底に一人という思いが強まった。そのうちに会社の三浦のことが気になり出した。一週間ほど前会った時は「寒い、寒い」と連発し、悪寒に青白く尖った顔は尋常でなかった。手を握るとこちらが震え上がるほど冷たかった。その顔が機上でも浮かんで恨めしげな表情に変わり、気にかかっていたのだ。彼が出会ったという女が本当は妻だったのではないかと疑っているような三浦が思い出された。

眠れなくてテレビをつけた。ホラー映画しかやっていなかった。それを暫く見て寝入り、夜半に悪夢にうなされて物音一つない闇の底で目が覚めた。

最後に見た夢だけは覚えていた。何か不明の犯罪を犯した異国人と抱き合って血が混じり、やってもいないのに血液型から犯人と疑われるという夢だった。そこで共犯と見なされて連行される途中、犯人が路上に落としたメモを見つけて拾ってはみたものの、危険を感じて捨てるという経過があったが、結末はなぜか犯人の異国人と全裸で路上で抱き合っている奇怪な場面で、覚めてみればうなされるほどの夢とも思えなかった。だが闇は深まり孤独な恐怖感は高まるばかりで、やがて天井の一角から自分を険しい表情で恨めしげに見つめている禍々《まがまが》しいものの気配を感じて、ベッドの中で身をすくめていた昭平は、この部屋で以前、誰かが自殺している、あるいは殺人があったという直感が閃くと、全身が震え出した。金縛りになって、枕元の豆電球をつける余裕もなく、スイッチの位置も分からない。こちらを見つめている禍々しいものの存在するあたりの天井は、昼間も黒ずんでいたことを思い出したり、部屋の番号が四二〇号だったことが気になり出したり、再び震えが強まって、気になっても天井の方を見上げる勇気はなかった。

そのうちに憎悪と恨みを込めた形相は天井に拡がって、ここを訪ねた数知れぬ旅人たちの悲運な霊が寄り集まって部屋に踊り溢れる幻で、昭平の五体は極度の恐怖に骨という骨がぎしぎしと軋み、激しく音を立てて打ち合う様まで目に浮かぶほどになった。まるで竹で編んだ簗のような、骨組ばかりになった体内の薄暗い肋骨の井戸の底から死体めいたどろりとしたものが昭平を責めるように浮かび上ってきた。昭平は引き出しに入れた聖書を頭に浮かべ念じた。ようやくどろりとした物は沈んで行ったが、それでも恐ろしさに気を失いかけ、自分の内面の井戸へ真っ逆さまにぶらさがる感じで、目を下方にやると、内壁のあばら骨に手足を十字にかけて踏んばった形の腰布をつけた半裸の男が映った。「あの人は……」と思ううち、震えは静かにおさまって行き、やがて眠りに落ちた。

翌朝、透明な波打際に打ち上げられる小貝のような気分で目を覚ました時には九時を過ぎていた。小雨に濡れているらしい路面を走って行く車の響きが快く、パリに来ていることを一瞬忘れさせた。雨滴を光らせ吸い着く路面から身を引きはがして行くタイヤの回転を、マロニエの並木の間に浮かべていると、昨夜の悪夢などなかったかのように、幸福感さえ覚えて、すでにこの土地に溶け込んでいる自分を感じていた。日本から抱えてきたものと、僅か二日とはいえ、この土地と歴史の光と陰とが昭平の肌を通して激しくぶつかり合い、肌も肉も吹き飛ばされ骨だけ残して透かし彫りにされたようだった。いささか手荒い体験ではあったが、昭平はこの旅に早くも満足を感じていた。転んでもただでは起きない。いかにも自分流の、いやこれこそ日本的な受身の吸収の仕方で、だから苦労しているのではないかと思いなした。

三日目から昭平は、もう何年もパリに住んでいるような顔をして市内各所を歩きに歩いた。四日目、モンパルナス墓地を訪ねた。入口の案内所で墓地の地図をもらい、サルトルの墓をまず探した。日本の墓地と違って、胸像や小さな礼拝堂も多く、土葬の多い陰気さは免れないが、通路の一つ一つにまで市街と同様名前がついていて、公園の雰囲気を保っている。十一年前に死去したサルトルの墓は新顔の部類で、正門近くの外塀に接していて探すほどのこともなかった。百年余の時を経た苔生した他の多くの墓に較べると、淡紅色の棺は真新しく、供えられたばかりらしい一握りの花束と木洩れ日の下に、サルトルの死の六年後に亡くなったボーヴォワールと並んで眠っていた。

学生時代、サルトルのアンガジュマンや眼差しの存在論やジュネ論などは、学生時代に昭平の抱えていた悩みに多くの示唆を与えてくれたが、とくに小説『嘔吐』は、殆ど翻訳を通じてだが強烈に魅惑された。まさに書きたいと思っていた文体がそこにあるような気がした。その始めの方の一節を昭平は今でも思い出すことができた。

物体、それに〈触れる〉べきではない。なぜなら、それは生きていないから。（中略）物体は役には立つが、それ以上の何ものでもない。そして、それに触れるのが、私には耐え難いのだ。全くそれが生きたけだものであるかのように、物体と関係を持つことを私は怖れる。

いま私は思いだす。いつか私が海辺にいて、あの磧の石を手にしていたときに感じたことを、いまはっきりと思いだす。それは甘ったるい嘔気のようなものだった。

しかし昭平のサルトル理解は中途半端に過ぎて行き、あの狂気の季節に至ったのだ。そこでようやく嘔気を実感したが、その実存の空しさというより怖ろしさには耐えられなかったのだ。

無神論者のサルトルは晩年、死後の生についてボーヴォワールに問われて「あるような気がするが、自然の事実として」と答えていた。意識はどこまで行っても意識の中にあって意識から逃れることはできないから死を考えることはできない。自分の死後も人生は不滅だろう。そのことを除いて死後には何もないという意味のことを答えていた。昭平も自分の死後も変わらぬ世界を想像していた。しかし死後には何もないと思い切ることはできなかった。それに昭平の関心はサルトルが全体としては軽視した無意識や他者存在に強く傾いていた。それに文学的にはプルーストの『失われし時を求めて』の世界に憧れていた。そのあとでラカンに出会ったのだった。

昭平は渇いていた。生に激しく意味を求めていた。昭平の神は一九四六年にその座から降りていた。それでも「いかに生くべきか」という超国家的な悠久の大義の精神主義的形式だけは昭平に滲み込んでいるものらしかった。

〝旧師〟サルトルの墓を早々と後にして、昭平は墓地をくまなく巡り、ボードレールやモーパッサンの墓に親しい視線をおくった。

元々、本のなかでしか知らない人物だったから、墓の中といえども、昭平には実在の人物に会えたように思えた。あるいはこうも言えた。様々な形の著名人の墓標はまるで古本屋のフランス文学の棚の背文字のようだった。

サンジェルマン・デプレ聖堂界隈を北へ歩いて、サルトルらがたむろしていたという、観光客で満員のカフェを通りから眺めて隣りの書店へ入った。店頭にサルトル没後十年を記念した部厚い追悼本が平積みにされていた。少し心を残して墓地を離れてきた昭平はサルトルに再会したような気分になって、日本の諸作家の仏訳本も結構並んでいる棚から『嘔吐』の原書を探し出して記念に買い求めた。

すっかり霊園づいた昭平は、翌日はすぐ傍のモンマルトル墓地を訪ねた。モンパルナスと違って、こちらは樹木も土地の起伏も多くて暗く、訪れる人影もなく墓地らしい薄気味悪さを十分に漂わせていた。Mホテルの廊下には裏通りに面した窓がなかったので、昭平は気づかなかったのだが、ふと見上げると樹間に杏色のMホテルが見えた。墓地は殆どホテルと背中合わせになっていた。公園にしては奇妙な陰気な門を散歩の途中に目にしていたが、それが墓地の入口だったのだ。

ガイドブックを読むと、モンマルトルの由来は、三世紀、聖《サン》ドニという聖者が切られた自分の首を持って六キロも歩いたという伝説から、殉教者の丘と呼ばれるようになったという。十九世紀のパリ・コミューンでも多くの犠牲者を出した血塗られた丘だった。先夜の異様な悪夢はそんな背景も影響していたのかもしれぬが、昭平はもう気にしていなかった。案内所で貰った地図を見ると、ゾラやスタンダール、ハイネやドガ、ベルリオーズといった錚々たる芸術家の名前が並んでいた。ゾラもハイネも立派な胸像造りだ。夫か恋人の胸像をかかえるように寄り添っている女性の全身像もあったりして、様々なロマンをかき立てて飽かせない。スタンダールがどうしても見つからなかった。掘り返した土の上に腰を下ろして休んでいた四、五人の作業員が、おろおろと行ったり来たりしている昭平を物珍しげに眺めていた。

パリ三大墓地のなかでも最大といわれるペール・ラシェーズや「死者の国」と称される人骨の地下墓地《カタコンブ》が残っていたが、ルーブルやオルセー美術館も見逃せず、ノミの市やバルザックの館に時間を費やしている間に九日はたちまち過ぎた。

後半の一日、高木に紹介された里上という、パリ在住で外信部の先輩元記者に連絡をとったところ、エッフェル塔近くのレストランでの昼食に招かれた。塔の前の広場に夫人を伴ってゆったりとした体軀を運んで現れた里上は、パリの空気にすっかり慣れ親しんでいるように見えた。レストランで一時間余り昭平は話を聞いた。

アメリカ取材が長かったが、退職前にパリ勤務を志望してそのまま居ついてしまったのだという。二歳年長のほぼ同世代で、欧米と日本文化のはざまでその矛盾に悩み続けてきたという点は昭平の関心と殆ど重なった。気さくな里上の話しぶりに、昭平は初めて口にした羊肉を呑み込みながら単刀直入に訊いた。

「率直にお訊きしますが、日本との違いを一番感じたのはどういう点ですか」

「そうですね。日本人は物事を見るのに善悪を厳しく分けず、長所短所両面を見ようとしますが、欧米人ははっきり正邪を分けます。一つのもののなかに両面を見る曖昧さへの反撥の強さによく出会ったものでした」

「なるほど、日本人は寛容というか、情緒的でナイーヴなのですね。島国のせいでしょうか」

「そうなんですね。極東ということも幸いして、強烈な異文化の物理的衝撃を受けたことがないからでしょう」

「異民族の侵略ですね。そのことと直接関係はないかも知れませんが、ヨーロッパの風に触れてとても血腥いものを感じました。幕末の開国以降、戦争ばかりしてきたと思ってきた日本よりも遥かに凄まじいものを」

「そりゃ、鋭いですね」

「言葉が通じないので空気に、風土に敏感なんですよ」

「フランス革命やパリ・コミューンに見るように、自由や民主主義という政治理念にしても血まみれですからね。その上、二つの大戦に絶望的なほど多くの犠牲を払った。戦後、ヴィシー政府についた対独協力者さえ数千人が粛清されているのです」

「そうか、考えてみると、日本は日清、日露、二つの大戦にしても、空襲や原爆を除けば、本土を異国の軍靴で蹂躙されていませんからね」

とにかく日本にとっての「近代の超克」とは西欧の近代を自分のものとして確立することであり、日本の未来はそれと同時に、ナイーヴな〝曖昧さ〟という性格を逆手に生かして欧米の確執の調整役に徹することしかない、という風に里上は自説を締めくくった。西欧の近代を自分のものにし調停に徹するのは賛成だと昭平は思った。だがそのためには、ヨーロッパがうんざりしているキリスト教に日本人はもっと学ばねばならない。その点里上は、キリスト教の存在やグローバル化を軽く見ていると思った。昭平は、日本人の自己確立に恥の役割を強く意識してはいたが、大いなる他者の眼差しに鍛えられることなしには個人になり切れないのではないかと考えてきた。その役割を世間にゆだねてきた明治以来の近代化の不完全さに知らぬ顔はできない。

近く「日本で本を出します」という里上に、「楽しみにしてます」と握手を交わして、ほかに会合が予定されている里上と別れ、昭平はホームセンターに行く夫人に誘われて見物がてら同行した。百貨店なみの大きなビルの屋上からは曇天の下に鬱屈したパリ市街が三百六十度望見された。

最終日はモンマルトルの丘の頂きに立つ白亜のビザンチン様式のドーム、サクレ・クール寺院を訪れ、夜はムーラン・ルージュのかぶりつきでフレンチ・カンカンの脂粉と汗と嬌声を浴びて締めくくりとした。結局、昭平がフランス語を交したのは、カフェや食堂を除けば、ホテルのメイドの黒人女性と、ムーラン・ルージュの座席確保と、セーヌ河畔の小屋がけの古本屋の老女と、あの女子高生だけだった。概してパリっ子はフランス人であることに誇り高く、よそ者には無愛想で、少し京都人を思わせたが、後から来る人のためにドアを押さえてやるマナーなど板について親切だった。メトロの地下道でも車内でもミュージシャンや芸人が耳目を集め、出入口には必ず花屋があって美しい街を一層引き立てているのに、ストでもあったのか、改札口には用済みの切符が黄色い山をなして散らばっているのも解せなかった。

確かに里上の言っていたように、考えてみると自分も、欧米人が嫌う「あれも、これも」派で相手と自分の長所短所を生かそうとしてきている。対立のままの緊張に長く耐えられない弱い個なのだ。その結果、人間はみな同じで、ケンカ両成敗というわけだ。「罪なき者この女を打て」というあのイエスの言葉が気に入っているのはケンカ両成敗と似ているからか。だが、あくまで似ているだけで、双方を認めているわけではない。俺は日本も欧米も一蓮托生、地獄の底に落ちればいいと思ってきたのではないか。

十日ぶりに昭平は日本の上空に戻っていた。新潟上空でジャンボ機は乱気流に巻き込まれて激しく揺れ、墜落の恐怖を一瞬味わい、永遠の生命の行方を思った。学生時代、不死としての無限の生命を思念して、それがただいたずらに死なないで長生きするだけのことならご免蒙ると考えたものだが、それは身体の不死にすぎなかった。永遠は無限とは異なる次元のことだったが、昭平にとっては霊魂さえもが初めから死の影を強く帯びていた割りには、魂に死がありうるという可能性を突き詰めたことはなかったのだ。

　そういえば、パリの墓地に較べて日本の墓地は何と枯れ枯れとしていることだろう。初めて西欧の空気にじかに触れた昭平の肌と目には、パリの墓地はむしろ活々としていた。一見、明るい公園風の印象と裏腹に、古びた様々な男女の彫像や記念碑が故人の生前の人生を劇的に誇示する趣で、墓石に大小の差があるとはいえ、いずれも貧血した白骨の群列を思わせる日本の有名墓地とは大違いだった。

　それにしても神も〝超人〟も死んだヨーロッパは甦るのだろうか。鉄壁の体制に見えたソ連もあっという間に崩壊した今では、アメリカもいずれはという見方を笑えなかった。

　成田から東京に出た昭平は、あっけらかんとした凹凸の虫歯のような市街と雑沓を眺めながら、徹底して死の匂いがないのに驚いていた。貧困と飢え、病い、悪臭と河辺の火葬と、人間の死が目に見える形で日常化しているインドほどでは無論ないにしても、パリの空気にも歴史と死が混然と溶け込んでいた。しかしこの都市では死は生とまるで無関係なものとして隔離されているかのようだった。日本人は前からこんな風だったろうか。

　あの八階建の高さに統一されて威圧する石の街には〝殺された神〟の死骸や、亡霊がうようよしていたと思う。だがこちらには死の匂いどころか生の匂いもあまりないのではという感じだった。

旅の前、パリで精神病になる日本人が多いと昭平は聞いていた。孤独な日本人がパリで考えることはあてにならないとも耳にしていた。それくらいのカルチュアショックはあるだろうと大して気にもとめずに出かけた。自分が悪夢の洗礼を受けたのもその種のことだったのだろうか。そう思って帰国後、図書館へ行き、気をつけてパリをめぐる文学作品を見てみると、結構、日本の現代作家たちも「パリは死者の魂がうごめく場所」とか、日記に「部屋に幽霊でもいるような気になって」と書いているのを見つけた。そういえば、日本人ばかりでなく若い時に親しんだリルケの『マルテの手記』でも、「僕には僕の知らない奥底がある」とエトランジェの孤独を述べていたのを思い出し、気を惹かれながら見過ごしていた個所も読み直して理解を深めた。悲しみに沈んで両手に埋めた女の顔が手の中に残ってしまった話とか、壁の中から突然現れた大きな痩せた手についての話など……。とにかく元々幽霊のようなものだった上に、墓地めぐりでさらに幽霊づいた骨なしの自分にもパリをさまよって骨か筋が少しは通ったと思いたかった。

正直なところ、ジャーナリスティックな世界にのみ多忙だった頃の昭平にとって、退職後の老いた世界は多分に死者、亡者の世界に見えていた。が、それはとんでもない思い上がりだった。昭平の前半生はむしろ失われた六十年というほかないのかも知れなかった。むしろ生だけの世界こそ死んでいるのと同然だった。退職後は結局は、懐疑と自己弁明に終始した生活を、信頼と祈りをめざして脱却することが生きがいとなるのだろうかと漠然と思った。

半月ぶりに会社に顔を出した昭平は、案外に元気そうな三浦を見てほっとした。だが、矢沢が白血病で倒れ一か月近くも前から入院していることを当の三浦から知らされ驚いた。矢沢は被爆二世だったのだ。両親が広島の被爆者だったこと、本人は全く被爆していなくても発病する例があることを三浦から聞かされて、帰りに大学病院へ向かった。言われてみれば、思い当たることも少なくなかった。核の問題に敏感な反応をみせたことや、子供を作らないと言い張っていたことなど。

矢沢は新装なったばかりの大学病院の三階に入っていた。面会謝絶が解かれたばかりで、昭平がドアを開けると、付き添いの奥さんが気づいてベッドの矢沢に声をかけた。テレビを見ていた矢沢は、ひげ面の青白い顔をこちらに向けて目だけで笑うように迎えた。

「思ったより元気そうじゃないか」

「そうでしょ。もういいんです。パリへ行かれたとか。いつ帰ったのです」

「おとついだ」

「無事に帰れてよかった」

「子供じゃあるまいし」

「いや、一人旅の海外はいろいろ失敗や苦労があったでしょ。ぼくはこの通り、身動きがとれませんよ」

輸血や薬液の管が何本も差し込まれた手足を矢沢は見せた。

「極度の貧血ですよ。慢性骨髄性白血病ということですが、急性に転化する前に入院したので、奇跡的な回復ぶりで大したことはないようです。かえって、この程度なら大丈夫というお墨付き、自信を与えられたようなものです」

「強がりばかり言うんですよ。叱ってください」

目元の涼しい奥さんが傍らから言った。

「これまでかなり白血病のことも調べてましたからね。腕をちょっと打っただけで皮下出血することが一時あって。でももう大丈夫です。原爆なんかに負けませんよ」

起き上がろうとする矢沢を制してベッドの脇の椅子に腰を下ろした昭平は、部員にも配ったパリ土産のポスターを鞄から取り出した。

「おみやげ。ムーラン・ルージュの踊り子や」

「ああ、ロートレックですね」

「早くよくなって、君も奥さんと行ってこいよ」

「ありがとうございます」

「君が被爆二世だということは、全く知らなかったよ」

「いや、教師だった親父も原爆症で死にましたが、被爆体験を語りたがりませんでしたし、決して憎しみを口にしませんでしたから」

「それほど心の傷が深いということだったのだろうけど、憎しみの連鎖を恐れてのことだろう」

「そういう気持ちもあったでしょうが、人災より天災という受け取り方をしていたようです。言いかえると、人類が死に絶えても何か不滅なものが残るという例の東洋的な感性」

昭平は唸った。

「うーん。そういうことか。人間も広大な自然宇宙のなかでは塵にしかすぎないということか。『国破レテ山河アリ』ということでもあるんじゃないか」

「ああ、そういうことですかね。親爺はこう言ってました。被爆以前の何か月かの空襲下、敵という人間よりも夥しい物量と戦っているという意識の方が遥かに強かったと」

「なるほど、そういえばぼくもそうだった。空爆のせいか人間と戦っている気は殆どなかったな。原爆も天災、運命として受け止め、許し合うということか。ケンカ両成敗か」

「罪なき者がこの女を打て」か。再び昭平は考え込まされていた。原爆は人類の罪に対する神罰というキリスト教原理主義者の見方もある。だが俺はそれには同感しえない。怒りさえ覚える。「裁くな。裁かれないために」という聖句もあったはずだ。イエスが彼らと違うのは、つねに人間や弱者と共にいたというところではないか。しかし、だからといって開戦や原爆投下の責任があいまいに見過ごされてはならない。戦争を真に愚直に見つめ直すこと。


「君、幾つになった」

「四十二歳です」

「若いな、これからなんだから、全く羨ましいよ」

「以前、子供を作らないなんて原爆症を気にして言ったことがありますが、ここに来て考えが変わりました。いやチェルノヴィリの悲惨な事故以来、逆に負けていられるかという気に変わってきて、子供を作りたくなりました。なあ康代」

そう言って矢沢は、照れる奥さんを振り返った。

「霧原さん、ところでほんとに会社やめるんですか」

「えっ、何だって、会社やめるのかって。そうだよ。もう六十一だよ。後進に道を開けなくては。長居したもんだ。全く我ながら呆れるよ。入社した頃はいつもやめる気でいたのだから、良かれ悪しかれ、大きな物語の時代は終わった気がする」

「やめて何をするんです。寿命八十としても先は長いですよ」

「そうだな。戦前と戦後を意味のあるものとして前向きにどうつなぐか。それが俺たちの責任だろうが、とても難しい。ただ転んでもただでは起きないという気構えでないと。それに自分の魂の託しどころを見出すこと」

昭平は矢沢に質問されて自分が何をしたいのか、口をついて出た言葉に教えられた。

「転んでもただでは起きないって、どういうことです」

「だから滅びの後始末はきちんとするということ。敗けても恥の上塗りをしないこと。だけど難しいなあ。再起するにしても国家の理念や在り方は歴史の中で主体的に練り上げられるもので、十年や五十年、ひたすら考えたところで捻り出せるようなものじゃないからなあ」

微笑む矢沢の握った手は熱かった。

昭平が退職して一か月ほどして、三浦が胃ガンで亡くなったことを矢沢が知らせてきた。

六

退職後半年ばかり、昭平は県下の野山を歩きながら、年金生活者の仕事としてＮＧＯ関係やミニコミ新聞の出版などを考えたが、いずれも年齢や能力面で限界があった。そのうちに退社の際、県版でよいから近江の文学散歩の連載を書かせてほしいと頼んでいた話が実現することになった。本格的に取材を始めながら自分がなぜ近江に魅かれているのか問い続けた。ただ父祖の地だからという訳ではなかった。疎開したての頃、節子と食糧を分けて貰いに行った仁一郎の故郷の村の住職から「あなたの家の先祖は帰農武士で昔よそからここに数人の仲間と移って来たようだ」と聞いたことがあった。その証か、家に大小二本の刀が伝えられ、戦後のGHQの〝刀狩り〟で短刀だけ節子が残していたが、昔武士だからどうという程のこともなかった。

ある日、こういうことがあった。JR琵琶湖線の車中で東京の女子高生らしい三人連れが琵琶湖を見て「あら、日本海よ」と騒いでいるのを目撃して、以前から滋賀の知名度の低さに疑問を持ってきた昭平は、そのお蔭で、日本のど真ん中、畿内の周縁に位置して「瀬田橋を制する者は天下を制する」と言われてきた近江の歴史の光と影の多様さを知った。そして勤労動員による干拓作業で、フロイスらが足跡を残した安土城跡、天正少年使節らが学んだセミナリオ跡に親しむことができた幸運に感謝した。また芭蕉が「わが故里」として膳所の幻住庵に住み、僅か十七文字に存在を詠み上げた〝隠しの技法〟に敬意を新たにした。

五月雨に隠れぬものや瀬田の橋
隠れけり師走の海のかいつぶり

縄文時代の遺跡も関西にはないとさえ言われていたが、県下で相当な遺跡、それに大きな乳房が特徴的な土偶がぞくぞくと発掘されて、その年代は一万年前を軽く超えそうな様相を見せていた。それは内湖をつぶして食糧増産する干拓作業時に抱いた技術文明への懐疑を甦らせた。近代小説を散歩の舞台とした連載を二年続けたあと、それが機縁で昭平は地元の短大へ非常勤講師として勤めることになった。

九五年の元旦は平穏にすぎた。昭平夫婦の二女でまだ独身の幸子は二日に西宮のアパートへ帰った。

十七日の夜明け、昭平は揺れを二階のベッドの中で感じて目醒めた。六時前だった。揺れは次第に激しくなり、ベッドごと振り回されるような勢いで、棚の小物がばらばらと落ち始めた。リモコンでテレビをつけた。震源地は淡路島と出たが、神戸震度6、京都、彦根が5と出るまでかなり時間を要した。震度6と言えば大変な被害が出ているはずだったが情報は少なく、昭平はアナウンサーの落ち着いた表情に苛立った。ようやく阪神高速道路が倒壊し、神戸市街の五、六か所から火の手が上がっていると報じられたが、夜が明けるまでが長く、明けても情報は少なく不気味さだけが広がって行った。

十時近くなって突然電話が鳴った。幸子が住むアパートの向かいの女性からだった。

「幸子さんは無事ですから」

相手はいきなり言った。西宮も大きな被害を受けていたのだ。アパートが倒壊し二人亡くなったが、幸子は助け出されたらしい。あわただしく電話は切れた。昭平は空を仰いで思わず感謝した。

時間がたつにつれて辛うじて繋がっていた電話は全く通じなくなった。大阪以西の交通は途絶し、幸子の救援に駆けつけようにもテレビを見ているしか当面、策がない。神戸の火災は断水と道路渋滞で消防活動がはかどらず死傷者の数と共に被害は拡大するばかりだった。

三時間ほどしか眠っていなかった昭平は翌日のために早目に床についたが、早朝の激震が体に染み込んでいて、神戸、淡路から西宮を巻き込み、京阪から琵琶湖南部まで巨大な断層帯を伝って忍び寄せてくるまさに〝大鯰〟の尾の幻影や、大きく裂開した赤黒い喉笛の心像が頭から離れず寝つけなかった。

翌朝とにかく行ける所まで行こうと準備しているところへ幸子から電話が入って、昭平がかつて住んでいた地域に近いD小学校に避難していることが分かった。隣人のケータイを借りたらしく、すぐ切れたが怪我もしていないようだった。

ヘルメットにリュック、両手にボストンバックというい で立ちで、渓子も一緒に梅田まで何とか辿りついた。私鉄のホームは救援の人で溢れ返っていた。現場が近づくにつれ、軒なみに倒壊した家屋、ビルがふえてきた。乗換駅からの支線はストップしたままで、歩かねばならなかった。現役時代の通勤でなじみの駅が線路沿いに見えてくると、線路と道路をまたいで駅の手前にかかっていた新幹線の高架が道路を越えた所で折れて一部が崩落していた。昭平が自転車通勤の途次、打ちっ放しの荒いコンクリートの橋脚上を突っ走る文明の利器に、よく不安を抱かされた、まさにその個所だった。いつも自転車を置いている高架下の駐輪場までほんの僅かしか離れていなかった。地震発生が今少し遅くて始発列車が出ていたら恐しい大惨事になっていたろう。商店街に入ると、傾き倒れた店舗や看板、電柱に行く手を阻まれ、迂回しなければ進めない。その上地面はめくれ、水道管が破裂して水浸しになった住宅街の道路は瓦礫だらけだった。昭平は歩くうちに一種の高揚感で熱《いき》り立っていた。敗戦直後の東京の被災地を歩いた記憶を呼び起こされながら。これは戦後の繁栄に抱いてきた昭平の違和感が証明されたような人災だと。朝鮮戦争の特需に始まる高度経済成長、列島改造、土地開発、箱ものラッシュに明け暮れて環境を破壊してきたツケが、バブル崩壊に遅れてついに回ってきたとしか思えなかった。

幸子の老朽二階建木造アパートの一階部分は見事にひしゃげて、上階が一階になっていた。端の部屋は削ぎ落とされて二階の洗面所とトイレが断面模型のようにむき出しになっていた。

その朝、そこで出勤準備をしていた人の姿が浮かんだ。中程の幸子の二間の表側の部屋は天井にも床にも大穴があき、階下が覗いていた。階下のOLが犠牲になったらしく、潰れた柱に「娘がお世話になりました」と駆けつけた父親の筆らしい小さな貼紙が無残だった。アパートの隣りの全壊した民家の前では、数人の男性が集まってまだ生き埋めになっている人の救助策を練っていた。小学校の体育館は避難民で溢れ、床は布団や毛布で足の踏み場もなかった。幸子の顔が奥の方の人々の陰に見えた。助け出してもらった人に礼をし、幸子を連れて帰ることにした。地震発生時、幸子は熟睡していて本棚が倒れかかるまであれ程の揺れもさほど感じなかったらしく、殆ど恐怖を口にしなかった。怪我もなかったが、出入口の戸が開かなくなって近所の人に助け出されたのだった。しかし幸子は終始、上気した顔に上の空のようなちぐはぐな表情を浮かべたままで、その表情は長く続いた。

私鉄の乗換駅まで再び歩いて戻った。一帯は断水、停電、ガスも止まっていた。呆然たる表情で多くの人々が歩いていた。水を入れた金魚鉢を捧げるようにして歩いている人がいる。立ちつくしている人と、救援に駆けつけたボランティアの若者たちとで、駅の構内はごった返していた。彼らだけが頼もしく見えた。死者はすでに二千人と報じられていた。

それから数十日、虚構の時代の終焉と感じられた敗戦時に似た悲痛でかつ覚醒的な高揚感が昭平のみならず関西を中心に列島を覆ったかに見えた。実際、倒壊したマンションの住人だった昭平の先輩の元記者が復興運動のリーダーとしてテレビに現れ、以前と見違えるような熱弁を振るったりした。須磨に住んでいた矢沢恒一の家も一部損傷を受けたが、前年に授かった長男を含めて一家無事だったと知った。幸子も目覚めたようにようやく独身生活におさらばして新しいスタートを切る準備に入った。

だが震災による混乱が落ち着く間もなく、若者を中心とするオウム真理教団による東京地下鉄のサリン事件が起こり世の中を震撼させた。

S川沿いの女子短大の三階教室からは、日ごとに表情を変えながら光る群青の湖面がよく見えた。だが「近頃の大学は……」と耳にしていたこととはいえ、授業中の学生の私語のひどさに昭平は唖然として言葉を失った。初めのうちこそ昭平は繰り返し注意したものの諦めて観念してからは、しばしば夏蟬の鳴き声にも負けぬ騒然たるお喋りの波間で溺れかけている自分を見出して呆然とした。耳を澄ますと、自分の言葉を聞いているのは自分だけのようで皮肉だった。それは銭湯の湯舟のふちで大人たちのお喋りに耳を傾けて他人の言葉を学んでいた少年とは大きな隔たりだった。学生課は名簿順に学生の座席を決めて仲のよい者同士が固まって私語したり代返するのを防ごうとしたが、昭平はそうした拘束が気に入らず無視した。授業中に私語しても、私語が他人の迷惑にならない程度ならいいのではという筈が当たり前のように返ってきたのには、驚かされた。彼女らには騒音が気になっていないらしいのだ。授業を聞かなくてもいい、せめて自分たちの学生時代のように眠っていてほしいものだと思われた。

非常勤講師としての昭平の担当は時事問題だった。しかし日米戦争があったことや、その勝敗さえ知らない学生が結構いて絶句させられた。小中高の教育はどうなっているのか、深く考え込まざるをえない事態だった。

学生たちに何か伝えたいことがあるように思えて引き受けた講師だったが、いざとなると、これだけは伝えておかねばということがなかなか見つからず、何か大事なことがあるはずだから、それを君たちが自分で探してほしいとしか言えない情なさに、昭平は言葉を失っていた。

受講する学生のなかにはいつも数人の中国人や韓国人の留学生がいて、彼女らは熱心に昭平の話を聞いていた。日本語は結構上手だったが孤立しがちだった。私語する連中を黙らせるような面白い授業や話ができればそれに越したことはなかったが、それもいつもという訳にはいかず、聞いてくれる留学生や数人の日本人学生を相手に授業を進めるしかなかった。ある日、昭平は話した。

「あまりこういう話はしたくないのだが、君たちは何をそんなに楽しそうにいつも喋っているのかな。留学生に恥しくないのか。恥しくないのは、留学生は仲間だと思ってないからではないか。けれども考えてみたまえ。いつも同じ身内、同じ人とだけ話をしても得るところはあまりないのじゃないか。君たちが暮らしているこの社会は鏡の間のような世間なんだ。君たちが話している相手は君自身でしかないような鏡像なんだ。『御議論』というような敬語偏重の議論ばかりしていたのではだめなんだ。外の世界を知るばかりでなく、自分を知るためにも、顔を外へ向けなくては」

初めの数分こそ鳴りをひそめてこちらを向いた学生たちは、間なしに自分たちの世間に戻っていた。昭平が押し黙っていると、ようやく「何が起こったのだろう」という顔を向けた。

「ぼくたち日本人は『和』というものが昔から好きですよね。ぼくたちのお喋りはお互いに好感を害さないようにすること、それだけが最大の目的で、自分たちと違う者と仲よくせずに、似た者同士だけで仲よくするのでは争いは起こっても平和は来ない。

戦争は二度とするべきでない。だが争いをあまりに避けてきたために、戦後の日本人は非常に萎縮してしまった。しかしどうしても受けて立たざるをえなくなることもある。その時には、たとえまた負けても、たとえ敗北主義と言われても、謝らなくてもよい負け方、真理に基づく信念のある負け方があるはずだし、たとえ負けても世界がむしろ尊敬するような生き方をすべきではないか。そのためにも日頃から闘いの心を培っておくことが大事ではないでしょうか」

「負けるが勝ち」という訳でもなかったが、何とか伝えたいことが話せたと思えたのはその年も最終回になっての授業だった。

結局、昭平は毎年半期だけだったが、講師を務めた七年を通じて、レポートだけで採点し、試験は一度もやらなかったことに気がついた。時事知識を覚えるだけでは何もならないと考えたからだが、カンニングを監視したくなかったからではないかと思った。

学生たちを監視している自分を想像した時、自分を停学にした教師たちの顔が浮かんだ。罰せられる生徒がどんな思いで一生を過ごすことになるのか、彼らは考えていたのだろうか。もっと佐伯や教師たちを憎むべきではなかったのか。自分が悪いと、すべてを自分で引き受けようとしすぎてきたのではないか。そうではない。佐伯を憎むことは、不正行為を見つけられたお陰で自分という存在を知ることができたと認めることになるからだ。だからといって佐伯に礼を言う訳にもゆかなかった。昭平が知らない自分を佐伯に見られていたという屈辱は、父の仁一郎の遺体が女医によって処置される時に感じた苦痛に通じていると昭平は今になって気づいた。

いわゆる九・一一同時多発テロが起きたのは、その前年の九月だった。その日、昭平は大阪で矢沢恒一と久しぶりに会って、矢沢二世、祈《いのる》君の小学校入学を祝って乾杯し、よもやま話をして帰宅した直後だった。テレビをつけると、ツインタワービルに迫った旅客機がいきなりビルに突っ込んで、映画のロケか何かと目を疑わせた。その全容が分かるにつれ、人間の幻想がついに現実を追い越してしまったと思わずにはいられなかった。

矢沢は朝夕新聞社のサービス部門に移っていたが、広島の被爆関係者として、理学部出身らしく個人的に原発問題に関心を深めていた。その二年前に起こった、いわゆる東海村臨界事故が想定できた事故だったとして、利潤を追求するあまりのコスト節減や人材不足から安全性が軽視されている危険を力説した。その言葉の端々には四十五歳にしてもうけた長男の将来を案じている様子が滲み出ていた。そんなこともあって昭平は、原子力というパンドラの箱を開けてしまった人類は、滅亡に至ることは避けられないのではないかと考えながら帰って来たところだったのだ。

「先制攻撃的防御」という名の「目には目を」の復讐劇はやがてアフガニスタン、イラクの戦争へと連動して行った。

七

昭平は三年前に終わった新聞連載、近江の文学散歩の原稿に手を加えて上梓したその本を高木真太郎に送ったところ、夫人から思いがけない電話がかかってきた。掛け持ちで講師をしていた高木は、半年ほど前、勤務先を横浜の大学一本にしていたが、その大学の階段で脳出血で倒れ、緊急入院して手術を受けたものの昏睡状態のまま、五か月も意識が戻っていないというのだ。昭平が最後に会ったのも関西への出講をやめることになった半年ほど前で、それから間もなく倒れたことになる。会ったのは京都駅前のバーだった。医者から血圧が高いので酒と煙草を控えるように言われているが、「焼酎のお湯割りなら大丈夫」と言って譲らず昭平の眉を曇らせた。空気感染を恐れて面会謝絶ということだが会えないこともないと分かった。それでも話ができそうにないという状況だけに重くなりがちな足を励まして翌週横浜へ向かった。

空気感染を警戒しているという割りには、ドアは開け放されていた。高木は青い顔に目を大きく見開いたまま、点滴や酸素など何本もの管に縛られて上体を起こした姿勢でベッドに横たわっていた。そよとも波立たぬ湖面のような瞳は底深く澄んで、覗き込んだ昭平を映すだけだった。

「高木さん」「高木先生」「高木君」と声をかけ、最後に「真ちゃん」と声を張り上げ腕をとって揺すったが反応はなかった。

「霧原さんが来て下さったのよ」

夫人が口を添えてくれたが、身じろぎもしない。

「主治医は再手術を考えているようですけど、何かあてにできない感じで……」と病院に不信の念を募らせている様子の夫人の話を聞きながら、ふと気づくと、高木の見開いた目の縁に一粒の玉の滴が滲み出していて、やがて崩れて頬をゆっくり伝い落ちた。昭平の目配せに夫人は落ち着いて答えた。

「分かっているらしいんですよ」

昭平は驚き感動して、湖底に閉じ込められた友を想った。遠い呼び声に声も出せずにいるのか。一筋の滴は助けを求めているように見えた。

帰りの新幹線の車中、このままでは帰れないと昭平は思った。最後に出会ったときの別れしな、白い雨が斜めに降りしきるなかで傘をさした高木が気を付けの姿勢で言った。

「早く受洗してください」

余計なお世話だと思いながら昭平も言った。

「あなたこそお酒をセーブしてください」

病院の玄関まで昭平を送って出た夫人は「『サヨナラだけが人生だ』ってどういうことなんでしょう」と訊いた。

「なぜまたそんなことを」

「高木が以前からよく口にしていたものですから」

「そんなことを……」

昭平はそんな弱音とも取れる言葉を、高木から聞いたことがなかった。ちょうど通りかかった車内販売員から珍しく缶ビールを二本買って栓を開けた。

昔、節子から聞いた話に母の姉と高木の父との間に縁談があったことを思い出して不思議な気分だった。伯母が高木の父と結婚していたら高木と従兄弟になっていたはずだ。いや、それどころではない。節子と昭平の父の仁一郎が結婚する機縁になったのは、伯父と仁一郎が同郷の友人だったからで、伯母が高木の父と結ばれていたら昭平自身が存在しなかったことになる。そうした無限の網の目の成り行きを考えると、いつもながら今在るということが奇跡に近い貴重なものに思えてくるのだった。それに高木の「サヨナラだけが人生だ」を並べてみると、そんな稀有な存在というものが、いずれこの世から姿を消して初めから存在しなかったもののように永遠に忘れられてしまう事実を指摘しているように思え、悲しみが一層募った。

米原駅の長い陸橋を渡り階段を降りて乗換通路を行くと、O鉄道の待合室が昔のままの切符売り場や長椅子で昭平を迎えた。切符は厚手のボール紙そのままだった。短い階段の先に紫野市行きの二輛連結の電車が波止場に舫《もや》われた汽船のように停まっていた。そういえばこの乗換通路は、今でこそすっきりと明るくなっていたが、子供時代には何やら暗く細長く、別世界へ入って行くような気がしたものだった。近江に日本史の裏舞台性を強く感じてきた昭平は、この通路は能で言えば橋懸りだと思った。

以前は線路をまたいで改札口へ出られた紫野市駅にも、暫く訪れずにいた間に立派な陸橋がついていた。改札口は冷たいスチール製になり、戦地から帰らぬ息子を毎日迎えに出ていた祖母の掌のような皺を刻んだ木柵はなくなり、文化遺産クラスの木造の駅舎そのものが撤去されていた。駅前の広場も大通りもどこの国の町かと思わせるほどよそよそしく、どこにでもあるつまらない町になっていた。中世からの古い市の町としての、また日本最初の民間飛行場が軍都になって行った歴史を記した表示も町の案内板にさえなく、鈴鹿の山なみだけが昔と変わらず遠く霞んで見えた。軍用飛行場はこの町のトラウマだったかも知れない。この分では市内も様変わりしていることだろうと切符売場に置いてあった町の案内図を見ながら、遺跡を発掘するように青春時代の地図を重ねてみた。どうやら旧市内の南部に広がっていた飛行場跡を中心に大きな変貌をとげたようだ。

とりあえず駅裏のE山に登ってみると、背後を長い丘陵に区切られた飛行場の跡地には名神高速が走り、ビルや民家が密集して白っぽく湖と見まがう色で広がっていた。公園の出口には初の民間飛行場の生みの親の記念碑がひっそりと建っていた。山の麓の広場では、昔は見世物小屋や天幕伝道などが開かれ、町で唯一の映画館もあった。その跡は駐車場に変わっていたが、映画館の切符売場の看板と窓口だけは当時のままくっきりと残されていて昭平を感激させた。町にはもう一軒戦前から芝居小屋があって、戦後は映画も上映した。その小屋は疎開先の節子の実家の隣りにあり、昭平は塀越しによく覗き見したものだった。

公園の裾を回って行くと、紫野市の本駅から出ている支線の新駅に出た。こちらは「新」という駅名とは裏腹に今にも倒壊しそうな幽霊屋敷然とした洋風木造二階建を辛うじて保っていた。学生時代、学生たちは京都へ出るのに一駅でも近いこの裏口駅を利用することが多かった。二輛連結の二台目には、通学の男女学生、生徒が固まって若々しいムードでときめいていた。戦時中はまだ蒸気機関車で、坂路にかかると燃料不足で立往生し、機関車の後押しをさせられることもあった。その頃は飛行場行の支線もこの駅から出ていたが、そのレールは草むらのなかに埋もれて見えなかった。駅の近くの路地には、高木とよく同人誌「かおす」の出来上がりを取りに行った印刷屋があった。昭平らが玄関の戸を開けると目と鼻の先の上がりかまちに置かれた机を抱えるようにして、ねじり鉢巻に部厚い眼鏡をかけた五十がらみの主人が謄写板の原紙をなめるように最小の正角活字を切っていたものだ。

陽の傾いた御代参街道を通って、町の大通りである八風街道と交わる旧市街の方へ戻った。四辻に古い石の道標があって「右　京、左　いせ」と刻まれているのが辛うじて読み取れた。紫野市は東海道、中山道、伊勢に通じる交通の要衝だった。道標のすぐ先が市場町として栄えた頃の中心地帯で、昭和の初めまで柳並木の川通りだったが、飛行場が軍用化され物資輸送のため被覆されてしまったのだ。それでも戦後の一時期、この町角は名ばかり程の小さな唯一の百貨店のある賑やかな商店街の入口で、街頭募金やキリスト教の伝道団が通行人に呼びかけていた。

昔、市《いち》は境界に立ったという。市としての商店街が歴史的に商業の境界であるばかりでなく、この世とあの世の聖なる境界でもあれば、権力支配の及ばない自由な領域でもあったのだ。昭平は文学散歩で安土の町を歩いている時、神社の立札に「信長で知られる自由市は紫野市の市に学んだ」と記されているのを見て首肯できるものを感じた。岩野泡鳴は明治三十年代、大津に在住した頃、当地を訪れて「市の日は警察も取り締まりを大目に見、人力車は荷車が来ると道を開けた」と小品に書いている。

戦後も暫く続いたその賑わいも今はさびれ切って、殆どの店がシャッターを下ろしたままだった。柳並木の川がまだ健在だった頃、買って貰ったばかりの赤い鼻緒の下駄を川に流してしまい泣いて追いかけたと溪子が話していたのを思い出しながら感慨にふけっていると、いきなり背後から声をかける者があった。

「霧原君じゃないですか。村野孝介でんがな。覚えてはらしませんか」

ハンチングをかぶり、唇が厚く鼻の高いあから顔の男が、自転車を引いて立っていた。荷台には宣伝ビラの束のようなものをのせている。

「村野君ですね。覚えていますとも」

学生時代、昭平と溪子がのったボートに石を投げ込んだ男だ。能楽師の息子で結構茶目っ気もあった。村野は溪子に気があったのではと今頃になって気づいた。

「何年ぶりやろ。ぼんやり立っていやはるんでびっくりしましたがな。何のご用で」

「いや、ちょっと私用で」

「ひまがあったら、これをぜひ見に来てください。今夜やりますのや」

そう言って村野は荷台からビラを一枚抜き出した。ビラには「能楽の夕べ」とあり、大森座特設会場と記されていた。

「久しぶりやし、ちょいとお茶でも」

村野はさびれた商店街の一角の喫茶店に誘った。店は開いていたが、誰も出てこない。「一杯コーヒー飲ましてんか」

ようやくかみさんらしい女が顔を覗かせた。

「早速やけど、能楽の世阿弥ご存知でっしゃろ。その世阿弥が語り残した『申楽談儀』に近江猿楽について有名な文章がありますのや」と村野が語ったところによると、近江には上三座、下三座があって、下三座の一つに「大もり」という記述があり、それは旧飛行場の東南端にあたる近郊の大森という所に違いないと考え、その大森座を復興するため活動しているのだった。

「まだ決まった能楽堂があるわけでもおまへん。それでちょっと変わった所でやりますのや。寄金集めの前触れをかねてやけど、楽しみにお出でを……」

うさん臭いところもあったが、村野の夢に昭平は共感を覚えた。

「近江には埋もれたものが多いでしょ。頑張ってください」

答えながら昭平は村野の言う『申楽談儀』の大森座の話は高木から聞いたことがあるのを思い出した。

「高木君を知っているでしょ。彼が脳出血で倒れましてね。いま横浜の病院で昏睡状態なのです」

「知ってますとも。そりゃ、お気の毒に」

村野は「知ってますとも」という言葉に妙に力を入れて言った。

「三年ぐらい前でしたかな。このあたりで何十年かぶりに会いましてね。一度霧原さんも呼んで一杯やりましょうと話したんですよ。これから道具方や座員を迎えに行ってやらねばならんので、これで失礼を」

村野はコーヒー代を払い、暗くなった町中へ自転車を駆って消えて行った。

空にはまだ明るみが残っているが、地はもう真っ暗だった。昭平が元住んでいた裏長屋の近くの神社の脇を抜ける。フクロウの声がし、ムササビが黒い翼をマントのように広げて飛び交っていた鬱蒼とした樹間はすっかり透けて星が覗いていた。町の図書館の前に出た。まだ開いているらしく灯りがついていた。「サヨナラだけが人生だ」というのが高木の口癖だったという夫人の言葉は昭平には意外で衝撃的だった。元は晩唐の詩人于武陵《うぶりよう》の「酒を勧む」という詩の一節で井伏鱒二の名訳で知られていた。受け取りようによってだが、寂しすぎる名句だった。学生時代、べろべろになったシャツ姿で高木が昭平の下宿に転がり込んできたことが一度ならずあった。あの頃から高木が本物の苦悩を抱えていたとすれば、自分は何という不明の友だったか。昭平は思い立って小さな図書館に飛び込んだ。同人誌の「かおす」が見られるかも知れない。

「あと二十分ほどで閉館ですけど」

若い女性の係員がそれでも書庫へ見に行ってくれた。五分ほどして薄いガリ版刷の冊子が四冊運ばれて来た。懐しさもそこそこに押し戴いて早速開いた。主宰者的立場だった高木はペンネームを幾つも使って各号を編集していた。創刊号に掲載されたエッヤー風の評論は戦後派の実存主義作家Sの前期作品を対象として、観念的だったSが人間の肉体存在の現実にめざめて新たな世界を描き始めたと歓迎していた。しかし高木自身は死にたくても死ねない、意思と生理の食い違いに苦しみ、何か書きかけても馬鹿らしくなってやめると早熟ぶりを示していた。

〈なぜ自分は生きているのか。どうしたら生きて行けるのか〉

高木はあの頃から問い詰めていたのだ。別なエッセーにはこうあった。


青空の向ふに何があると思ふとおそろしい。だが「あゝ美しい空よ」「星よ」と言へるから人間が生きてゐられるんだとも思ふ。


十年ほど前、昭平が自分の狂気体験について語るのを、高木はそういう感覚は分からないと言って白ばくれていた。何を今頃ということだったのかも知れない。そう言えば、その後間もなく受洗したSの作品が「つまらなくなった」と言っていたことも思い出した。それらの言葉の端々にマテリアリストとして必死に生き、著作やイベントに気を紛らしながら活動家たらんとした高木の後年の姿が浮かび上ってきた。高木の容態が気になって電話を借りた。看護師の詰所につながったが、先方の応答する声だけが聞こえて、こちらの声は通じてないようだった。まるで昭平自身が意識のない高木だった。いや、どちらが現実だろうか。

創刊号を見ただけで昭平は図書館を閉め出された。図書館は昔の小学校の跡地に建てられていて、その先の大きなごみ捨場のあたりは旧飛行場の外郭にあたっていた。戦後、飛行場が市営団地に変貌しつつあった頃は、まだ新紫野市駅から飛行場へ出ていた支線の途中駅のホームの土台だけが残っていた。ごみ捨場のあたりは昔は墓地で、飛行場整備の時に移転され、節子が自分たちも子供のとき作業に駆り出されたと話していたことがある。だが今やそんな茫漠たる風景は一切なく、新しい幅広の舗装道路がここからは再開発地区だと言うように貫き、夜目にも白く八階建の住宅団地が何棟も並んでいる。

昭平は団地のなかの小公園でベンチに腰を下ろして一息入れた。背後の草むらで小川でもあるのか水音がし、風が出てきていた。滑り台やジャングルジムの影の向こうでブランコが月明かりに揺れ、蛍が一匹淡い光を放って飛んでいた。溪子とデートした頃、まだこのあたりは飛行場の跡地だった。

「飛行機が飛び立つたびに滑走路の脇のレンゲ畠や菜の花が一斉に靡いて、きれいやったわ」

そう話す溪子の胸のあたりが息づくように緑色に光り輝いた。蛍がポケットに飛び込んだのだ。そんな勲章をつけた溪子を小脇に抱くようにして、指先に触れる乳房の実り豊かな重みに感動しながら、長い滑走路を歩いて帰ったものだった。あの時のように、昭平は戦場から帰還しない若者たちの無念を想いやった昔をまた招き寄せた。

一陣の風にのって紙切れが飛んできて足にからみついた。手にとってみると、あの「能楽の夕べ」のビラだった。村野の奴、えらいことを考え出したものだと思ううち、ふと疑念が湧いてきた。半年ほど前、中学時代の同窓会の会報が送られてきたことがあった。それには先頃開催された同窓会の模様が報告されていて、出席者の中に村野の名前も載っていた。ところが最終ページの「他界した人」の欄をふと見ると、そこにも村野の名があったのだ。さすがに気になって会報の編集責任者に葉書を出して注意を喚起したのだが、何の回答もないままに、昭平もそのことを忘れてしまっていた。うっかりミスで死亡者欄に村野の名前が紛れ込んだのだ。

ベンチから立ち上がり、手洗所の建物の横を通って行くと、建物の一隅に地下へ降りる階段があって、入口に「公園口駅」と小さな表示が出ていた。その妖しい灯光に誘われてコンクリートの暗い階段を降りて行くと、階段は三度折れ曲がって坂路に続き、やがて前方に煌々たる照明が見え、市松模様のタイルのフロアに出た。

ところどころまだ未完成で工事用の道具や資材が置かれっ放しになっていたが、ホームは完全に出来上がっていた。ホームの両側はドアつきの壁面になっていて、モノレールなどによく見られる二重扉の仕様だった。

地下鉄であることにほぼ間違いなかった。切符売場がないのはワンマンカーのせいだろう。切符は車内でということか。利用客もまだ少ないのだ。それにしてももう開業しているのだろうか。電車は来るのだろうか。戦時中に軍が地下壕を兼ねて地下鉄道を計画していたという話を聞いたことがある。思い出して、駅でもらってきた市内案内図を見ると、該当地域にそれらしい二重の長い点線が描かれていた。これがそうだろうか。地図から目を上げると、いつの間にか壁面の向こう側に電車が入っていて、二重扉が音もなく開き、釣り込まれるように昭平が乗り込むと、電車はゆるやかに音もなく滑り出した。

殆ど揺れを感じさせないほどの高速で、トンネルの外壁の照明が次々に飛び去って行く。車輛は新品だが、かなり遠方からやってきたという感じの澱んだ車内の空気が、誰も乗っていないのになぜか人いきれと陰気さを漂わせていた。つい今しがたまで乗っていた客たちがみな降りて行ってしまったというような、宴の後に似た気配だ。車内にとくに変わったところはなかった。強いて言えば、座席は向かい合わせの長椅子の旧式な構造だが、柔らかなビロードのシートは一人分ずつ仕切られていて、それがかえって不在の乗客を強調しているようだ。そんな座席を見ていると、今もそこにいるかのように、一人一人の顔が浮かんできそうだった。後部の座席の一つに昭平は腰を下ろした。やがて車窓に紅い血煙のような空と低いなだらかな丘陵の黒影、ちらちら光る灯火が見えた。すでに地下を抜けて飛行場跡の広野を走っているのだろう。

布引丘陵の山影が見え、窓から白い霧が吹き込んで来た。

嵐吹く雲のはたてのぬきをうすみ　村きえ渡る布引の山

鴨長明にそんな歌があった。雲が横糸のように薄くかかっているような布引の山だというのだろう。「雲のはたて」とは昭平の好きな言葉だった。吹き込んでくる霧がそんなことを想わせた。布引山の影と重なって車内の様子が窓ガラスにセピア色に映っている。長い車輌の先まで目を移して行くと、前方の運転室の背後の長椅子風の席に仰向けにぐったりと倒れ込んで眠っている旧制高校のマントを着た男の影が、まるで並行して走る列車の乗客の影のように映っていた。高木ではないのか。似ている。昭平は直感して立ち上がって行った。

「もしもし、高木さんじゃないですか。高木さん、高木先生、真ちゃん」

躰を揺すっての呼びかけに男はもぞもぞと起き上がり、見定めるように昭平をじっと見た。

「ええと、霧原さん？」

「やっぱり。えらく酔っ払っていますね」

「酔ってなんかいませんよ。だけどここはどこ」

「あなたの故郷の蒲生野ですよ。紫野市の飛行場の跡といったらいいか。ご覧なさい。ほら布引山が見えるでしょ」

「本当ですか。どこに」

「嘘なんかじゃありません。ほら、あの小山は石川淳の『狂風記』に出てくる市辺皇子の塚の跡ですよ」

「あの白く光っているのは？」

「あれは多分ムラサキの花が光っているのでしょう。あのあたりは有名な『あかねさす』の万葉相聞歌の記念公園があるあたりですから」

「なるほど」

「以前、あなたの家へ伺った時、ベランダでムラサキを栽培していましたね。種を送って頂いたけどうまく育たなかった」

「あれは難しい植物ですね」

どうやら電車は次第に浮上して宙空にあるかのように車窓の夜景は下方に移り、湖を縁取る灯火の列が光のリングとなって輝いていた。

「湖上に出たようですね」

「ああ、きれいですね。星が」

「あれは街の灯でしょ」

「ぼくは高市黒人の歌が好きでね。『いづくにか船泊《は》てすらむ安礼《あれ》の崎漕ぎ廻《た》み行きし棚なし小舟』」

「どこか『琵琶湖周航の歌』を思わせますね。『我はうみの子さすらいの』の。けど寂しい歌ですね」

「そうですね」

いつもの高木らしくなかった。

「よくぼくらも湖岸でキャンプしましたね」

「そうそう、女の子たちと一緒に。あの時『羅漢さん回し』という遊びをしたでしょ。あれはジャック・ラカンが作った遊びらしいですよ」

昭平が笑いながら言った。

「えっ、精神分析のあの……」

「そう言いたいほど、あの遊び、ラカンの言説と通うところがあって面白い」

「どんな遊びでしたっけ」

男女が輪になって「羅漢さんが揃たら回そうじゃないか。よいやさのよいやさ」と一斉に唱えながら予め目配せで決めておいた親が次々にするジェスチュアに合わせてみんながまねる。鬼は輪の真ん中にいて、誰が親か、つまり発信者を当てる遊び。「五百羅漢」で知られる仏弟子の羅漢の様々な格好にちなむこの遊戯は、初めは一斉に隣の者のまねをしながら早く回して行くうちに間違えた者が輪からはずれるというルールだったらしい。

昭平はそんな風に説明した。

「何となく遊戯化された言葉のゲーム、意味のないジェスチュアによるコンタクトの連鎖っていう感じ……」

「ああ、思い出しましたよ。『よいやさのよいやさ』って」

高木はひょっととこのように頬を膨らませながら言葉を継いだ。

「その言い方ではその後ラカンをかなり勉強しましたね。ぼくはラカンをよく知らないけど」

「そう言えば、ヒントをもらいましたね。ところで、あなたは『サヨナラだけが人生だ』とずっと思ってきたのですか」

「誰がそんなことを。それがどうかしたのですか。ぼくは昔からマテリアリストですから」

「そうですね。でも残念ですね。そう言い切られてしまうと。悟られてしまうと。一度しか生きられない人生ですから、夢は捨てたくないのですよ。どうか、また会いましょうと言って下さい」

「『サヨナラだけ』だからといって、この今をいい加減に生きているつもりはないですよ。むしろだからこそ。でも始まったものは終わらなければならない。それが歴史です」

「そうですね。だからこそ、この世で会えたことをむしろ喜び感謝できないものか。とはいえ、それで満足できないのです。存在の根っ子に『もの』を求めているんです。存在の核のようなものを。言葉を知る以前の『もの』の名残を、言葉と現実の境の無限の彼方に、あの世まで追いかけて。夢を見るのもその名残でしょう」

「そら、あなただって死んだ人や死のことばかり考えているのじゃないですか」

昭平は以前にも高木から逆に自分の無常観を指摘され、批判されたことがあった。

「それで思い出しました。村野君を知ってるでしょ。紫野中学時代の能楽師の息子。彼に先ほど会いましてね。何だか〝能楽の夕べ〟をやるからと張り切ってました、この先で。一緒に行ってみませんか」

そのとき電車は乱気流にでも巻き込まれたように大きくダウン、やがて湖上を一周してスピードをゆるめ、車輪の響きまでさせて、再び地上を走っていた。白いガスが晴れるかと思うと、煤煙のような煙がまじって、列車は坂道にでもかかったように喘ぎ始めていた。高木も苦しそうにしている。まるで列車と一体ででもあるかのように。

「大丈夫ですか」

昭平が気遣いながら車窓から前方を見ると、カーブにかかった車輛の先頭にはいつの間にか真っ黒なコック帽型の煙突のSLがつながれていて、坂道を牽引するどころか、進行を妨げていた。そしてやがてストップした。空が白んで来ていた。

「乗客の皆さん、降りて機関車を押してください」

車掌らしい男が外から叫んでいる。するとどこからか集まってきた人影があって、昭平もそのなかに入って機関車を押した。

「どっこいさのせ」

江州《ごうしゅう》音頭のような掛け声に合わせて機関車を押し、ゆるい坂を登りつめると平地が広がり、線路は次第に薄れて白い滑走路に変わる。気がついたときには、折り紙のだまし舟のように、昭平が摑んでいた機関車の一角は翼をはやした戦闘機「飛燕」に化けていた。

「おおもり」という道路標識が見えたあたりは布引丘陵の麓に近かった。「ご苦労さん、この辺で結構です」と声がして、集まっていた人影は散って行く。昭平が呆然として突っ立っていると、竜胆の花を束ねた青紫色の明かりが揺らぎ、男が近づいてきて言った。

「能楽の夕べにようこそ。ご案内させて頂きます」


雑木林の小道を辿ると、やがて草むらの中に大きな掩体壕が現れた。昭平らがかつて動員された、本土決戦に備えるための山中の軍用機の格納庫だった。入口の両側に篝火がたかれ、傍らに「能楽の夕べ　特設会場」と認められた看板が立てられている。

「こりゃ、あの戦時中の……」

「そうです。うまい思いつきでしょ」

壕は丘陵の山腹にうがたれた戦闘機一機分はゆったり入る横穴で、奥は吹き抜けのトンネル状、手前は中程から低い台状になっている。その高みに能舞台がしつらえられ、床面の土間が観客席として椅子が用意されていた。橋懸りや鏡の間、楽屋も幔幕やテントが張られて形は整っていた。二基の篝火は薪能の趣で、舞台の縁のフットライトと相まって幽玄な雰囲気を演出していた。

渡されたプログラムを見ると、演目は二番で、『松虫』『新羽衣』とあった。開演時間が迫ったらしく、どこからか人が集まってきて客席はほどほどに埋まっていた。別れ別れになってしまった高木がその中にいないか探し切らないうちに、能衣裳を着けた村野が舞台に現れて、大森座復興の足がかりとしてのこの初演を迎えることができたのも、ひとえに地元の協力の賜と開演の口上を述べた。さらに『新羽衣』について本来の『羽衣』は三保の松原が舞台だが、『新羽衣』は地元の余呉湖を舞台としてその伝説を加味した上、キリシタン能に仕立てたこと、キリシタン能は別に目新しくなく、秀吉の時代にすでに多く試みられていること、さらに「天女の舞」は世阿弥の伝書によると、近江猿楽の名人、犬王道阿弥の創始によるもので、当地の初演にふさわしい演目と自負していると紹介した。そして早速、一番手の能『松虫』が地謡、囃子の音と共に始まった。

プログラムの解説によると、『松虫』の舞台は摂津阿倍野だが、これも蒲生野に設定したとあり、男の友情を扱った夢幻能で、構成もなかなか複雑だった。素袍《すおう》の上下をつけたワキが登場して、「自分は蒲生野の市で酒を売る市人で、どこから来るのか素性の知れぬ男たちが酒宴をして帰って行くが、何者なのか尋ねてみよう」と告げる。次いでシテの男がツレ三人と登場、「白楽天は酒の功徳を讃える詩を作っている」と酒屋にけしかけられて『松虫の声を聞くと亡友のことが思い出される」と応じ、「以前、湖辺の松原を通っていたとき、松虫の声に誘われて友の一人が草むらの中へ分け行ったまま帰ってこない。その友のことが忘れられず、こうして亡霊になってきた」と答え、引き止める酒屋に回向を感謝して帰って行く。ここで中入りとなった。

能楽に全くの素人の昭平も様々な思いになぜともなく引き込まれて行った。実際、松虫の声がしているようでもあり、物売りの市人たちが草露にぬれた道をほろ酔い機嫌で連れ立って帰って行く楽しげな様子が浮かび、『源平盛衰記』に出てくる一場面さえ引き出されてきた。「草むらへ消えてしまった友」という詞には、高木が学生時代、美少年の同年齢の従弟が行方不明になって蒸発してしまったと青ざめた顔で語っていたのを思い出させた。昭平も面識のあった秀才の少年だった。帰って行く亡霊そのものが、行方が気になっていた高木のような気もしてきた。そのうち現れるだろうと思っていたのがこんなところに……。

中入り後の後段では市人の回向が夢のなかのごとくに始まった。草むらで死んだ友の霊として、三日月の面に法被《はっぴ》、半切《はんぎり》の装束をつけた後ジテが登場し、回向に感謝して「春の山辺、秋の野原でよく遊んだものでした。みんな酔って紅葉して赤くなっていた。松虫だけが淋しく友を待っている」と謡うと、昭平は学生時代の紅葉狩りやボート遊びを想起せずにはいられなかった。

「もはや紫野の鐘も明方のあさまにもなりぬべし。さらば友人名残の袖を……」

最後にこう舞い納めた亡霊は暁の鐘がどこからか聞えてくるなかで退場して行った。亡友が入り乱れて現れる様に包まれて昭平は自分が回向されている感じになり、キリスト教の新墓地を節子に求められて、数年前にこの布引丘陵の霊園に買い求めていたことを思い合わせた時にはさすがにあまりいい気持はしなかった。

「どうでした」

休憩中、村野が近寄ってきて自信ありげに話しかけた。

「いや、驚きました」

昭平が答えあぐねているのを見て、村野は満足げだった。

「次の演目はクリスチャンの溪子夫人に献げたい。またわざわざお運び下さった霧原さんへの感謝を込めて」

『新羽衣』は旅人とその従者らしい男が対面して謡い出す場面で始まった。

「さざなみの志賀の伊香《いか》の余呉の湖、旅行く人の目を奪う、鏡のごとき面かな」
「これは余呉の岸辺に通りかかりたる旅人にて候」

次いで天女七人が湖岸で舞い、天上に消えるのを見た旅人が岸辺に行ってみると柳の木に天女の衣が引っかかっている。土産に持ち帰ろうとすると、若女《わかおんな》の面、天冠をつけたシテの女人が登場して、「衣を返して」と頼む。旅人が「なぜ一人だけ残られたのか、次第によっては返しましょう」と答えると女人は語った。

女人「さらば何を隠さん。こなたは天使にあらず。天使の侍女にて、元は罪深き人間にて候。この湖の清き面も深くして、暗き水底見えざるがごとく罪深し。しかれどもその罪、悔い改めし身を神の御愛によりて大界へ入るる許しをえたるものにして、羽衣は天使より天上まで預りしもの。いまその旅の途上なり。一同、美しき湖をみて、暫しの休息に舞い降りしが、こなたは地上の懐かしさに後髪ひかれ、一同に立ち遅れたり。恥しやな」
旅人「もとよりこの身は心なき旅人、地に心を残されるなら、こなたと共にこの地に留まりて、わが妻となり給え」
女人「待ち給えかし。懐かしき心残れども、神の子となりし決心は変わりなく、またその上にこなたの天命すでに尽きかかり、天に召さるる浄罪界の途上にて、その故にこそ天使の侍女となれるなり。急ぎ天使に追いつかねば心変わりと見捨てられ地獄に落ちるばかりなり。さればそなたの妻ともなり難し」

昭平は子供時代の銭湯の三保の松原のペンキ絵を思い出していた。真っ青な空に確か富士と共に、羽衣をつけた天女が描かれていた。

旅人「されど羽なき鳥のごとくにて上らんすべはなし」
女人「とやあらんかくやあらんと悲しめど」
地謡「涙の露の玉鬘《たまかずら》、かざしの花もしおしおと、その顔色も青ざめて言葉も、答えもなくなりて魂はいずこかへ、天人の五衰と言うも、目の前に見えてあさましや」
旅人「御姿を見れば、あまりに御いたわし。かかる御姿、見たくはなきほどに、衣を返し申そうずる。ただし先ほど聞き及びたる舞楽、今ここにて奏し給われ。ただこのうたかたの恋の思い出に」

女人と旅人のやりとりを昭平は聞くうちに、旅人に擬していた高木が地上への懐しさに後髪をひかれて青ざめて行く女人にも見えてきた。
旅人が羽衣を返し脇座に着座して、シテの女人は長絹をつけて舞い始めた。「神の羽衣の曲」と題する地謡のコーラスは解説によると聖書の詩篇から採ったもので、天地の造り主のみわざを讃えたものだった。

地謡「主は光を衣とし、天を幕のごとくに広げ、水の中には高殿の梁をおき、雲を車に、風の翼に乗り込みて、風をおのがみ使《つかい》に、火炎を召使とされ」
女人「天つ御空の緑の衣」
地謡「または春立つ、霞の衣」
女人「色香りも妙なり、乙女の裳裾」
地謡「左右左《さいうさ》、左右颯々《さっさっ》の、花をかざしの天の羽袖なびくも返すも、舞の袖」

世阿弥が伝える犬王道阿弥の「サラリササと、まるで大空を翔ける鳥がはばたきをやめて風のままに漂っているような」情趣そのままの見事な序の舞だった。

旅人「お見事なるかな。この上はそなたと別れえねば、われも共に天上へ上り行きたし」

女人「そは許されじ。われも連れなんと思えども、まずは懺悔して洗礼受けられよ。さらば天の羽衣を与えられん。さらば天でお会いできん」

ついで「無念なり」と女人に答える旅人の声には再び乗り移った高木の気配があった。

地謡「救いの光、遍《あまね》く照らせ四方の国に。天つ日に舞う乙女、七宝の光の玉を降らしつつ、煌めく入江の上方より賤が岳、比良の峯へと上り行く。別れ難かる旅人や、賤が岳の頂きにあえぎ登りて振り仰げば、乙女は『さざなみのおうみの湖の白鳥は天つ御国でまたあうみなれ』と衣の袖を打ち振りつつ、砂白き松原の雄松が崎を遥か越え、瀬田の唐橋、近江富士なる三上山、めぐりめぐりて、むらさきの蒲生野あたり、布引山の白砂の霞にまぎれて空のはたてに失せにけり。失せにけり」

終曲の地謡の「またあうみなれ」という再会の言葉が「おうみ」とも重なって昭平の胸を打った。その上、賛美歌の「主よ御許に近づかん」のコーラスがどこからか流れてくるのを捕えていた。

米原で琵琶湖線に乗り換えるつもりだったのが、目を醒ましたら京都だった。そして、帰宅した昭平を待っていたのは、高木の死を伝える夫人の電話だった。

半月後、夫人から小包が届いた。高木が愛用していた万年筆が一本入っていた。添えられた手紙にはこうあった。

「親族だけで密葬しました。『遺品はすべて残さぬように処分し、骨はハワイの海に』というのが生前からの本人の遺志です。高木はいつもあなたのことを褒めていました。分からないところもあるが、何かひたすら一つのことを追究していると」

昭平は手紙を通して高木の遺志を受け取った。

八

長年気ままな一人暮らしをしてきた節子にとって、息子夫婦との同居は不安もあったろうが、もめがちな嫁姑の関係ばかりでなく、何十年ぶりかの母との同居は昭平にとっても未知の部分を秘めていた。それに退職して在宅することが多くなった夫と妻の関係も加わって、三つ巴の新たな暮らしは、溪子の陰にこもらぬ明るい性格も手伝って、節子と溪子の共通する信仰を支点として大きな波乱もなく過ぎて行った。昭平の受洗を二人が望んでいることは前から変わらなかったが、気があるようでいて毎度お茶を濁す昭平に諦め半分で対するようになっていた。昭平は昭平で、溪子の信仰の核心がもう一つ摑めないもどかしさがあった。しかしある時訪ねてきた信徒に溪子が入信のきっかけとして、人を愛することができない自分への悔しさを語っていたのを聞いて、昭平は自分と似ていると思うことはできた。

阪神大震災の年、節子はメヌエル氏病で一週間入院したが、その後は元気で教会へ一人で出かけるほどだった。九十歳になった年の春、自室で転倒し救急車で運ばれたが、クモ膜下出血が多少見られた程度で十日後に退院した。しかしその後、傾眠状態が続き重度の寝たきり状態になり、食事、排便もすべて溪子の介護を要するようになった。言葉も聞き取りにくく、軽い幻覚や認知症状も出始め、昭平はもう長くないのではと心の準備をするようになった。ところが市販されてない段階の栄養剤を試みた秋口から急速に回復して、食事は元より手紙を書き風呂にも一人で入るほどで、昭平には奇跡的と見えた。実際、節子は神様がまだ仕事が残っているはずだから生かしてくださったのだと言わんばかりに、昭平に聖書を毎日読んでくれと迫るようになった。それでいて、自分が下の世話まで溪子にしてもらうほどの寝たきりだったことは全く覚えていない様子だった。

そんな老化ぶりは七十歳を目前にした昭平夫婦にも他人事ではなかった。昭平は短大の教室で黒板に向かって書こうとした文字が浮かばず愕然とし、溪子は溪了で、総入れ歯が合わなくなって歯も入れぬ節子の病人食を作るのに疲れ果てて、夕食の箸を下ろしたとたんに居眠りを始める始末で〝老いつ追われつ〟の様相をみせ、それがいつ〝負われつ〟になるか、そう遠くなさそうな雲行きだった。しかし昭平は溪子という存在の核心を摑みたいという強い欲望こそ自分の愛だと考えるようになっていたから、溪子がもし呆けてしまうようなことがあったら、すべてがお終いという気がしていた。

ところで、「聖書を読みたくても活字がわっと目の前に迫ってきて読めへんの」というのが「読んでくれ」という節子の言い草だったが、そう言いながら大きい活字の聖書を一人で読んでいることもあれば、昭平が読んでいる時にも、目で追いながら「どこ読んでるの」とか「ひどいこっちゃ」とか、聖書の内容についての茶々が入った。そうかと思うと「どういうこっちゃ」と尋ねるので「どこが分からんのや」と問うと、「どこやったかいな」と邪気のない表情で総入れ歯をはずした後の大口に一本だけ残った杭のような歯を見せて笑うのだった。質問はたとえばルカ伝の末尾の復活したイエスが証拠に焼いた魚を食べる場面でさほど難しい場面とも思えなかった。

「ほら、この通り、私の手ですよ。足ですよ。ちゃんと生えているでしょう。幽霊ではないのですよ、と死んだはずのイエスさんが言うてはんのや」

こんなことも分からんのかと昭平はゼスチュアをまじえて説明したり調べたりするうちに、節子の巧まぬ術中に陥っているような気がしないでもなかった。

ある日、昭平は節子に促されて、「創世記」のエデンの園追放の物語――アダムとイヴが蛇にだまされて神に禁じられた園の中央の木の実を食べたため、目が開けて善悪を知り裸であることが恥しくなり、永遠のいのちに死が入ったという――あの有名な章を読んだ。

「神様のおっしゃることを聞かなかったからやな。人が死ぬことになったのは、あのときもあんな風に白い雲が浮かんでいたわ」

節子はそう言って、障子を開け放したベッドから隣家の屋根との間の空に流れる雲を眺めて、自分の父の思い出話を始めた。

「『お父っあん、雲は落ちて来ぃへんやろうか』って。ふっと思いついて。あれは小学校四年ぐらいやったかな。父は多分目を丸くしてたやろ。『この間は死んだお爺ちゃんを土に埋めはったなあ。人の体は土の中で腐るのやろ。ほんでも生きていた時あった心はどこへ行くんや。あったものがなくなってしまわへんやろ』。煙草をゆったりふかしてはった父は『そんなこと、考えんとき。もう考えんとき。ほやないと雲がほんまに落ちてくるか知れへんでなあ』とそれきり黙ってしまわはった。私もそんなこと、いつの間にか忘れてしもたけど、お父っあんは大分たってからやけど、大酒のみにならはって家業の酒屋を傾けはったわ」

節子は遠くを見るように目を細くして笑みを浮かべて昭平を顧みた。昭平は唯一の記憶である熊のように大柄などてらを着た祖父を頭に描きながら、人間はやはりこの先、知の言葉によって滅びざるをえないのか、神は死んでもその言葉はすごいなどと考えていた。裸でいても恥しくなかったのに、目が開けたために、つまり言葉によって欲望に火がつき苦しみが始まったのだった。

二十世紀も最後の春に入ると、節子はそれを意識した訳でもあるまいが、これが最後の身辺整理と言わんばかりに、身の回りを片付け始めた。その最大の目玉は節子が戦前から愛用してきた分身とも言うべき米国製の工業用ミシンだった。それを紫野市の妹の由起子に引き取ってもらう日が近づき、昭平は小型車の後部にミシンの脚が載るかどうか、寸法を測りに入って行くと、節子は部屋が片付いて結構とでもいうようにあっけらかんと眺めていた。使わぬ時はいつもミシンの頭には「イエスの小羊」という意味の「Y・SHEEP」と黄色に刺繍されたグリーンの覆いがかけられていた。昭平は食事の介助をするようになって、長年、ミシンをかける度に台上の布地を押さえてきたために節子の左手の親指が大きく外側へ曲ってしまっているのに初めて気がついた。そもそも家庭には不向きな工業用ミシンを仁一郎が買ったのは、ミシン外交販売の友人の窮地を救うためだったと節子から聞いていた。そこで使わずに置いておくのももったいないと考えた節子が、洋裁学校へ通い始めたのが後に一家の生計を支える結果となったのだ。そうした経過を考えると、節子のあっけらかんとした表情は、ミシンの落ち着き先が決まった安堵感のせいかとも思われた。

昭平にとってもミシンは思い出の深いものだったが、父の仁一郎が店で使っていた事務机を今も自分が愛用していることに気がついたのもごく最近のことだった。樫の木の茶色の机はさすがに色あせて、ニスのはげた地肌には傷や木目が浮き出ていたが、ミシンと同様六十年余も使ってびくともせず、地震が来たらこの下へ潜り込もうと思わせるほどの頼もしさだった。

昔、昭平が小学校から帰ってくると、婦人子供服で一杯になった錦の森のような小さな店の奥で、レジスターを置いた机の左脇にフクロウに似た浮かぬ顔がいつも店番をしていた。その森の土間には、巣穴のような足暖房用の穴が使われぬままあった。その穴で昭平が飼っていた白兎がある日、死んだ。ふさふさした柔かいものが芯から冷く強ばったものに一変した感触は、忘れられないものになっていた。戦争がひどくなり、森の木々が減って透けて林になり、マネキンも処分され、フクロウの店番も消え、がらんどうになった枯野に机だけがぽつんと残されていた。

一か月程前だった。珍しく節子が二階の昭平の部屋へ上がってきた。そこにあるのが仁一郎の机と気がついたのは、どちらが先かという感じだった。

「親父の机や」

「新しいのにしたら……」

節子は見るなりショックを受けたように、よそよそしく呟いた。昭平は節子の心を測りかねた。


ミシンが運ばれる朝、頭と脚とに分けて車に積み込まれる時も、節子は玄関に出てこなかった。溪子は格子模様の鉄脚や足踏みの部分を感慨を込めて丹念に拭き上げた。昭平はミシンの台板に刻まれた様々な傷やしみが日の光を浴びて誇らしげに浮き上がる様を、東京から疎開する時、手荷物として背負った頭の部分の重量を甦らせながら見送った。

週に二回ほど節子が好きな風呂に入れるようになると、一人では危ないので、昭平が介助して入れてやり、ついでに背中を流すのが習慣になった。湯舟につかる度に節子はタオルで首筋を拭いながら、「ああ、天国のよう」と喜び、申し訳なさそうに昭平と溪子に礼を言った。昭平は最後に入って黙々と後始末する溪子に感謝しながら、その思いを口には出さなかった。そんなある晩いつものように気持よさそうに湯舟につかった節子が突然言った。

「あんたが中学生の頃、事件を起こしたことがあったやろ。学校に呼び出された帰り、病気のお父さんにどう言ったらいいのか、私は学校の前のあの川岸で自殺しようと思ったんや。けど『死ぬな、死んだらあかん』という物凄い声がどこからか聞こえてきて、思いとどまったのよ。あれは誰の声やったのか不思議やわ」

葉緑色の湯が一転どす黒い流れに変わり、昭平は息を呑んだ。死ぬほどのことだったのか。なぜ、という言葉が出なかった。節子はというと、懐しげに微笑んでいた。あれ以来、事件に関わる話を二人の間でしたことはなかった。いや、一度だけ、節子が寝た切りだった数年前に口にしたことがあった。だがそれは「昭平が落とした財布を友達が拾って届けた」というような認知症めいた内容だったので、昭平は無視したが、この度はまともすぎる程の告白で、返す言葉もなく湯舟から出た節子の背中を流した。

節子の入浴を介助し始めた頃、湯舟に浸かった節子を見ると、昭平は子供の時によく行った夏休みの温泉旅行の家族風呂だろうか、狭い視野一杯に泳いでいる母の真っ白い背中が、眩しく何度か浮かんでくることがあった。もっともそれ以外、昭平にとって白い肌や体のイメージはあまりよい記憶を伴っていなかった。

なぜかと考えてみると、まず浮上してくるのは十歳頃まで妹たちと一緒に母に連れられてよく女湯へ行っていたことから、近所の腕白連に「女みたい」と白い体を冷やかされたせいではなかったかということ。更に小学校三年の休み時間、砂場で相撲の仕切りをしていざ立とうとした時、いきなり背後から「霧原さん」と少女の声がして抱きつかれたことだった。驚いて振り払うと、昭平が通っていた書道塾の一人娘が倒れていた。それ以来、遊び友達の冷やかしは倍加した。同年の少女は顔も肌もきれいな白狐のようで、おまけに塾の前が朱塗りの鳥居が並ぶお稲荷さんだったから、印象は強烈だった。そんな白の系譜を並べて行くと、昭平を告げ口した佐伯にしても、父を看取った女医にしても、葬儀の時の白百合の強い香りなど、すべて夏のイメージで、極め付きはやはり突きつけられた不正行為の白いノートの切れ端。そして日の丸の白地。とどめは敗戦前後の瀬川中学と国鉄総裁の轢死事件をつなぐあの線路に敷かれた眩しいばかりの尖った砕石だった。昭平にとって「白」は、ひび割れた世界の心象としてあった。

昭平が何十年ぶりかに見る節子の背面は、打ち身で黒紫に滲んだしみだらけの手足や、お臍と同じ位の位置まで垂れ下った皺だらけの乳首と異なって、白くつるりとして若々しくさえあった。そして左腰には大きな黒いほくろが際立ち、黒い瞳のように、昭平を悲しげに見上げていた。人は自分の背中を見ることができない。背面に目があったらと昭平は思うことがよくあった。背中は自分に張りついている他者、あるいは白板を背負っているようなもので、他人は何でも好きなことを書き込めて、背中はそれをじっと耐えるしかない墓石のようなものだ。それで人の背中を見ることに、何となく疚しさが伴わずにはいないのだろう。

水泳で鍛えて日焼けした溪子の右肩には、杏の実の形をしたほくろが夕映えの一つ星のようにあった。そして昭平の背にはほくろがないことが溪子の証言で確かめられていた。「後ろの正面」とは何だろう。「かごめ、かごめ」の童謡を昔から聞くたびに、昭平は気になっていた。節子や溪子のほくろに昭平がいとしさを感じるのは、ほくろに神のような普遍的な目を背後に感じるからではなかろうか。

父の机に向かって人間の背中についてあれこれ思いをめぐらしていたある日、昭平は目の前の板面が剝げた鏡面になって、結核の仁一郎が座敷の畳の上に座って肌ぬぎに胸に空気を入れる気胸療法を受けながら、裸の痩せた背中を映し出しているのを見た。それを共に以前、自分が使っていた勉強机はどこへ行ったのだろう、この父の机は疎開のとき確かに送った覚えがあるが、と、思った時、記憶は寝巻姿の仁一郎が座布団で炎を必死に叩き消している光景を蘇らせた。

それは例のカンニング事件で謹慎中のある夕暮れの出来事だった。昭平が散髪屋から帰ってくると、家の店の前に人だかりがして、みなが横丁の二階の窓を見上げていた。そこは昭平の勉強机が窓際に置いてある三畳の小部屋だった。あとで聞いたことだが、昭平が散髪屋に行く前、自習のためにつけて消し忘れて出た電気スタンドが倒れて、絹の傘が電球の熱で発火し、窓のカーテンに燃え移ったらしかった。

昭平の記憶では、散髪屋から帰った時には火はもう消えていて、煙が少し出ている程度だったはずなのに、なぜそんな光景が甦ったのだろうか。その時、昭平は急いで二階へ上がった。そこまでは確かだが、そのあとの記憶がない。それなのに両目を三角にした父が畳の上まで飛び散ったカーテンの火の粉を座布団で必死に叩き消している姿が目に焼きついていた。恐らく「お父さんのお陰で助かった」顚末を節子にあとで聞かされたからに違いなかった。するとこの食い違いの陰に隠れているのは何だろうか。遠くに消防車のサイレンの音さえ聞こえてきた。

昭平はあの頃、父の死を受け入れたくなかったのだ。仁一郎の葬儀が終わったあとのあの人気のない静まり返った部屋。洋服ダンスの鏡に「父のない子」を見た時、昭平は寒気がして、たまたま隅に片付けられていた夏場の無用の大火鉢に思い切り排尿した。まさにあれは父の死を水に流そうとしたのではないか。そのような形での父の排除だったのだろう。

九

翌年の暮、節子はトイレに立った時に倒れ、救急車で県立病院に運ばれた。その四か月前、夏の盛りに昭平は自分から願って琵琶湖畔で洗礼を施された。当日は風が強く牧師ともども高波にもまれて引き締まった雰囲気の洗礼式となった。

確かなものは今や信じるしか手だてがなかった。いや、あの錯乱以来、大文字の父の名なしに生きることは難しかったから、時が熟するのを待つだけだったとも言えた。その確信を荒天で足をとられそうな湖底を踏みしめて立っていた時の体がしっかりと覚えていた。日曜に教会へ行くようになって月日に折り目がつき、浮つきがちの生活に錘もついた。

波高く風立ちさわぐ地にありて　神の子とされよりそいて立つ

溪子の喜びは下手ながら一首を形にしたことに現れていた。溪子が夢見ていた祈りを中心の生活はなかなか実現しなかったが、共通の話題は深まった。節子は紫野市の由起子の所へ一か月程前から行っていて、洗礼式の当日もあいにく体調を崩し出席ができなかったが、報告がてら事前に出かけて行った昭平の手を温もった枯葉のような両掌で取って、満面に笑みを浮かべて祝福した。

この洗礼式で昭平に一つ心に残った小さな光景があった。湖から上がって教団専用の浜で式が行われていた時、二百メートル程の沖合いでヨットを囲んで人影があわただしく動いていたのだ。翌朝に新聞を開いて分かったのだが、それはヨットで遭難した若い男女を警察が救助していたところだった。過去の二つの水難事件を引き出すまでもなく、昭平には意味ありげな符合に思えた。


その年のクリスマスの夜だった。

「やっぱり、あんたたちで行ってきて。私は遠慮しとくわ」

居間にいた昭平夫婦は、背後の戸が音もなく開いてカーテンの透き間から顔を覗かせた節子がいきなりそう言ったのに驚かされた。団地のなかにクリスマス・イルミネーションを豪華に輝かせている一角があって評判になっていた。それを見に行こうと前夜から誘っていたのだ。

それから間もなくだった。玄関脇のトイレの方で大きな物音がし、覗くと節子が仰向けに倒れていた。脈も呼吸もあるようだが、眼を瞑って意識がない。右の眉毛の上が青く脹れ上がって出血し、柱の角に血がついている。傍らに空《から》の便器がひっくり返っていた。便器の後始末に気を遣ったらしい。

脳挫傷と診断されたが、幸い大事には至らず、年内にも退院できそうな主治医の口ぶりだった。が、言葉が弱々しく殆ど聞きとれず、血液中の酸素不足で輸血したりしているうちに病院で年を越すことになった。大晦日の夜、すっかり人影のなくなった院内から出た昭平には冷い夜気が痛いほど快く、まばらに瞬く星座の間に白々と流れる星屑の帯を久しぶりに目にして胸迫るものがあった。

年が明けて一週間後、胃ろうの手術をされた節子は、「今後も入院前よりよくなることはない」とダメを押されてリハビリ病院へ移された。私立のリハビリ病院は家から車で十五分ほどの距離で、便利だが増設工事中で終日ドリルの音がうるさく、すでに満杯の三人部屋へ男女混合で押し込まれた。次の日昭平が病院へ行くと、両手をベッドに括りつけられた節子が目だけ鷹のように尖らせて三人の寝たきり患者を見下ろしていた。やがて流動食をとれるようにはなったが、日を追うごとに目にも表情にも和んだ感情が認められなくなり、昭平は恐ろしくなってきた。

月が替わって、春一番が沖縄で例年より一か月も早く吹いたと報じられ、その影響か、病院の駐車場にも春の気配が漂い始めた。昼は渓子、夕方からは昭平が介護に付き添った。聖書はいつも枕元に置かれていたが、スプーンさえ持てない節子には手に取ることができなかった。

ある日、節子を受洗に導いた「雅歌」の一節を溪子が朗読すると、節子の表情に微かな悲しみの細波《さざなみ》が漂った。

岩の裂け目、がけの隠れ場にいる私の鳩よ。私に顔を見せておくれ。あなたの声を聞かせておくれ。あなたの声は愛らしく、あなたの顔は美しい。

溪子から話を聞いた昭平がその詩句をボール紙に黒マジックで書いてみせると、節子は手にとって目を見開いてゆっくり眺め、心持ち息づかいを荒くさせたが声がない。流動食も再び入らなくなり、急変する事態も考えられて昭平は入院を継続したことを悔い始めていた。思い余って食堂から戻った昭平が顔を寄せて節子の目を見詰めると、節子もじっと見つめ返した。こんな風に見つめ合ったのは赤ん坊の頃しかない。節子の顔にあるのは、何かを問うようでいて何も読み取れないような無垢だけだ。

帰り際、眠ったままの節子の包帯だらけの両手から握られた右手の指を一本一本引き抜いて昭平は病室を後にした。いつも黙って帰ることにしているので、節子は昭平たちがいつ来ていつ帰ったのか、自分がどこにいるのかさえ本当には分かっていないのではないかと思われた。

翌日、病院の前のカレーライス店で溪子と食事をしながら、節子が時も所も分かってないのではという話をした。

「そうね。だからといって、『さよなら』とも言いにくいし。天国もそうかも知れないわね。昼も夜もなくて……」

「昼も夜もないのかな。幸せばかり、喜びばかりってどんな状態なんだ。想像もつかないな。この世では喜びはそれまでの悲しみの度合いに左右されるだろ。幸せだってそうだ」

「神様にお任せしておけばいいの。それより不思議やわ。寝たきりの介護の辛い時期を乗り越えて、ようやく最近になってこの先何年続いても仕えて行こうと思い切れた途端に倒れはったのよ」

「そうやなあ、ぼくの受洗を待ってたように倒れたな」

昭平はそう応じながら、溪子の率直な述懐から同じ頃見た夢を思い出した。薄明かりにゆらゆらとした節子の影を抱き起こすと、入れ替わるようにゆらゆらと起き上がってきたのは溪子の影だった。さらに介護に追われた日々、節子と擦れ違うと、なぜか腹が立ってきて、そんな自分にまた腹が立つという時期があったことも思い出された。

「そう言えば不思議なのは、倒れたあの日だけカレンダーに黒丸印がつけられていたやろ」

節子はベッドの脇のカレンダーに日付を確認するためか、毎日白丸印をつけていた。それが倒れたクリスマスの夜に限って、事前に黒丸印をつけていたのだ。まるでピリオドを打つように。だがその理由を正確に聞くことのできる日はもうなさそうだった。

三月に入ってようやく病院の増設工事が終わり、節子は三階の女性専用の大部屋に移った。八人入れる程の広さに四人だけの窓ぎわで、有料テレビも備えられ、見張らしがよく、遠く湖面がシーツを敷いたように望まれた。だが次の晩、節子は流動食を三分の一ほど口に入れたところで拒む仕草を始めた。看護師に訊くと、「けさ同室の百四歳のおばあさんが急死しやはってばたばたしたせいでは……」という。分かったようで分からぬ話だった。確かに昨日孫たちが見舞いに訪れて賑やかだったそのベッドには、冷たいシートがかぶせられていた。節子の食は完全に止まり、乱れた髪を撫でつけてやる度に脳がしぼんで行っているようだった。

ボール紙に「どうして食べないの」と書いて示すと、「私は何も入りません」と辛うじて判読できる字を書き、さらに「私の喉は入れません」と全く表情を変えずに付け足した。そのあとも文字らしいものを書き連ねるが、手の力が弱くて読めない。例の聖書の「雅歌」を読んで「分かりますか」と見せると「分かりません。私は考えを……だけです」と言う。

妹の由起子が来たので「由起子が来てくれてよかったね」と書くと、「そんなこと忘れたわ」と返ってきた。そして「由起子の気持が訊きたいのです」と書き足した。節子が以前から願ってきた由起子の受洗のことに違いなかった。魂の核心は呆けていなかった。ただ言葉がすぐに出て来ないようだった。

三月の半ば、アメリカのイラク攻撃は秒読み段階に入っていた。節子の病状も終末期の〝最後の輝き〟に入ったかのようだった。最後が近いと思えば思う程、昭平は延命策を考えていた。今のところ、認知度も信仰もしっかりしている。しかし最後までそうあってほしい。そして一度でいいから笑顔を見せてほしいと。だが自分たちの介護に不服はないということを示してほしいばかりに、何とか食べさせて延命させようと努めているのではないか。自分の気に入る言葉を吐かせようとしているだけではないか。これはどこやらの大統領に似ていはしないかと省みて、昭平は苦しくなった。病室に戻り「神さま、アーメン」と書いたボール紙を節子に差し出した。病人はそれを見て「神様ありがとう」と末尾は消え入りそうになりながらも、書き出しは力の入った濃い文字を記した。

「大丈夫、信仰はしっかりしている」

昭平と溪子は肯き合った。病室の窓に見えていた激しい雪は小やみになって、雪片が戯れ合うように舞っていた。

「帝国」アメリカの先制攻撃がついに開始された。未明の首都バグダッド市街への大規模爆撃が音量を抑えたテレビ画面に真っ赤な爆炎となって映し出された。アメリカの言い分は「九・一一テロへの報復」に始まり、「大量破壊兵器への先制」さらに「フセイン政権の打倒」へと変わってきていた。そのごり押しの理由づけに日本も相乗りしていた。

なぜか節子の食事時の態度もこの夜から大きく変わってきた。スプーンが口元まで来ると、大きく口を開けて呑み込むばかりでなく、昭平の手を掴んで引き寄せ、咬もうとしたり、外側へ大きく反ったあの左手の親指で抓ろうとした。抓る力は飛び上がるほどの痛さで、食べさせる者と手を押さえる者と二人がかりになった。

数日後、節子は三階から再び二階へ移された。前の病室とは違う六人部屋で、その奥に三人の老女が車椅子に乗せられて、三つのベッドのほぼ中央に置かれた低いテーブルに集められて食事をしていた。どうやらみな車椅子に縛りつけられているようで、ぼろ切れの大きな塊が手だけ黙々と動かしているみたいで不気味だ。節子は離れた入口のベッドに寝たまま、その光景を無感動に眺めていた。奇声をあげる患者もないかわり、窓はカーテンで覆われ、日も差さず四人部屋のような見捨てられた空気が淀んでいた。とりわけ左端の老女は、食事を終えるとテーブルに俯せになったままで、その丸い背は忘れ去られた孤独の影を色濃く滲ませていたかと思うと、突然顔を上げ右端の老女の食膳に手を伸ばしていた。真ん中の一人だけ腰の曲がっていない、大きな丸い目をした老女だけは時折、介護する昭平たちの動きを羨しげに観察していたが、ついに声をあげた。

「おじさん、おじさん、これはずして」

車椅子に縛りつけられているバンドをはずしてくれということらしい。

「ぼくはできないの。看護師さんでないと」

「家へ帰るのやから」と老女はしきりに訴えた。看護師が来て、ベッドに移されて再び縛りつけられると、ベッドの手すりをがたがた揺すって、「おじさん、頼みます」と叫び続けた。

節子が抓るのも「早く連れて帰ってくれ」というサインだろうか。抓られる度に、節子の変貌ぶりを見せつけられるようで昭平は心が鷲掴みにされるように痛んだ。散髪してもらって短く刈られた髪を乱した節子の様子は、痴呆か狂女に近かった。食事のあとは筆談の時間だった。

「手を抓らないで、かまないで」と書くと、思いがけない答が返って来た。

「仲よくしましょう」

節子から言えば抓るのは愛咬ということなのかも知れない。そのうちに実際咬もうとする仕草も始まった。

節子が何年も前から自分の葬式一切を依頼している紫野市教会のN牧師夫妻が見舞いに訪れた。昭平は「もう長くなさそうです」という手紙を出していた。節子とは五か月ぶりの再会だった。牧師の手をとって口元に持って行ったので、はらはらさせたが、しつこくはせず、手を放した。「N先生ご夫妻が来てくださいましたよ」と渓子が書き示すと、「先生よく来てくださいました。ほんとにありがたいものです」と判読できる文字を返してきた。

「驚かれたでしょう。この様子では私たちのことを覚えていてくれるか心配です」

「大丈夫です。天国へ行かれたら、すべて思い出されます」

牧師はこともなげに昭平の心配を笑顔で退けた。


三月も末になった。例年より暖い日が多く桜の開花も早そうだった。節子はというと、一旦口に入れた食物を吹き出すようになった。まるで長女の赤ん坊の時とそっくりだった。わざとのように流動食が介助者の顔に飛び散った。筆談は続いた。

「抓らないで、かまないで」

「私はよいことをしたいのです」

「これは悪いことです」

「悪いことは分かりません」

昭平はそこで「食べ物を吹かないで」と書いてペンを握らせた。すると節子はいきなりペンを投げつけた。その目には敵意があった。このような目で見合ったことがあったろうか。ひるむ間に、節子はさらにベッドの柵の足もとに移されていた食卓に片足を上げて、あられもない様。昭平は思わずその骨ばった足を平手で打ち、悔やみながら足を下ろして布団をかけた。

次の日、昭平は家へ連れて帰りたいからと主治医に相談しようとした。すると驚いたことに、主治医の副院長は数日前に病院をやめたというのだ。

「院長と喧嘩して――」

看護師は言葉を濁した。その翌日、新しい主治医として外科部長と称する若い女医が昭平を待っていた。

「点滴は血管がぼろぼろでもうできず、首筋や鼻から栄養を入れるのも、患者が管を抜いてしまうのでできません。従ってもう一度胃ろう手術をやるしかありません」

消化器の図を書いて懇切に胃ろうの説明をする態度は誠実そうだが、他の病院と掛け持ちの上に保育所に子供を預けていて、「四時半には迎えに行かねば」とそわそわし出し、「また胃ろうですか」という昭平の不満を聞き流した。

病院からの帰り、昭平は買物へ行く溪子と別れて、近くの日本庭園の池の周りを気晴らしに歩いた。大きな庭石が並ぶ一隅には池に続く小川の暗い川面に水すましが走り、杭の根元を突っつく真鯉の影が映っていた。鯉や水すましばかりか、岩も何かを呟いているような気がした。木の葉が裏側から虫にでも食われているのか、ぎざぎざの円形の穴がじりじりと大きくなって行く。食われるにつれて葉に隠されていた世界が現れてくる。まるで虫が何かを語っているかのように。

「もう私は十分に生きたわ。もういいの。無理をしてこれ以上恥をかかせないで」

節子がそう言っているようにも思えた。家に帰ると、これまで筆談した四十枚ばかりのボール紙を日付順に並べ直して通読してみた。妹夫婦が筆談した分は昭平が見てないものもあった。節子は「仲よくしたい。何もいらない。仲よくだけなのよ。仲よくしたいことだけをしている」と繰り返し書いていた。

東京の親戚の結婚式に出るため一晩留守にする前日、筆談も最後になるかもと考えた溪子が、「私は誰か分かりますか」と声をかけてボール紙を出すと、節子は「あほなわたしを……」と書くのがやっとだった。「長い間ありがとう」と書きたかったのだろう。昭平がそれを引き取るように「長い間ありがとう。神様を信じています」と耳もとで囁くと、節子はじっと聞き入る様子で、その表情は和やかだった。まるで人間の言葉を知らない老木が優しく耳を傾けているようだった。

それから三日後、明日に迫った胃ろう手術について、その結果に文句を言わぬという誓約書に昭平はサインした。その日、節子が書いた線はもう文字の形にならなかった。心電図のようなジグザグの線が薄くとぎれがちに引かれただけだが、それでも最後まで書く意思を示したのだった。

翌朝、手術が始まる十時頃を見はからって出かけようとして用意をしているところへ、看護師から電話が入った。

「昨夜の二時頃から呼吸が困難になっています。すぐ来てください」

二人が車を飛ばして駆けつけると、節子は三階の処置室に移され、酸素マスクをつけて寝かされていた。血圧が50まで下がり、看護師らが何やら慣れぬ手つきで処置をしていたが、改善の兆しは見えなかった。延命措置を取るかと訊かれ、昭平らは駆けつけた妹夫婦と相談し合って、かねての節子の望み通り「取らない」と告げた。すると看護師たちの間にほっとするような空気が流れた。

昭平らが代わる代わる「お母さん」「おばあちゃん」と声をかける度に、節子は声のする方へ必死に顔を向けたが、魂はもう手の届かないあたりの窓外から昭平たちを振り返って見送ろうとするかのようで、答えようとする一途さだけが痛ましく、それ以上声をかけずに祈るうち昏睡状態に陥った。「夜中から急に血圧が下がり出して……」とようやく現れた主治医の説明も納得いかなかった。出て行こうとする女医に見通しを訊くと、「今夜がヤマです」と言う。昭平はそれを「今夜を越えれば大丈夫です」という風にとった。それほど軽い感じの返事だった。そこで徹夜に備えるため妹の由起子に託して一旦帰宅し、夕食をすませたところで電話が鳴り響いた。

「気がついたら呼吸がとまっていた」

おろおろと由起子の声だった。由起子がいてくれて助かったと昭平は心から感謝した。革新派の平和運動に母親の立場から生真面目に献身して、信仰に目を向けないと節子を嘆かせることもあったが、由起子の親孝行に不足はなかったし、年を重ねるにつれて感じるところも多いに違いなかった。

遺体と対面した後間もなく、「後の処置をするので」と昭平らは部屋から追い出された。昨夜からずっと節子に付きそっていたと思われる看護師が、何か大失態でもしたように真っ赤な上気した顔をしているのが昭平は午前中から気になっていた。手術前の処置で何かあったのではないか。主治医に質問したかったが姿がなかった。それに今はそれどころではなかった。臨終が安らかだったことが救いだった。

「お葬式にはこれを着せてね」

節子が生前頼んでいた手製のウエディングドレスを渓子は取りに戻り、昭平は葬儀社や牧師らへの連絡に追われた。葬儀社の車で節子の遺体に付き添って昭平は病院を出た。裏の出口に初顔の医師や看護師らが五、六人並んで見送りに出ていたが、女医の姿はなかった。

昭平夫婦が通う教会の牧師によって、まず親族だけの密葬が行われた。丘の上の火葬場へ向かう坂道はかねて節子が望んでいた通り、桜が真っ盛りだった。火葬場の炉から仄暗い骨揚げの部屋へ、真っ白な小貝と砂を帯状に撒いたような骨灰が台車で運ばれてくると、一瞬、部屋全体が天の川のように明るくなった。

「ご高齢にしては立派なお骨です。この指骨などしっかりしたものです」

係員はあの反った親指の遺骨を示して説明を始めた。

十

一か月後、紫野市の教会で葬儀を兼ねた偲ぶ会が行われ、節子と親しかった百人余りが集まり玄関まで溢れた。故人が生前望んでいた葬儀、聖歌の曲名まで夢で見た通りに執行されて昭平たちを感激させた。昭平はこの催しで記念に配るため、節子の短歌やエッセーで冊子を作った。その際、生前に特に渡されていた「思い出の記」という自伝風のノートにも改めて目を通して、瀬川中学時代の不祥事について書かれた一ページだけの文章に見落としがあることに気づいた。事件に敬遠ぎみなのは節子も同じで、ざっとしか書いていなかったが、「試験勉強に使ったノートの一部を昭平が教室に落として旧友に見られ先生に告げられた」とし、「告げた生徒も告げられた生徒も共に父兄を呼び出されていた」。そして「明白でないままに二人共、無期休学という厳しい律法」と明記されていたのだ。告げ口した佐伯の親も同じ席に呼び出されたというのは初耳だった。級友の平田が真相と言って教えてくれた「佐伯の不正行為」について節子は一言も触れていなかった。かといって、告げ口しただけで無期休学とは考えにくかった。第三の級友の告発があったが、節子が同席した席では「佐伯の不正」については触れられなかったのか、節子は昭平の不正で頭が一杯だったのか。佐伯が不正をしていないのに重罰を受けたとするなら、考えられるのは、問題の証拠を拾ったと言っているが、本当は昭平が机の中へ放り込むところを目撃して後で盗み出したのではないか。いずれにしても昭平は自分の行為の重大さに無知でありすぎたから警戒心もなかったのだ。

節子の「思い出の記」でもう一つ意外だったのは「いくら昭平が確かめてもそんなものは試験中に使わないと言い切るが、ノートの一部を持っていた以上」と、昭平が節子に追及されて不正行為を否定したと書いていることだった。担任の杉村には認めながら、節子に対しては否定したなどという記憶が全くなかったが、そうだったかもと思うしかなく、すると、自分の記憶全体が怪しくなってしまう。その上「昭平の不正行為を信じたくない」と思っていた節子が書いていることをどこまで信じられるのか、呼び出されて学校側から聞かされたことをどこまで信じてよいのか、もっと節子に聞いておくべきだったと悔やまれた。

節子の日記にはそのほか川森について、「打てば響く心の師友」だったとあった。

そして「G様」という仮空の人物に度々手紙を書いていた。日々の喜びや悲しみを認めたその内容から「G様」は時に川森でもあれば、昭平でもあり、イエス・キリストでもあるように受け取れた。

「若い時の手紙、ラブレターは先に逝く方のお棺にまとめて全部入れることにしましょう。多分、私が先やろうから」

ある日、渓子が言った。三年間ほどの恋愛時代に交わした二人の手紙がボール箱にまとめて押し入れに放り込んであった。子や孫に見られてまずいほどのものもなかったが、ためになるような中身でもなかった。

「そうやな。ぼくの方が先やろけど」

渓子が先に逝ったり、呆けたりすることなど想像したくなかったが、昭平はあの世まで追い続けて渓子の核心を摑まえて合体したがっていた。

「先へ行って待ってるから」

「私、方向音痴だから、道を間違えるか知れないわ」

「大丈夫や。あの世ではカーナビに負けないテレパシーぐらいは誰でもお手のものやろ」

「孫たちもみんな一緒に集まればいいわね、天国で」

「そうや、それが一番や」

自分たちの老い先を見詰めつつ節子を看取って二年たっていた。七十五歳、身の回りを整理する時が迫っていた。昭平はギャンブルも煙草もやめようとしたものの、煙草はすぐとは行かなかった。節子の入院した年に短大の講師はやめていた。昭平は右眼が視野狭窄のため、車の運転は一つ年下の溪子の役だったが、他人の生命にも関わる高齢運転は早目の切り上げを考えておくべきだった。

物忘れも更に進んでいた。ある日、京都で来客と落ち合った二人は、来客の案内で入った賀茂川べりのレストランで食事をした。そのビルの屋上の物陰で、再会を期して抱擁したことを溪子がすっかり忘れてしまっている様子に昭平はがっかりした。口に出さない割りに溪子が昔のことを意外に覚えていると思った矢先のことだっただけになおさらだった。溪子は早く片付けておかねばならない用が多いというぼやきばかりが増えて行き、忘れないようにと書きとめたメモを壁に貼りまくり、地域の広報や広告を棚に整理して並べ、聖句の短冊や孫の写真を飾り立てるので、居間も自室の壁も紙だらけで、何が貼ってあるのか見分け難くなっていた。昭平の物忘れも負けていなかったが、食事のあとすぐ眠くなってベッドで横になることが増えてきていた。溪子は後片付けをしなければならないという気がある分、食卓の前に座ったままけなげに深夜まで居眠りを続けた。足腰の故障も夫婦ともどもで、昭平はおまけに膝のあたりの冷えがこたえるようになった。

ある日、行きつけの図書館で昭平はたまたま昭和二十年三月十日の東京大空襲の際、B29から撮影された白黒の比較的に鮮明な地上写真の一枚を見て衝撃を受けた。その日は焼失を免れた昭平の家の位置は東京北東部の荒川と大蛇のように湾曲して接する隅田川にかかる橋に近く、S病院の大きな影が目印となって、はっきりと見定められた。昭平はその家の位置に、黒点の奥にこちらを見上げている少年を見た。少年の瞳はまるで昭平の内側に、喉の奥底から見上げているかのように迫ってきた。カンニング事件の雪辱と名誉の戦死を願いながら、少年はどんな言葉を抱えてこの「空」を見上げていたのだろうか。そのうちに少年の瞳は節子や溪子のあの背中のほくろと一瞬重なった。少年はやがて黒点から透明な気泡のようなものになり、その気泡は数を増しながら上へ上へと近づいてきた。あたかも天空の高みから自分の姿を確かめるかのように、必死に近づいてきた。無数の気泡はあの日、被災した地区から通っていた多くの級友が死んだことを思い起こさせた。

そして六月下旬のある日曜の夜明け、目を醒ました昭平は約二十年ぶりにパニック寸前の自己に直面した。起き上がるなり息苦しくなって屋外へ出たが、まるでコントロールを失った航空機さながら、自分が思うにまかせず、白み始めた人気のない通りや人工の林間をさまよい歩いた。電線に燕が二匹とまっていた。意識が何物かに向かっている限りは息がつけたが、離れると息が詰まり呼吸困難になりそうだった。家に戻り気持を鼓舞して朝食をとり、ともすれば崩壊しそうな気分を、食膳の品々や湊子を食い入るように見詰めることで辛うじて支えた。教会の日曜礼拝に出、司会者からお祈りを当てられたら、「体調が悪くて祈れません。この私をお助けください」と祈ろうなどと考えているうちに幾分、平常に戻った。

このようにして始まったパニックは数日後、あのシーンという〝静寂の騒音〟として強迫的に集約されて行き、その状態は約一か月半続いた。強迫感が高まると顔や頭がほてり、鼓膜も破れるかと思われるほどのキーンという鋭い音となって溢れた。

気を紛らすために裏山を散歩したり、葦笛《よしぶえ》を習いに行ったり、手紙を書いたり、何かに神経を集中させておけば、何とか錯乱を凌ぐことができた。屋内より屋外の方が開放感があってましかというとそうでもなく、夜より昼の方がいいが、昼の光になじむまで時間がかかった。昭平の言葉の分節力がまたしても衰えて幻想が枯れ、その破れ目から現実界が前面に溢れ出してきたようだった。以前の狂気の時と異なって、今回の症状はただの神経病と思われたので薬を飲むことにあまり抵抗がなかった。だが、掛かり付けとなった心療内科の町医者が処方した薬は効を奏さず、気を紛らすためにテレビニュースを見てもかえって気分を悪化させた。

米軍管理下のイラク情勢はその後も一向に治安が改善されず自爆テロが続き、一般市民や子供が巻き添えになっていた。そうした人の痛みがじかにこたえるようになってきた。死んで行く子供も、テレビを見ている昭平も、へらへらと流れるフィルムのような鏡像でしかなかった。この痛みはどんなにあがいても本物になりえないという皮肉な痛覚だった。

それにしてもかつて一日中ニュースを追い続けた身が何と弱くなったものかと、久しぶりに現役時代を想起した。明日を目あてに夕日を追いながら、ボートを漕ぐように後ろ向きに遡上する人生だった。朝夕新聞社の資料部の倉庫一杯に保存されていた綴じ込みの一頁一頁の山を、今は墓地のように目に浮かべた。現役時代、調べ物のためによく足を運んで、何年かぶりに自分が手がけた紙面と出くわし、古くなって修復された破れ目を撫でながら製作時の場面を想い、まるで土蔵に閉じ込められていた昔の同志と再会するように手にとったものだった。あの汗と脂の結晶の紙面も、いずれコンピューターにすべて入力されて廃棄処分されるだろう。いやもうその作業は終わっているかも知れない。しかし電話して確かめる勇気は出なかった。整理部という呼称はもう数年前になくなったと聞いていた。入力された画面と手作りの紙面との違いを分かる人もいなくなるだろう。その途端、墓地の心像さえ消えて戦後六十年までもが蒸発してしまいそうだった。

それにしてもお前自身、信仰が足りなさすぎるのではないか。本当にお前はイエスがお前のために十字架にかかって下さったと信じているのか。本当に復活されたと信じているのか。誰のためにでもない、お前のために、自分の罪のために死んで下さったと信じているのか。そうでなければお前の信仰はただの観念にすぎない。目の前に在るものなら信じるまでもない。無いものなら信じてもむだだ。だが在ってほしい。だから信じて生きる。何という不遜。すべてを恩寵に委ねよ。

団地のすぐ裏手に高速道路のバイパス建設で削られつつある鬱蒼とした低い丘陵があって、散歩道がつけられていた。昭平はその山道を毎日、午後に三十分ほどだが継走しながら時に不信仰を反省したり、リラックスに努めた。短い山道ながら高低差もそこそこあって、珍しい名札の樹木もまじり、木々の間から団地のなかのわが家も僅かに屋根を覗かせていた。昭平と同様、毎日歩いている人も何人かいたが、擦れ違っても会釈程度で声を掛け合うこともなかった。

その日は前夜、夏祭があって、二女の幸子の二人の息子、小学生の孫が来て帰ったあとで、なぜかとくに気分がすぐれなかった。珍しく後から追いついてきた四十がらみの会社員風の男が言葉をかけてきて、隣の団地に住んでいるなどと自己紹介して一足先に駆け降りて行った。コースは一旦平地に下って再び上り坂になっている。昭平はいつものように平地になったところでコースを出て運動公園へ入って行き、高みのベンチで一息ついた。先程追い越して行ったた男がこちらへ戻ってくるのが見えた。前夜は年に一度の夏祭で、眼下のグラウンドは天幕と市民で溢れていたが、神も江州音頭もない食と音の饗宴の跡は一晩できれいに片付けられ、人影一つなかった。団地ができた当初は盆踊りも音頭取りが呼ばれていたが、踊る人も少なくて、もうそんな時代ではなくなっていた。

見上げると中折帽のように頂きがくぼんだ三上山が薄っすらと見えた。別名近江富士とも呼ばれ、県内なら大抵どこからも見える湖東の歴史的由緒のある秀麗な山で、昭平には学生時代から中折帽を愛用した昭和天皇や父の仁一郎を連想させてきた山だった。

山に向かいて目を上ぐ。

聖書の詩篇が浮かんだ。気がつくと先程の男がグラウンドの隅の側壁にボールを投げてはグローブで受ける動作を一人繰り返していた。失業中なのか。子供は？　奥さんは家出？　昭平はそんなことを考えながら、昨夕、小学生の二人の孫がグラウンドを駆けて行った後姿を、さらに昔、溪子と松笠のキャッチボールをしたことまで思い返していると、丘を縦走して汗をかき、晴れかけていた不安の暗雲が、グラウンドのあまりの静けさに呼び戻されて今にも厚く覆いかぶさって来そうになった。それを抑え込もうと大きく息を吸い込んだ瞬間、広いグラウンドを渡ってきた一陣の微風が鼓舞するように昭平の回りを巡って吹き去った。ほっとした昭平は再び目を上げた。雲が切れ、山がすっきりと浮かんできた。

「先生に先日処方してもらった薬はよく効きましたよ」

診察室に入ってきた昭平が嬉しげに言った。

「そりゃ、よかった」

心療内科の医師片山半一は早速パソコンに向かって、今聞いた昭平の症状をいつものように打ち込み始めた。何事も気にしないでと素人くさい療法一点張りの片山は、心療内科以外に小児科も性病もみる多少怪しげなK市の中年の町医者だったが、気さくで権威ぶらなかった。「気にしない、気にしない」と言いながら昭平の古い話にも興味深げに耳を傾けてはパソコンに入力した。

「そりゃ、よかった。あの処方がよかったのですな。そろそろ、私も解放されそうですね。最近、胃の調子が悪くてね。いつ倒れるか分かったものじゃない」

片山は白髪のざんばら髪を掻き上げてそう言うと、昭平を見て力なく笑った。


「お父さん」

昭平はその張りのある声にいつも夢の中から呼び起こされた。目覚ましは用意していたが、その通りに起きることは少なかった。もう何十年も聞いてきたこの声は脅迫的で時に懐かしく、遠くからでも呼び鈴よりもよく聞こえた。

「昭平さん、朝ご飯ができましたよ」

それは昭平が湖畔のキャンプで、テントの外から初めて聞いた溪子の呼び声だった。昭平が魅せられたその声はいつか「お父さん」になり、その呼び声に娘たちの声が加わるようになって、元気な時の節子の声までが加わって、夢うつつの境で反響するようになった。近頃の溪子の声は、昭平の耳が遠くなったせいもあってか、むしろ張りを強めて伝わってきた。昭平は聞こえないふりをして、呼び声がいつまでも聞けるように運動量の減った溪子に階段を上らせようと仕向けた。

十一

アメリカで初の黒人大統領が誕生した二〇〇八年の秋、昭平は喉を腫らし緊急入院して、呼吸保全のため即日切開手術を受け、穴がふさがるまで七日近くかかった。一度してみたいと思っていた入院だったが、それ以来、外出することも急激に減り、教会や町内会の端役を何とかこなすのが精一杯になった。しかし年が明けて、孫のマリが所属しているK大オーケストラの演奏会が京都の学内ホールで開かれると重い腰を上げて娘夫婦と渓子と共に夕刻出かけた。マリは長女由美の娘でK大文学部に進み、楽団では女子高時代からやっていたファゴットを担当していた。由美は建築会社に勤めている夫とマリ、それに高校生の息子と五年前に西宮から昭平たちの近くのK市に移って来ていた。

京都は昭平にとって青春時代そのものを意味した。そして郊外ではあるが、渓子と初めて家庭を持って十年暮らした土地でもあり、二人の娘の生まれ故郷でもあった。隣接のO市に住むようになって近年まで、年に何回かは足を向けていたが、昭平がK大の構内に入ったのは転学して以来、五十五年以上も前だった。そしてマリは昭平が舌を出して反応を試してみたあの赤ん坊で、あれからでも二十年近く経っていた。K大オーケストラは演奏旅行も定期的に行っているらしく、東北の三陸海岸や能登半島を回って地元の人とも交歓してきたというマリの話を日頃聞いていた。

若々しい熱気に包まれた満員の演奏会場は、オーケストラの音合わせのあと、一瞬、時が止まったような静寂に支配され、演奏が始まった。昭平は聴き納めのつもりで、壇上の団員の中にマリの姿を明視しようとしたが、視力が弱っている上に遠くて表情まで見えなかった。それでカメラを取り出して望遠レンズでそっとシャッターを切ろうとして、隣りの由美に厳しく咎められて落ち込んだものの、思った以上に熱のこもった学生たちの演奏に気を取り直した。

過ぎ去った時代が、青春真っ只中のマリに重ね合わされて、昭平の心に言い知れぬ切なさと祝福を同時に呼び起こしドヴォルザークの荘重で憂愁に満ちた「新世界」の調べに増幅され、ライトに照らされた管楽器のきらめき、弦楽器の板面の反射光は、京の夜の町へと昭平を誘《いざな》い、様々なイメージを浮かび上がらせた。

大学構内に潜入した〝私服〟を発見して吊るし上げた学生大会、戦後第一作のフランス映画「美女と野獣」など連日の上演に心酔させられたS講堂。「原爆反対」を叫びデモった河原町通り、丸山公園。溪子と抱き合った河畔のレストランの屋上。由美がその洋菓子店の前を通る度に叩いた「ペコちゃん」の頭。美術教師川森が昭平たち家族を車道の向こう側から見つけて相好を崩して駆け寄ってきた四条通り。彼が教えてくれた梶井基次郎の『檸檬《れもん》』に出てくる寺町の八百屋。その店頭のリンゴを矯めつ眇めつして、皮ごとよくかぶり付いていた画家。学生寮の私室で昭平が愛用していた古い目覚まし時計。

それは直径十センチ程のありふれた円型の置時計で、用は足りたが、手にすると内部で何か部品がはずれているような、カシャ、カシャという音がいつもして、中心が壊れているような自分そっくりだという気がしていた。

交響曲「新世界」は、あの有名な第二楽章に差しかかっていた。失われたものへの追憶を掻き立てられるような旋律につれて、燦めく夜光の反映のうちに浮かび上がってきたのは、一筋の家路、京都時代にとどまらず、一生を通じて現れては消えて行った様々な「もの」の心象の連なりだった。それは鉛活字にさよならした時の不安、「もの」の感触の喪失につながっていた。その中には、サルトル流に「生きていない」と拒んできたものもあれば、言語ゲームを通して自身を委ねた将棋の駒の兵隊や夢に現れた「もの」まであった。ろくでもないものも少なくなかったが、人生の終幕を前にして魂の深い悔恨を誘うかのような、純粋な楽音のうねりに触発されて、網にかかった海底の秘物のように次々に引き揚げられては沈んで行った。

まず新聞の大組台の左右逆転した活字の並ぶ鏡の世界、続いて麻雀牌、さらに空虚を満たそうとして苦闘したパチンコ台の銀に輝く鈍色の玉の山。ぼろぼろの雑巾の切れ端、溪子と投げ合った手榴弾に似た松笠、『嘔吐』のロカンタンの手に握られていた小石。将棋の駒の兵隊たち。鉄のベイゴマ、空襲のあとの砲弾の鋭利な破片。道端の焼死体。いや、その前に夢に現れた乳房や×印状の家。溪子の燦めく眼差しや明るい声。節子のミシンや仁一郎の机も。そしてあの手の中に握りしめた数学のノートの断片。最後に〝洋服の森〟の木蔭で飼っていた白い小兎の石のように強ばった死体。そこから先は蜜月の乳幼児時代。そこには子供の独占を許さない豊潤な乳房があったはずだ。

それは無意識の迷宮の森に一本の筋道が通った瞬間でもあった。そして、その先があのアダムとイヴの神話の森に通じていると思えた時、一瞬幸せな気分に浸されたばかりでなく、自分と巡り会った気さえした。

昭平は生涯、瀬川中学での不祥事を一日として忘れたことがなかったかのように顧みている自分に呆れてきた。それを忘れたら自分を見出す糸口を見失ってしまうのではと無意識にこだわってきたのかも知れない。それは、カンニングという行為で知恵の実を盗み食いして停学処分になり、二度と疑われないように「李下に冠を正さず」の諺を守るため、どこか頑なに閉じてきた心だった。それがいま純粋な楽の音に開かれて、遠い昔、禁じられた善悪の木の実を食べて楽園を追放され、死を知ることになったアダムとイヴの物語を思い起こさせずにはおかなかったのだ。

人は言葉と知恵を手にした代わりに、罪や恥を覚えた。根源的な存在としての「もの」、永遠の命を手放したのだった。そして今やこの世界は、人間の無意識の欲望に根ざす言葉を眼差しによって編み出された、姿を見せない巨大な鏡の世界になっていた。そんな見えない眼差しの世界で、互いを支え合って生きている人々は結構幸せそうだった。昭平もその世間の一人として、狂気に誘われるような眼差しのない暗黒の自由世界よりはまし、と考えて生きてきた。

しかし、「もの」の本質としての魂や命を抜き去ることで成り立った人間の差異的な言葉は、話したり、考えたり、便利さ故に使えば使うほど、数量化できぬ真実や夢のリアリティーは逃げ水のように遠ざかって行くようだった。昭平は「私は」と言うたびに空しさを覚えた。人は知りすぎてしまったのではないか。例えばエコーによる胎児診断の結果に重大な選択を迫られている現実があるように、人の知恵は目に見える一の世界だけに偏りすぎたのではないか。

戦時下の少年時代から、いつかは逝くはずの空を見上げて自分を見守ってくれている存在を探し求めずにはいられなかった昭平は、過日の、頂きのくぼんだ二上山を見上げた時、鏡のような空の彼方に、失われた大いなるものの瞳を見たように思ったが、あれは錯覚だったろうかと、宿命と魂の浄化を匂わすフィナーレの中で思い起こした。

ホールを満たしていた楽の音がやみ、場内を揺るがす拍手に呼び覚まされながら、昭平はふと、自分の命はいただいたものなんだと思った。すると、なんだか肩の荷が軽くなった。それなら、お返しするのも当たり前なのでは……。拍手がようやくおさまり、ざわめくホールに時が再び流れ始めていた。


八月、衆院選挙で民主党が大勝し、鳩山政権が誕生して、長すぎた自民党の天下は終わりを告げたが、国民の期待ははぐらかされ続けた。

九月に入っても例年以上に残暑が続いていた。溪子がＪＲのＫ駅近くの大型スーパーに買物に行くのに昭平も同行した。溪子は長年乗ってきた車を三月に廃車にしてから、物忘れが更に進んだようで、レジで財布からお金を出すのも目立ってのろくなっていた。

溪子が食品売場で買物をしている間、疲れた昭平は途中からラーメン、ハンバーガーなど軽食の店が並んだ〝食のフロアー〟で待つことにした。土曜の昼すぎ、雑然とテーブルや腰掛けが置かれている広いフロアーは親子連れで結構混んでいた。昭平はラーメンを注文し番号札をもらってあいた席を探した。ようやく野球帽をかぶり、日焼けした作業員風の五十歳位の男の横の席を見つけ、顔を合わさぬようにして腰を下ろした。昭平の目は宙をさまよっていた。喉が渇いていた。石焼ビビンバを食べ終わった隣りの男が立って行った。昭平の渇きは激しかったが、かといって給水機を探しに立つ気もなかった。すると、両手に紙コップを持った男がこちらへ戻ってくるのが見えた。男の毛深い手が昭平の前に伸びて紙コップを黙って置いた。驚いて軽く頭を下げた。なぜか昭平は恥ずかしくて顔を見られなかった。男の手がゆっくり紙コップを摑むのを横目で見届けてから、会釈して昭平も飲んだ。半分ほど飲んだだけで渇きが消えていた。男は食べ終わった食器を戻し、テーブルに置いていた小さなビニール袋を持って静かに席を立った。昭平が再び頭を下げると、男は横顔に微かな照れ笑いを滲ませながら熱い日射しのなかへ出て行った。昭平は呆然として男が出て行った眩い出口の方を眺めた。

溪子は一時間近く待っても戻ってこなかった。〝食のフロアー〟で待っていると言い置いたのを聞き洩らしたのか、忘れたのか。昭平は食品売場へ戻った。広い店内は商品棚で一望できず、昭平は並んだレジの側を行ったり来たりしながら探したが見つからなかった。半年ほど前、タクシーに乗って住所がすぐ出てこなくて困ったと溪子がぼやいていたことを思い出すと、絶望感に押し潰されそうになった。

「〇〇町の霧原昭平さん、奥様がお探しですから一階の案内センターまでお出で下さい」

店内放送が遠くでした。探しているのはどっちなんだ。褐色のレインコートを着た溪子がセンターの脇にぼんやりと立っているのが遠くから見えた。

「あなた誰？」

そんな風に言われたらどう答えたものかと思いながら。昭平は近づいて行った。

二〇一〇年三月半ば、八十歳になった昭平に医大病院で胃ガンが発見されたが、内視鏡手術で乗り切ることができた。そこで高木から贈られた万年筆で遺言めいたものを執筆し始めた。まだまだ使える仁一郎の机を孫の誰かが使ってくれるといいがと考えながら。しかし半年後の九月の検査で膵臓ガンが見つかり、余命半年と診断された。その夜、病室を見回りに来た看護師は昭平がベッドの中で嗚咽しているのに気づいて声をかけた。

「お辛かったら睡眠薬を出しましょうか」

昭平は恥しげに言った。

「いえ、嬉しくてつい泣けてしまったのです」

不審な表情の看護師に、「受洗していてよかったなと思えて」とタオルで顔を押さえながら付け加えた。自分のような者にも門は開かれていたのだ。昼すぎ、余命半年と宣告された時の動揺は夜に至って次第に静まり、ふと気付くと安らかな喜びに変わっていた。門は前から開かれていて昭平が気付くのを待っていてくれたのだと思えたからだ。すべてを主のみ心にゆだねた時に。


祈って求めるものは何でもすでに受けたと信じなさい。そうすればそのとおりになります。

（マルコ11・14）


聖書にあるイエスのこの言葉は、昭平が語ったような意味ではないかと、翌日、看護師から話を聞いた溪子は思った。

数日後、矢沢恒一が溪子から病状を聞いたのか、昭平を見舞いに医大病棟の四階に訪れた。矢沢は一年前から朝夕新聞社の同じ職場で嘱託として働いていた。

「思ったより元気そうじゃないですか」

矢沢はカーテンで仕切られた六人部屋の一隅に入ってくるなり言った。

「そうだよ。もう少しサヨナラまで時間があるようや」

「もう少し景色のいい所で話そうか」

最後になるかも知れなかった。同室の患者にも気を遣い、幸い増築されて完成したばかりの六階の喫茶室へ案内した。空気はいいが構内が見えるだけで見晴らしはあまりよくなかった。

「祈ちゃんは元気かい」

「高校生になりましたよ。霧原さんも失礼ながら死ぬなんて言ってる場合じゃないですよ」

「女房から聞いたのだろうが、嬉し涙なんて言ったかも知れないけれど、本当のところ、自分が半年後に死ぬなんて思えないんだよ。恐らくあと一週間の命と言われてもそう思えないのではないかな。ただし今は体のどこも痛んでないからだが、痛み出したら早く死ねないか、楽になりたいと思うだろう。が、どちらにしても自分の死は自分には分からないんだ。だからこそ嬉し涙も嘘ではないんだ」

「でしょうね。それはともかく、霧原さんも今は気楽に死んでる場合じゃないような気がするんです。あなた方、戦争を知っている、物の値打ちを知っている〝もったいない派〟の出番が回ってくるかも知れません」

矢沢はそう言って、阪神大震災以来、日本が大地震の活動期に入っているとし、近年の新潟中越地震や能登半島地震などを列挙して、東北、東南海地震同様にいつ起こってもおかしくないとされる南海地震が近畿一円の原発に及ぼす被害を心配して、マスメディアが地震にくらべ、原発の危険性をあまり訴えていない現状に懸念を示した。

「阪神大震災の比ではないのですよ。原発に安全な被曝量なんていうのはないのです。どんなに少量の放射線でもDNAを切断して破壊するんです。大人より影響を受けやすい子供にはせめてそれなりの基準が絶対必要です。ウランを燃やす限り『死の灰』は出るし、事実上消せなくて、溜まりに溜まって持って行く所もなくなろうとしているのです。昔、霧原さんが言った『国破レテ山河ナシ』とはそのことでしょう。『国破レテ』とは本来、政治や社会の機構が崩壊してということでしょ。そういう時代を知っている霧原さんたちが頑張らなくては」

矢沢は二世を作ったことを後悔しかねない口調だった。

「死ぬなんて言ってる場合じゃないというのは、そういうことか。ただの外交辞令じゃないのやな。大津波に、消しても消しても消えない火か。悪魔の火だな。ウランにしてみたら人間に焼かれ溶かされるとは思いもしなかったろうな。ぼくも出番だと言われても、もう何も出ないよ。それこそ灰に近いのだから。しかし君の言う大地震が起こったら、恐らく学者や電力会社の多くは、これまでのように『想定外』だったと言うだろうな。それは人知を越える天災はないと切り捨てることだろ。自分の言っていることにいつになったら気づくのかな」

昭平はややうんざりしながら矢沢の警告を聞くうち、琵琶湖に隣接した若狭湾に林立する原発を思い出し、二〇〇四年だったか、十五万人の死者を出したスマトラ沖地震のテレビ映像の大津波の惨状を目に浮かべていた。

「そうや、津波といえば、あの時も豪雨被害でひどかったな。君が仕事中に階段で転倒したことがあったろ。あの時の紙面」

「ああ、そんなことがありましたね」

昭平はあの時の大津波に襲われて何もかも流されたような真白な紙面を思い出していた。

「あの紙面はひどかったな。小さな見出しが二、三本倒木のように激流に立っていただけだった。とにかく一人一人が何らかの自分の見出しを立てられるような世の中でなくては」

そう呟きながら、昭平は押し流され放しだった人生の最後になって、何とか岸の杭にロープを投げて引っ掛ける程度のことができたのではと思った。そして自分が生きた戦前、戦後、平成と三つの時代を並べていた。

「君の言う時代が来るとなると、いよいよ本当の人間の幸せとは何なのか、考えて行動を起こさなくちゃならん時代が来るようだな。しかし思い返してみると、どんな時代でも人間の幸せという核心の部分はそう変わらなかったような気がするよ。ということは、ウランを燃やさないために今より貧しくなっても、あまり驚いたり悲しんだりすることはないいんじゃないか。とにかく祈ちゃんたち若い人たちの時代のために祈ろう」

昭平はそう言って窓外の遠くの空から矢沢に視線を移した。

「一回限りの人生は永遠と同じような気がするね。無限と違って永遠も『一』は『一』だからね」

「またどこかで会うかも知れませんね」

「神様は気まぐれだものね」

昭平は笑って立ち上がり矢沢の手を握った。相手の手が四十年前の自分の手に思えた。転勤直前のあわただしい別れとなった臨終の美術教師、川森のすがるような掌の感触を重ねていた。

それから半年後の早春の夜、前夜からかなり痛みを訴えていた霧原昭平の魂は、死者、行方不明者二万人を超える東日本大震災を伝えるテレビ画面から溢れ出さんばかりの大津波と原発の冷却水で、青く染まった病室内を漂い始めたベッドから静かに離床して行った。

あとがき

私にとって唯一の小説作品が人生の締め切り間際というべきこの時期に出版できたことは感慨無量のものがあります。作品全体が「あとがき」のようなものでもありますので、この上余計なことを付け加えることは控えさせていただき、拙作にここまでお付き合いくださった読者に感謝申し上げます。

八十歳を超える今日、上梓が可能になったのは、ひとえに作品社の増子信一氏の一年半に及ぶご尽力と練達の助言によるもので、心からお礼申し上げます。また出版に力をお貸しいただいた方々、殊に編集者の齋藤厚子氏に感謝致します。

期間中に見舞われた大病を短期間に乗り越えさせてくださった土の恵みを思いつつ

二〇一一年八月

著　者

〔参考文献〕
「謡曲大観」佐成謙太郎著（明治書院）

海津駿介（かいづ・しゅんすけ）

一九三〇年東京生まれ。

東京大学卒業後、新聞社に勤務。

退職後、私立大学で非常勤講師を務める。

著書に、『湖国・文学の風景』（滋賀県出版文化賞）、『びわ湖を語る50章』（共著、サンライズ出版）等。

鏡の森

二〇一一年八月二五日第一刷印刷
二〇一一年八月三〇日第一刷発行

著　者　海津駿介
装丁者　小川惟久
発行者　髙木　有
発行所　株式会社作品社
〒一〇二-〇〇七二
東京都千代田区飯田橋二ノ七ノ四
電話　（〇三）三二六二-九七五三
FAX　（〇三）三二六二-九七五七
振替　〇〇一六〇-三-二七一八三

印刷・製本　シナノ印刷㈱

ISBN978-4-86182-346-6　C0093